UNA MADRE SA SEMPRE

LIBRI DI NICOLE TROPE

In lingua italiana

La famiglia oltre la strada

La figliastra

La madre casalinga

Una madre non abbastanza brava

Una madre sa sempre

In lingua inglese

Welcome to West Street

His Double Life

The Day After the Party

The Truth about the Accident

The Stay-at-Home Mother

The Foster Family

His Other Wife

The Stepchild

The Mother's Fault

The Family Across the Street

Bring Him Home

The Girl Who Never Came Home

The Life She Left Behind

The Nowhere Girl

The Boy in the Photo

My Daughter's Secret

Grace Morton Series

Not a Good Enough Mother

A Mother Always Knows

NICOLE TROPE

UNA MADRE SA SEMPRE

Tradotto da Mara d'Arcangelo

bookouture

Per D.M.I e J

PROLOGO

Un colpo alla testa non deve per forza ucciderti. In realtà, nella maggior parte dei casi è probabile che non lo faccia.

Forse, però, un colpo alla testa inferto con una bottiglia piena di vino francese potrebbe portare a qualcosa di più che un semplice mal di testa, qualcosa di più che un trauma cranico, in special modo se la botta è stata abbastanza forte e ha centrato la parte giusta del cranio. Gli esseri umani possono essere creature fragili.

Se, poi, la persona che maneggia la bottiglia è colma di furia e paura, il suo gesto può avere conseguenze del tutto imprevedibili.

«O mio Dio, o mio Dio.» strilla la donna che stringe ancora la bottiglia tra le mani, mentre guarda il corpo che ormai giace tra di noi sul pavimento dell'ufficio. «Non volevo. Non volevo.»

Il sangue di un cranio spaccato si accumula sul pavimento, scomparendo nel soffice tappeto grigio, mentre l'aria si riempie di un odore particolarmente acre e metallico. Deglutisco e cerco di respirare con la bocca, non voglio arrendermi all'urgenza di fuggire dalla stanza urlando. Cerco di sintonizzarmi con la mia parte migliore, quella più forte.

«Certo che non volevi.» dico, avvicinandomi e allungando una mano come per toccarla, ma fermandomi appena prima di sfiorare il tessuto del suo vestito di seta azzurro.

«E adesso – adesso cosa faccio?» si accascia sul pavimento e si cinge il corpo con entrambe le braccia, mentre tiene stretta a sé la bottiglia. «E adesso?» continua a ripetere.

Penso rapidamente, devo capire come reagire alla sua disperazione, so che devo riuscire a calmarla. Parlando a bassa voce, ma con tono fermo, le dico cosa fare, stupita che mi ascolti.

«Non preoccuparti, andrà tutto bene. Troverò una soluzione.» dico quando vedo che segue le mie istruzioni. «Ti prometto che andrà tutto bene.»

Non le dico che ho il cuore che batte all'impazzata e i palmi sudati. Devo sembrare una persona calma che ha tutto sotto controllo.

«Adesso rimani qui.» le ordino. «Torno tra un minuto.»

«E mi aiuterai? Mi aiuterai davvero?» chiede, alzando lo sguardo su di me, con le lacrime che scendono lungo le guance. Ha bisogno di me, ha davvero bisogno di me.

«Certo che lo farò.» dico. «Non muoverti.»

Apro la porta dell'ufficio e do un'occhiata in corridoio, dove regna il silenzio. È passata la mezzanotte e sono andati tutti a casa, il che è una fortuna.

«Rifletti.» dico a me stessa mentre esco dall'ufficio chiudendomi la porta alle spalle. «Rifletti.»

Rimango per un istante in piedi nel silenzio di quello spazio vuoto e fisso la targhetta sulla porta:

ASSISTENTE AMMINISTRATIVO.

Non aggiungono i nomi delle persone alla scritta, perché gli assistenti amministrativi vanno e vengono e non hanno mai una grande importanza; pertanto, non vale la pena scriverne il nome. Ma gli assistenti sono più importanti di quanto si possa immaginare. Mentre si accollano gli incarichi lavorativi più irritanti, si avvicinano a te, memorizzano cose che ti riguardano, imparano a conoscerti.

Li vedi e non li vedi ed è questo che li può rendere pericolosi. Mi chiedo chi assumeranno ora, chi sostituirà l'assistente attuale.

Mi chiedo anche cosa diranno quando dovranno raccontare cosa è accaduto all'ultima. Mi chiedo come spiegheranno il tutto.

Mentre mi allontano dall'ufficio, mi rassicura il fatto che so la verità su ogni cosa.

Penso che una parte di me la sapesse fin dall'inizio.

Penso di averla sempre saputa.

UNO

CORDELIA

La settimana prima: lunedì

Solo per dirti che oggi lavoro fino a tardi.

Sembra un messaggio sensato da parte di chi non sarà a casa per cena e vuole far sapere alla propria compagna che, se avesse pensato di cucinare qualcosa o di andare fuori a cena o fare qualcuna delle cose che i fidanzati programmano di fare insieme durante una normale sera infrasettimanale, lui non ci sarebbe stato.

Ma per Cordelia quelle parole hanno un unico significato:
Sarò con lei.
Sarò con lei.
Sarò con lei.

E si chiede, se lui avesse detto la verità, se avesse semplicemente detto tutta la verità, questo avrebbe reso le cose più semplici? Invece, le domande, le aspre accuse, le richieste esplicite di sapere la verità hanno sempre suscitato in lui una reazione di incredulità.

«Cosa diavolo c'è che non va, Cordy?»

«Perché mi accusi di fare cose così di cattivo gusto?»

«Come puoi pensare questo di me? Sai come si dice, no? La malizia è negli occhi di chi guarda.»

È poi la peggiore di tutte, quella che le fa letteralmente ribollire il sangue mentre dentro le monta la rabbia.

«Non credi che dovresti parlare con qualcuno di questa faccenda? Non è forse la stessa cosa che è successa tra tua madre e tuo padre?»

Ciò che vorrebbe veramente fare è dirgli che ne ha abbastanza, proprio abbastanza. Che lo lascia alle sue faccende, di qualunque cosa o qualunque persona si tratti, e che lei andrà avanti per la sua strada. Ha solo ventiquattro anni, dopotutto. Ha tutta la vita davanti a sé, mentre lui ha nove anni in più. Vista l'età, Garth ora dovrebbe essere pronto a sistemarsi, di certo dovrebbe pensare a costruirsi una famiglia.

Garth, però, non è pronto per nessuna di queste cose. Al contrario è impegnato ad andare a letto con qualcun'altra, a tradirla, tanto è sicuro che Cordelia sarà a casa ad aspettarlo, in attesa che lui sia pronto. Lei si detesta per non riuscire a trovare l'energia, la forza di alzarsi, preparare una valigia e andarsene gettando nell'immondizia gli ultimi quattro anni e mezzo della sua vita. Perché non lo fa e basta?

È sdraiata sul loro letto, il letto di lui, in realtà, il suo letto king-size rivestito con lenzuola raffinate, in una camera da letto in cui le tende elettriche sono ancora alzate e le grandi vetrate affacciano sul cuore pulsante della città. Gli risponde:

Va bene. In ogni caso avevo altri programmi. Procedi e FATTI QUELLA che vuoi.

Di cosa parli? Devo lavorare.

Nessuno al mondo lavora così tanto, Garth.
Sei un essere schifoso.

Non intendo discuterne adesso.

_Certo che no e non m'importa. In ogni caso esco a bere
con degli amici._

Garth, lo scaltro Garth, non risponde a quest'ultimo messaggio, perché sa che è una bugia. Cordelia vive a Melbourne da tre anni, ha fatto l'università qui e ora ha un lavoro in uno studio di progettazione grafica pieno di persone della sua età, eppure non ha nessuno a parte Garth. È questo ciò che lui voleva? Le critiche nei confronti dei suoi amici dell'università, quel modo un po' beffardo che ha di parlare di loro mentre ne sottolinea i difetti – _Appena si intavola una conversazione, Alex è subito prevaricante, non lascia mai spazio a nessuno. Cassie è sempre andata a letto con così tanti uomini? Cioè, non ha quasi il tempo di conoscerne uno che già sta con un altro. Hai notato che Sarah è invidiosa di te, del tuo aspetto? Dice sempre qualcosa di negativo sui tuoi vestiti_ – ha fatto in modo che lei vedesse gli amici in modo diverso e, di conseguenza, si allontanasse un po' da loro. In ogni caso, i suoi amici vivono a Sidney, ma qualsiasi persona nuova che gli abbia presentato, come Ben che frequenta il suo corso, riceve subito gli stessi giudizi negativi. _Davvero pensa che diventerà un designer? Il tizio è imbarazzante, si veste malissimo ed è veramente noioso. Come fai a passare del tempo con qualcuno che è così noioso? In più è davvero patetica la cotta che si è preso per te. Sembra sbavare ogni volta che ti parla. Non mi sorprenderebbe se diventasse una specie di strambo stalker._

La voce di Garth le rimbomba nella testa ogni qualvolta parla con qualcuno e inizia a considerarlo un possibile amico. Vede tutti con gli occhi di lui e trova subito dei difetti che la fanno allontanare.

Non ha davvero voglia di parlare con nessun altro, ad eccezione forse di sua madre – ma Cordelia si rifiuta di farlo.

Nel suo intimo c'è un costante tumulto di sentimenti contrastanti nei confronti di sua madre. Qualche volta basta che le si accenda un ricordo, un'immagine di lei e la madre che vanno a comprare vestiti insieme o si prendono un caffè e una fetta di torta la domenica pomeriggio, e prova un desiderio intenso di parlarle, di sentire la sua voce. Ma reprime subito la sensazione ricordando a sé stessa che non ha più intenzione di rivolgerle la parola. A Cordelia non sfugge l'ironia della frase con cui è solita risponderle, "smettila di scrivermi". Ma non sembra riuscire a farne a meno.

Se un giorno dovesse effettivamente parlarle, se riuscisse a rispondere come si deve a uno degli infiniti messaggi che lei le manda, vorrebbe farle alcune domande.

Che cosa ti ha fatto pensare che lui avesse una tresca? Quando hai sospettato per la prima volta che stesse succedendo qualcosa? Ed è per questo che hai fatto quello che hai fatto?

DUE

GRACE

Mi tengo forte mentre l'aereo atterra a Melbourne, sento il corpo sobbalzare mentre le ruote toccano terra. Sono qui. Nella stessa città dove si trova Cordelia.

Ho con me solo un bagaglio a mano, così dopo appena mezzora sono fuori dall'aeroporto in attesa del mio Uber.

È un uomo anziano con una Mercedes ultimo modello ad accostare.

Indossa un cappellino in velluto verde e mi ricorda così tanto Bert – il mio vecchio autista, di quando ancora avevo persone che facevano queste cose per me – che sento un groppo in gola mentre lo saluto.

Il cielo è coperto da minacciose nuvole grigie e il vento sferzante assale brutalmente chiunque incontri sulla sua traiettoria. È l'inizio di marzo e mentre a Sidney l'estate si rifiuta di cedere il passo all'autunno, qui a Melbourne, l'arrivo della pioggia ha fatto precipitare le temperature.

«Che tempo orribile.» dice il mio autista e io sorrido.

«Sì, tremendo ma tipico di Melbourne.»

«Beh, l'autunno è appena iniziato però.» si lamenta.

«Immagino che l'inverno sarà molto freddo.» dico, mentre tiro fuori il telefono e leggo l'ultimo messaggio inviato a mia figlia questa mattina.

Ciao tesoro. Spero tu stia trascorrendo una splendida giornata.

Lei mi ha risposto come al solito:

Smettila di scrivermi.

Almeno mi risponde ancora. Risponde sempre.

Penso un istante ad Ava, la donna per cui stavo lavorando e che ho abbandonato a Sidney lasciandole solo un breve messaggio di spiegazioni – tutte quante bugie, peraltro. Penso a lei e alle sue bambine, chiedendomi ancora una volta se avessi dovuto rivelarle chi sono davvero, ma scarto subito l'idea. Non voglio ferirla o ferire le sue figlie – le mie nipoti. Lascio che la parola "nipoti" mi volteggi in testa, meravigliandomi che quelle due splendide bambine siano imparentate con me. Sono così contenta di averle potute conoscere un po', chiudo gli occhi e auguro ogni bene a mia figlia Ava e alla sua famiglia.

Cerco di non lasciare che la mente scivoli verso la donna che ha perso la vita, perché non voglio pensare a Melody, è inevitabile però che il pensiero vada proprio lì. Cerco di ricordare a me stessa che dovevo proteggere Ava e la sua famiglia. Non avevo scelta e mi rifiuto di lasciarmi ferire dai sottili artigli del senso di colpa. Ho fatto quello che dovevo per mia figlia, come ogni buona madre.

«Che hotel di lusso.» dice l'autista mentre accosta lì fuori.

«Ha ragione,» convengo io. «mi tratto bene.» aggiungo, pensando al letto soffice e alla grande vasca da bagno che mi aspettano.

«Se lo merita.» dice mentre mi sfilo dal sedile posteriore.

«Già.» concordo di nuovo. Non che lui lo sappia. «Lo merito davvero.»

Il check-in è una passeggiata, tutti mi offrono il loro sorriso più smagliante e sono più che desiderosi di aiutarmi. Nonostante abbia preso un volo molto presto e nonostante la traversata sia durata poco più di un'ora, è già quasi mezzogiorno. È incredibile come le ore scorrano in fretta quando si viaggia.

Decido di viziarmi con qualcosa da bere seduta tranquilla al bar prima di andare in camera, così ordino un bicchiere di vino rosso, assaporo il ricco gusto scuro fissando lo schermo del telefono. Lo sorseggio con lentezza, gustando la sensazione in bocca, facendo attenzione a non affrettarmi a finire l'unico drink che mi concedo. *Non sono un'alcolizzata e riesco a controllarmi. Ero un'alcolizzata ma ora ho tutto sotto controllo.*

Clicco sulle informazioni relative al mio nuovo incarico, il mio nuovo lavoro.

Lo studio legale Harmer, Wright and Sing è alla ricerca di un sostituto per la propria assistente amministrativa che va in ferie. Si tratta di un incarico della durata di una sola settimana. Ma è esattamente il tempo che mi occorre.

Ho usato gli ultimi favori che mi dovevano per procurarmi questo lavoro. Ho chiesto a Bill, che gestisce un'agenzia di collocamento per personale a tempo determinato, di tenere d'occhio lo studio legale di Garth e tenermi informata su eventuali posizioni aperte. Gliel'ho chiesto due mesi fa e gli ho detto che mi sarebbe bastata una settimana o poco più, nulla a lungo termine. Voglio solo introdurmi in quel posto e capire che tipo di uomo è Garth, vedere come si comporta al lavoro e magari anche sentire come parla di mia figlia. Non mi piace quello che ho visto finora di lui, nemmeno il modo in cui risponde a Cordelia sui social o il numero di donne con cui sembra interagire. Inoltre mi ha fatto preoccupare un commento fatto pubblicamente su Instagram, in risposta a Cordelia. Non solo perché è stato maleducato, ma anche perché mi fa sorgere dei dubbi sulle vere motivazioni che lo spingono a frequentare mia figlia.

Si trattava solo di un post come un altro, con la foto di un cappotto verde chiaro che Cordelia aveva acquistato in un negozio dell'usato. Lei nella didascalia aveva scritto *#ottimoaffare #soloquarantadollari #dovevoprenderlo #perdonamicontoinbanca*.

Garth rispose a quel post con *Dice la ragazza con il fondo fiduciario*.

Ho visto quel post qualche settimana fa e mi ha fatta preoccupare.

Quando sono tornata a dargli un'occhiata, Cordelia l'aveva cancellato, quindi immagino che l'abbia fatta arrabbiare. Garth è molto più grande di lei e ha successo sul lavoro. Perché mai dovrebbe fare un'osservazione sul fondo fiduciario di Cordelia?

Quanto sa della cifra di cui lei entrerà in possesso tra qualche mese, quando avrà compiuto venticinque anni?

Che tipo di uomo sta frequentando mia figlia? Devo proteggerla da lui?

Il mio istinto di madre mi dice che la risposta a questa domanda è sì. E mi fido sempre del mio istinto di madre. Spero che i fatti mi smentiscano e spero che mia figlia sia felice insieme a uno splendido giovane uomo. Li sto osservando su Instagram da un po', però, e il suo commento sul fondo fiduciario non è l'unica cosa che mi preoccupa.

Devo essere sicura che non spezzi il cuore a Cordelia. Ha avuto traumi a sufficienza per il resto della vita.

Cordelia non vuole vedermi, quindi non ho avuto altra scelta che trovare un modo di incontrare Garth senza che lei lo venga a sapere. Il mio nuovo lavoro è il modo migliore per avvicinarmi a lui.

Dovrò camuffare meglio il mio aspetto per lavorare nel suo studio, dato che sono sicura che abbia visto una mia foto. Anche se ora ho un aspetto molto diverso, devo assicurarmi che non mi riconosca affatto. Ho una parrucca biondo platino molto costosa e un paio di occhiali con lenti senza gradazione che andranno a completare il mio nuovo look. Prediligerò vestiti modesti, penso, niente di troppo grazioso, abiti un po' abbondanti e dai colori spenti.

Ero davvero entusiasta quando Bill mi ha annunciato che si era aperta questa posizione.

Prima che la mia vita andasse in frantumi, prima che dessi fuoco alla mia casa e che fossi costretta a vendere la mia azienda, nei momenti in cui ero alla ricerca di personale a tempo determinato avevo dato a Bill un sacco di lavoro. Sapevo che era molto improbabile che riuscisse a trovarmi qualcosa e quasi non ci credevo quando ho ricevuto il suo messaggio. Avevo ormai fatto ciò che andava fatto per Ava, la figlia che non saprà mai di essere mia figlia. Un tempismo davvero perfetto. Pensavo che l'universo mi avesse mandato un segnale per dirmi che stavo facendo la cosa giusta. Dovetti lasciare Ava un po' prima di quando avrei voluto, ma non avevo scelta. Sarei rimasta volentieri ad aiutarla a prender confidenza con il suo nuovo ruolo, ma sono sicura che se la caverà benissimo.

Domani entrerò nell'edificio che ospita l'ufficio di Garth e mi mostreranno lo studio. Sarò a disposizione per aiutare chiunque ne abbia bisogno mentre l'assistente amministrativa è in ferie.

Più che altro, però, aiuterò me stessa.

TRE
CORDELIA

Apre gli occhi nell'oscurità, con il cuore che batte forte per via di un sogno ricorrente. C'è suo padre intrappolato dietro una finestra, con il fumo che gli vortica intorno, la bocca aperta mentre grida aiuto, i pugni che colpiscono il vetro. Nel sogno sa che lei deve rompere il vetro e che ha in mano un lungo palo di metallo adatto al compito. Tutto ciò che deve fare è sollevare il palo, così salverà suo padre. Ma il suo braccio è troppo pesante e, per quanto si sforzi, non riesce a muoverlo.

Sono appena passate le 7 del mattino ma la stanza è immersa nel buio più totale perché le tapparelle chiudono fuori ogni cosa. Tasta il comodino alla ricerca del telecomando, schiaccia i pulsanti mentre il cuore batte forte. Quando le tende si alzano e la luce autunnale filtra all'interno della camera, fa dei profondi respiri per calmarsi, lasciando che il ricordo del giorno più brutto della sua vita la inondi, accettandolo, accogliendolo, perché è più facile che combatterlo e cercare di cacciarlo via.

Sei anni fa, quando il taxi che aveva preso si fermò davanti a casa sua, era sicura che ci fosse un errore. Le macerie ancora fumanti circondate dal nastro segnaletico non potevano assolutamente essere casa sua.

Si ricorda che non era truccata e la pelle aveva ancora un leggero sentore di limone per via della maschera facciale che la sera prima aveva applicato nella stanza di un hotel, in compagnia delle sue tre migliori amiche.

«A noi.» aveva detto Alexandra e si erano sedute sul letto, sollevando i bicchieri di acqua minerale in un reciproco battere di calici.

«Per favore niente alcol.» aveva detto Cordelia quando le aveva invitate e Alex, Cassie e Sarah avevano accettato senza problemi.

Era stata una serata fantastica, costosa, dato che avevano ordinato pizza e hamburger e dolci a profusione, come la torta al cioccolato e burro di arachidi ricoperta di panna montata. Ma quando le aveva regalato la notte fuori per festeggiare la fine dei suoi esami, sua madre le aveva detto di spendere quanto voleva. Era stato splendido ridere ricordando i tempi della scuola e parlare dei propri progetti futuri. Cordelia era riuscita, solo per quella notte, a mettere da parte le sue preoccupazioni nei confronti della madre, del suo alcolismo e del matrimonio dei genitori. Si era sentita giovane e libera, come se il mondo intero stesse per schiudersi davanti a lei.

Quando il mattino seguente erano tutte rincasate dopo una sontuosa colazione a base di pancake, Cordelia aveva preso il taxi ed era arrivata a casa per ritrovare... il nulla. Era tutto andato in fumo. Tutte le loro foto di famiglia, tutto ciò a cui lei teneva, come i peluche che conservava da quando era bambina, i ricordi delle amicizie avute durante gli anni di scuola, i suoi diplomi, il computer e tutti i suoi vestiti non c'erano più.

Ma niente di tutto ciò aveva più alcuna importanza quando apprese che sua madre era in ospedale sotto custodia cautelare e suo padre era morto. Suo padre – il cui ultimo messaggio era stato *Buona serata, tesoro, te la sei meritata xxx* – non era più vivo.

Non avresti dovuto stare fuori a divertirti, si era rimproverata per anni. *Se fossi stata lì, non sarebbe successo.* Per anni si era immaginata la scena in cui sua madre le diceva, *Ho prenotato una notte in un hotel per te e tre amiche, per festeggiare la fine degli esami,* e invece di abbracciarla raggiante di gioia e chiamare subito Sarah, Alex e Cassie per annunciare la grandiosa notizia, rispondeva *Oh, grazie, magari lo sfrutterò nei prossimi mesi.* Perché se avesse aspettato, forse sua madre avrebbe iniziato a seguire una terapia o avrebbe smesso di bere o suo padre se ne sarebbe andato oppure, oppure, oppure... Forse se avesse aspettato, le cose sarebbero andate in modo diverso e avrebbe potuto passare una notte in hotel con le amiche e tornare a casa ritrovando una vita esattamente uguale a quella che aveva lasciato il giorno prima.

Sdraiata a letto, sa che l'appartamento profuma di sandalo, è l'aroma di una candela che le piace accendere, eppure sente ancora l'odore di fumo, acre e pesante che la accolse quel giorno mentre scendeva dal taxi. «Che cosa?» disse alla poliziotta che le spiegava l'accaduto davanti all'area delimitata dal nastro segnaletico.

«Ieri notte.» iniziò la poliziotta ancora una volta.

«No, ho sentito quello che ha detto,» disse Cordelia, «ma non capisco, non capisco proprio.»

«Non c'è nessuno che possa chiamare? Un parente che possa venire a prenderti?» chiese la poliziotta in modo gentile e Cordelia scosse la testa, mormorando ancora, «Non capisco.»

Poi una delle vicine di casa, un'avvocata, si avvicinò a lei e la fece entrare a casa sua. «Siediti e lascia che ti dia qualcosa per superare lo shock.» disse Marnie.

Porse a Cordelia un bicchierino di whisky, anche se erano da poco passate le 10 del mattino. L'odore le fece venire un conato e Marnie indicò affannosamente il bagno degli ospiti, dove Cordelia vomitò la colazione.

Poi chiamò Cassie, che fece andare sua madre a prenderla, Cordelia si stabilì nella stanza degli ospiti mentre cercava di capire con esattezza cosa era accaduto alla sua vita.

A diciott'anni dovette organizzare il funerale di suo padre e parlare con gli agenti assicurativi, e capire come dire al mondo intero che la sua vita era stata stravolta mentre sua madre stava in un letto d'ospedale a insistere che quanto accaduto era stato un incidente.

Si rifiutò di farle visita, si rifiutò proprio del tutto di vederla e le diede solo una rapida occhiata durante il processo, al termine del quale venne destinata a una clinica psichiatrica per la riabilitazione. La sua bellissima madre con quei capelli biondi e quegli splendidi occhi verdi era smunta, curva su sé stessa, brutta, con quei capelli sporchi e quel colorito pallido ed emaciato.

Cordelia provava l'ardente desiderio di abbracciarla, ma indurì il cuore. Sua madre era responsabile della morte del padre e non si meritava alcuna compassione.

Mi hai fatta a pezzi, voleva urlare Cordelia in tribunale, *ci hai fatti a pezzi*.

Chiude gli occhi e immagina che il ricordo sbiadisca, poi dato che muoversi aiuta, salta giù dal letto e va in bagno.

Di ritorno, si accorge che la parte del letto di Garth è ancora liscia, il cuscino intatto.

Non è tornato a casa. Di nuovo. Questa è la terza volta in due mesi. Ogni volta lei si preoccupa che potrebbe non tornare più a casa, perché sa che è possibile passare una notte in hotel e rincasare trovandosi in un mondo orribilmente diverso da quello di prima, allo stesso modo Garth potrebbe semplicemente starsene fuori con chiunque stia andando a letto e non tornare più. Stare con Garth l'ha aiutata a raccogliere alcuni cocci della sua vita andata in frantumi. Eppure ora... ora le cose stanno cambiando nel peggior modo possibile e lei non sa come impedirlo.

Avverte un lieve brivido di paura dentro di sé.

Tutto ok?

Invia il messaggio velocemente, sapendo che non avrebbe mai dovuto farlo, è probabile che lo diverta percepire la sua preoccupazione e il suo timore, ma ha bisogno di sapere che Garth sta bene. Lo ama con tutta sé stessa tanto che prima o poi ne pagherà le conseguenze. Non risponde, il che è un po' strano. Il loro scambio di messaggi di ieri deve averlo irritato, lui detesta quando Cordelia rifiuta di accettare la sua classica spiegazione "lavoro fino a tardi" senza metterla in discussione. È probabile che le stia tenendo il broncio.

Quando in passato aveva messo in scena queste piccole sparizioni, stando fuori per una notte o talvolta due e dichiarando di aver dormito in ufficio per via di un caso impegnativo, aveva sempre risposto ai suoi messaggi con prontezza, guidato, immagina Cordelia, dal senso di colpa. Ora però il suo telefono rimane ostinatamente silenzioso.

Aspetta una risposta per tutto il tempo della colazione a base di uova strapazzate e toast ai semi.

Si porta il telefono in bagno mentre fa la doccia, spegnendo il getto quando è a metà perché le sembra di aver sentito una notifica di messaggio ricevuto, ma non c'è nulla. Nello specchio del bagno la sua pelle appare pallida, i capelli biondi radi e gli occhi castani spenti. Non c'è da stupirsi che Garth preferisca altre donne.

Mentre si reca al lavoro sul tram, gli scrive di nuovo.

Va tutto bene? Per favore rispondimi.

Fa scorrere la chat per rileggere i messaggi che si sono

scambiati nelle scorse settimane, nel caso si fosse dimenticata di un suo viaggio aziendale e poi chiude il cellulare, rendendosi conto di essere su un tram affollato e di avere tanta gente intorno a sé. Non vorrebbe mai che qualcuno vedesse alcuni dei messaggi che lei gli ha mandato, in special modo quelli delle ultime settimane. Sono tremendi. Lei sa essere tremenda, specie quando si ritrova sul divano arrabbiata e ferita, rimuginando su tutto quanto perché lui l'ha lasciata da sola mentre, ancora una volta, deve lavorare tutta la notte. Proprio come ieri notte.

La scorsa settimana era stata particolarmente cattiva, in un'altra occasione in cui lui le aveva detto che non sarebbe rientrato a casa.

Pensi che non sappia cosa stai facendo? Avevi promesso che saremmo usciti insieme stasera. So che sei con qualcun'altra. Perché non lo ammetti e basta?

Cordy, per favore non essere ridicola. Gli avvocati hanno bisogno di altre tesi per domani mattina. Oggi in tribunale li hanno fatti a pezzi. Devo lavorare.

Sei un bugiardo. So che stai mentendo. Perché non mi dici semplicemente la verità? Possiamo farla finita e tu puoi andare avanti a scopartela.

Sto lavorando!!!!!

Odio questa situazione. Ti odio.

Non possiamo tornare sempre sulla stessa questione. Sono al lavoro e ci vediamo più tardi.

Fottiti, Garth. Un giorno farai i conti con le tue bugie e vedrai.

Vedrò cosa?

Non rispose a quel messaggio.

Quando finalmente lui rincasò, entrambi fecero solo finta che la conversazione non fosse mai avvenuta. Garth non ama le discussioni e se lei prova a parlare della loro relazione, lui si limita a uscire di casa per andare al bar o a fare una passeggiata oppure si incontra con un amico. *Pronto? Campanello d'allarme,* avrebbe detto la sua amica Cassie se avesse saputo come stavano le cose. Ma Cordelia le parla di rado ormai.

Il paradosso di tutta la faccenda non le sfugge. Le notti in cui sua madre accusava il padre di andare a letto con Tamara, l'assistente di lei, erano terrificanti. Sua madre gridava e urlava e suo padre negava ogni cosa, infine smetteva di parlarle del tutto e si chiudeva a chiave nella stanza degli ospiti.

Poi sua madre piangeva e beveva ancora di più e Cordelia doveva ascoltarla spiegare tutti i modi in cui lei aveva dimostrato che suo padre la stava tradendo e con chi.

Eppure non era vero niente. Suo padre era morto negando di averla mai tradita e la madre era stata ricoverata in un istituto psichiatrico, dove aveva smaltito gli effetti dell'alcol e aveva ricevuto l'aiuto di cui aveva bisogno. E l'intera vita di Cordelia era saltata in aria.

A volte si interroga proprio su chi sarebbe diventata se la madre non avesse "accidentalmente" dato fuoco alla casa uccidendo suo padre. Si sarebbe messa con Garth? Lui è di bell'aspetto e intelligente e la fa ridere e a lei piace stare con lui, anche senza per forza fare qualcosa di particolare, ma cose semplici come la spesa. Ma lo amerebbe così tanto anche se, tornando a casa quel giorno, non si fosse ritrovata di fronte a delle macerie fumanti? E se stesse comunque con Garth e sua madre fosse a casa, anche divorziata da suo padre visto che entrambi dovevano uscire da quel matrimonio tossico, avrebbe semplicemente fatto le valige per tornare a casa e farsi consolare dalla madre raccontandole nei dettagli i suoi sospetti su Garth? È probabile.

Il desiderio di parlare alla madre la travolge in un'onda di nostalgia, ma lei lo respinge. Sua madre ora è fuori dalla clinica, fa la sua vita e scrive a Cordelia una o due volte al giorno. Sta meglio? È felice? Si sente in colpa per l'incendio? Le importa qualcosa di aver rovinato la vita alla sua unica figlia?

E che cosa le direbbe di fare con Garth? Cordelia non ci vuole nemmeno pensare, perché non seguirebbe mai il suo consiglio. Basta guardare cosa ha fatto alla sua vita, alle loro vite.

Non sono come lei, Cordelia cerca di consolarsi così, come del resto fa spesso.

Non beve fino a stordirsi e non sostiene accuse assurde. Conosce la verità. Lei sa che Garth deve lavorare molto e sa anche che gli associati senior dello studio legale Harmer, Wright and Sing qualche volta lavorano fino alle prime ore dell'alba. È così che funziona questo lavoro e Garth vuole a tutti i costi diventare socio dello studio.

Eppure sa anche che la sta tradendo. Sa che si tratta di qualcosa di serio, qualcosa a cui tiene, non di una scappatella. Lo sente. Non c'è altra spiegazione per la sensazione che ha quando sono insieme e le sembra che lui abbia la testa altrove, Cordelia sa con esattezza con chi va a letto Garth.

Lo studio legale dove lavora è pieno di splendide donne e nel suo team specializzato in negligenza medica, c'è un'associata senior che si chiama Natalie. Natalie e il fidanzato Charles sono venuti a cena qualche volta ed è capitato che uscissero in coppia per bere qualcosa o per un brunch. Ogni volta che sono tutti insieme, Cordelia riesce a percepire una sorta di intesa tra Garth e Natalie, l'ha sentita subito fin dal momento in cui Natalie è entrata a far parte dello studio sei mesi fa.

Lei, però, non vuole accusarlo di andare a letto proprio con Natalie, consapevole che lui si limiterebbe a negare. Vuole beccarlo, vuole che lui confessi senza volerlo, anche se questo significherebbe per lei dover prendere davvero una decisione e fare davvero qualcosa.

Per quanto detesti ammetterlo a sé stessa, non vuole perdere Garth. Lui è stato una presenza forte, solida, capace e affettuosa quando lei ne ha avuto maggiore bisogno e ha paura che se loro si separassero, il tracollo che sente di essere riuscita a tenere a bada per sei anni la travolgerebbe e lei ne uscirebbe distrutta.

Così, sceglie di rimanere. Cordelia crede che vada a letto con un'altra donna ma non ha una prova certa, non ha una prova che lui non potrebbe confutare. Una piccola parte di lei, poi, continua in realtà a sperare di aver preso un abbaglio e che questa intesa tra i due sia frutto della sua immaginazione, che Garth dica la verità e passi le notti lontano da lei solo per motivi lavorativi. Forse è ingenua o forse è l'istinto di autoconservazione. Forse ha solo troppa paura di stare senza di lui.

Il tram ferma vicino all'edificio in cui lavora e, facendosi strada tra le persone per raggiungere la porta, scende. Ancora nessun messaggio da Garth.

È lei a inviarne un altro.

Per favore fammi solo sapere se stai bene.

Ancora una volta lui non risponde e tutto ciò che riceve è il solito messaggio di sua madre che serve solo a irritarla.

Buongiorno. Ti auguro una splendida giornata, tesoro.

Mentre cammina verso il suo ufficio, ha la testa chinata sul telefono, nella speranza che lui le risponda e non vede l'uomo fermo davanti a lei finché non ci finisce contro.

«Oh, mi spiace tanto.» dice lei rapida, non alza lo sguardo

perché è concentrata sullo schermo. Fa un passo di lato e si dirige verso la porta continuando a guardare in basso.

«Fai attenzione, Cordelia.» dice lui, ed è solo una volta entrata che si rende conto che l'uomo l'ha chiamata per nome.

Sfreccia fuori di nuovo per vedere chi fosse, ma non c'è più nessuno e, dato che non ha nemmeno guardato in faccia l'uomo, non ha idea di chi si tratti. La sua voce era familiare? Forse. Ma se lui la conosce, perché non l'ha salutata?

«Fai attenzione, Cordelia.» Che cosa strana da dire.

QUATTRO
GRACE

L'edificio dove lavora Garth è simile a tanti altri che sorgono nel centro città. Svetta in cielo con un'altezza di almeno venti piani e le vetrate a specchio.

Mi fermo all'ingresso e verifico sul tabellone il piano a cui devo arrivare. Gli uffici dello studio legale Harmer, Wright and Sing sono al settimo piano.

Non posso fare a meno di pensare che solo qualche settimana fa ero in piedi davanti a un tabellone in un edificio pieno di uffici e mi stavo candidando per un lavoro alle dipendenze di una donna che sapevo essere mia figlia. Sono passati solo tre mesi e mezzo da quando sono uscita dalla clinica e mi sento come se fossi su un'auto da corsa, affrettandomi per stare al passo con tutto ciò che sta accadendo nella mia vita, con tutto ciò che devo fare. È che so quanto la vita possa cambiare rapidamente e sento un'urgenza particolare quando si tratta delle mie figlie. Non posso permettere che la loro vita venga rovinata come è successo a me, e non è forse questo ciò che ogni mamma vuole? Che i suoi figli vivano una vita migliore della propria? Sembra impossibile di questi tempi, ma ho lasciato Sidney con la certezza che le cose per Ava stessero andando per il verso giusto e ora devo solo assicurarmi di poter dire lo stesso per Cordelia.

Mentre aspetto l'ascensore, mi concedo di fantasticare per qualche istante sulla possibilità di far incontrare Ava e Cordelia, sul ricercare somiglianze tra le due e ritrovarmi circondata dalla mia famiglia.

Non succederà, certo. Non lo farei mai a nessuna delle mie due figlie. Non potranno mai sapere l'una dell'esistenza dell'altra.

Le loro vite sprofonderebbero nel caos.

Le porte dell'ascensore si aprono direttamente sugli uffici dello studio legale. So che si tratta di un'enorme società, ma dire che c'è una gran folla di persone sarebbe una forzatura. Due receptionist siedono dietro a un bancone in pietra grigia rispondendo a bassa voce ai telefoni. Scruto il corridoio, ma tutte le porte in legno sono chiuse, nessuna esclusa. Il leggero odore stantio dell'aria artificiale generata dal condizionatore e il lussuoso tappeto grigio contribuiscono a darmi la sensazione che questo sia un posto dove i soldi vengono spesi e guadagnati in gran quantità. So che Garth si fa pagare settecento dollari per un'ora del suo tempo.

Mi avvicino alla scrivania e un giovane uomo con capelli ben impomatati e profondi occhi azzurri alza lo sguardo offrendomi un ampio sorriso.

«Buongiorno. Come posso aiutarla?» chiede.

«Mi ha mandato l'agenzia di collocamento *Staff in a Moment*.» dico. «A quanto pare la vostra assistente amministrativa sarà assente per una settimana, esatto?»

«Oh.» dice, con le dita che volano sulla tastiera. «Certo, sì. Mi dia un secondo e le chiamo Peter, lui le spiegherà tutto. Può sedersi nel frattempo. Non ci metterà molto.»

Mi indica un comodo divano marrone e mi ci siedo tastando il morbido pellame con la mano.

Quando mi sono svegliata stamattina, mi ci è voluto un po' per capire dove mi trovavo. Il letto era così morbido e la stanza molto buia. Non riesco ad abituarmi al lusso degli hotel. Strano, visto che un tempo questo tipo di lusso faceva parte della mia quotidianità.

Una volta sveglia, ho ordinato la colazione in camera e mi sono messa a guardare il telefono, innanzitutto ho scritto a Cordelia il mio solito amorevole messaggio e poi sono andata a vedere come stavano Ava e le bambine. Sulla pagina Instagram di Ava, che seguo usando un profilo falso, c'era una foto di lei in piedi davanti alla porta di un ufficio, un ampio sorriso sul volto mentre indica con il dito un'insegna scritta a mano che dice, **AVA GREEN, CEO**. «Ben fatto, tesoro mio.» ho mormorato e mi sono immaginata la placca in bronzo con il nome inciso sopra. Farà un lavoro magnifico; so che lo farà.

Non c'erano foto delle bambine, ma guardando il sito di Finn ho visto che aveva aggiunto qualcosa: SI PRENDONO COMMISSIONI. Ero soddisfatta. Un giorno avrà la possibilità di mettere in mostra tutti i suoi splendidi ritratti, ma fino ad allora può aiutare Ava prendendo delle commissioni. Il costo della vita a Sidney è veramente alto. So che entrambi hanno parecchia strada da fare per superare il tradimento di Finn e le conseguenze che ne sono derivate, ma sento che ce la faranno. So che ce la faranno. Non è detto che un matrimonio debba finire se uno dei coniugi tradisce. Finn non ha mai negato ciò che ha fatto ed era pieno di rimorsi.

Molto diverso da Robert che ha continuato a mentire fino alla fine. Ma ora non intendo pensare a Robert e a quello che ha fatto.

Oggi è un nuovo giorno e ciò che desidero più di ogni cosa è tornare ad avere un rapporto con Cordelia. Farò in modo che accada.

C'è qualcosa che turba la mia bambina. C'è qualcosa che non va. Riesco a sentirlo. Approcciarla in modo diretto sarebbe controproducente. Prima devo capire qual è il problema, così da poterla aiutare a risolverlo. È questo il compito di una madre.

«Grace?» sento dire, alzo lo sguardo e vedo un uomo corpulento con i pantaloni del completo tenuti su da bretelle rosse, non certo una scelta di stile che si vede di frequente di questi tempi.

«Sì.» dico alzandomi in piedi e notando come mi abbia dato una veloce occhiata per poi distogliere lo sguardo. Indosso un informe abito marrone svolazzante, gli occhiali che ho scelto hanno una montatura nera così i miei occhi verdi sembrano lievemente sporgenti, ho usato pochissimo trucco in modo da sembrare più anziana di quello che vorrei.

Con l'aggiunta della parrucca, credo di non assomigliare per nulla a Grace Morton e neanche a Grace Enright – il nome che ho utilizzato mentre lavoravo per Ava.

Continuo a farmi chiamare Grace Enright, però. Lei è il tipo di donna che porta a termine le cose.

«Venga pure di qua.» dice. «Sono Peter, responsabile delle Risorse Umane.»

«Piacere di conoscerla.» rispondo. Lo seguo in un ufficio dove c'è una scrivania ricoperta di documenti e sulla porta un'insegna che dice **ASSISTENTE AMMINISTRATIVO**. «Allora, credo che lei abbia lasciato tutto piuttosto in ordine e le abbia preparato un manualetto da seguire, non dovrebbe essere nulla di impegnativo.» dice, indicando la scrivania.

«Sono sicura che me la caverò.» dico, sapendo che la cosa più importante per un'assistente temporanea è essere in grado di inserirsi nell'ingranaggio senza cambiare alcunché. Non è nelle mie intenzioni cambiare le cose, a meno che non sia necessario.

«Oh deve scusarmi.» dice mentre il telefono gli vibra in tasca.

«Guardi, venga pure da me se ha domande, ma tutti qui sono in grado di aiutarla. Kelsey, la tirocinante, dovrebbe essere da qualche parte nei dintorni e sa fare più o meno tutto. Sono certo che incontrerà la maggior parte delle persone che lavorano qui nel corso della giornata.» Scorre il dito sullo schermo per rispondere, «Sì, Jack grazie per avermi ricontattato.» poi si volta e se ne va lasciandomi sola nell'ufficio.

Trovo subito il raccoglitore blu lasciatomi dall'assistente che sostituisco. È impostato in modo ordinato e le istruzioni sono stampate a chiare lettere, sono contenta che all'apparenza sia una persona molto organizzata. Guardandomi intorno nell'ufficio cerco qualche sua foto. Ce n'è una di una coppia di almeno dieci anni più anziana di me, sui loro volti sorrisi smaglianti. La donna porta i capelli grigi in un caschetto ordinato e ha gli occhi azzurri, il marito è stempiato. Sono ritratti mentre siedono a un tavolino con dei cocktail elaborati davanti a sé, il blu dell'oceano alle spalle. Deve essere vicina al pensionamento ed evidentemente molto brava nel suo lavoro. Mi sembra una persona che mi farebbe piacere conoscere o con cui potrei essere amica. Mi domando se sia in vacanza con suo marito e poi mi coglie un momento di tristezza al pensiero degli anni di pensione che mi pregustavo, ai viaggi che con Robert avremmo potuto fare. *Lascia perdere*, mi rimprovero. Devo concentrarmi.

Mi siedo e mi metto al lavoro, registrando e mettendo da parte le fatture che devono essere pagate. Un'ora dopo mi alzo per andare in bagno e ne approfitto per guardarmi un po' intorno. Percorro un corridoio mentre leggo i nomi sulle porte, ma non riesco a trovare Garth. Mi volto e cammino in direzione opposta. Lo studio legale si estende su tutto il piano.

Quando trovo l'ufficio di Garth la porta è chiusa e busso piano, pensando di presentarmi e chiedergli se ha bisogno di qualcosa. Non deve per forza sapere che non lo farò con tutti.

Nessuna risposta dall'interno, così premo sulla maniglia con cautela, guardandomi attorno per vedere se qualcuno mi osserva, ma sono sola.

L'ufficio di Garth è silenzioso e buio, la scrivania sgombra ad eccezione di un quaderno rilegato in pelle e una penna. Non voglio accendere la luce, ma mi avvicino e apro il quaderno, usando lo schermo del telefono per avere un po' di luce. Non c'è scritto nulla se non una sola frase: *Lunedì ore 18. Incontro con J.* Oggi è martedì e mi chiedo se l'incontro di ieri si sia tenuto, chi è J e perché mai l'abbia scritto sul quaderno quando al giorno d'oggi viene annotato tutto quanto sul telefono.

«Garth.» sento e mi allontano dalla scrivania mentre una donna entra nell'ufficio.

Capisco subito che si tratta di Natalie.

Seguo Garth su Instagram, così come seguo Cordelia e Natalie, che è molto carina con i suoi capelli biondo chiaro e i profondi occhi verdi, è una presenza più che occasionale sul profilo di Garth. Mi stupisce sempre la facilità con cui la mia richiesta di follow venga accettata nonostante la mia pagina Instagram abbia pochissime informazioni. Pubblico perlopiù foto di piatti deliziosi, come una torta al cioccolato a sette strati e un'insalata con tortillas d'ispirazione messicana, nei commenti metto poi le relative ricette.

È evidente che sembro piuttosto inoffensiva, ma mi sorprende constatare la quantità di informazioni che le persone condividono senza problemi con un pubblico generico.

Non intervengo mai sotto i post di Cordelia o Garth, ma Natalie scrive commenti su quasi tutto quello che lui posta.

Un'altra ragione per cui la relazione di quell'uomo con mia figlia mi preoccupa.

Spero ne sia valsa la pena, aveva commentato sotto una foto di lui che teneva un grosso boccale di birra in mano, mentre la schiuma bianca colava lungo i lati del boccale, il commento era seguito da molte emoji che fanno l'occhiolino. A cosa si stava riferendo? Alla bevuta? A qualcosa che lui aveva fatto?

Se solo sapessero... aveva commentato sotto una foto di lui alla scrivania con l'hashtag *#nonfiniscemai #grangiornointribunale.*

C'è anche una foto di lei e Garth in un bar insieme ad altri avvocati, bicchieri in alto per celebrare la loro *#grandevittoria.*

«Oh,» dice quando mi vede. «chi sei tu?»

«Mi scuso, sono Grace, l'assistente amministrativa temporanea. Mi sono un po' persa e pensavo di trovare una mappa o qualcosa di simile nell'ufficio.»

Si tratta di una scusa poco credibile, ma Natalie non si ferma neppure a pensarci. «Beh, perché non lasci che ti mostri dove devi andare.»

Indossa un completo nero aderente con una camicetta color crema, un look professionale dalla testa ai piedi.

Annuisco e la seguo fuori. «Oh, ma certo,» dico dopo qualche passo. «ho capito dove devo andare adesso.» Lei fa un cenno con la testa e si allontana sorridendo.

Tornata nel mio ufficio, faccio qualche respiro profondo, ricordando a me stessa che devo fare attenzione e non affrettare le cose. Garth lo incontrerò presto.

È quasi ora di pranzo e prendo la borsa per andarmene. Secondo quanto scritto nel manualetto, ho un'ora di tempo e intendo sfruttarla per vedere mia figlia.

Lei non mi vedrà, ma io ho bisogno di vederla.

Non ho più visto mia figlia in carne e ossa dal processo, sei anni fa.

Mi piacerebbe avvicinarmi abbastanza da sentire se indossa ancora lo stesso profumo che indossava sempre. Vorrei riuscire a toccarla, anche solo facendo finta di urtarla accidentalmente, ma non lo farò. Manterrò, invece, le distanze e la osserverò da lontano.

L'edificio dove lavora è vicino a quello di Garth, dunque ho il tempo di arrivare lì e vedere se esce per andare a pranzo. Ha iniziato a lavorare per questo studio grafico solo pochi mesi fa, è il primo impiego che ha ottenuto dopo la laurea. È un'artista molto talentuosa. Quando era adolescente, spesso si disegnava i vestiti da sola e io ero nelle condizioni di pagare un sarto che li confezionasse. Sono sorpresa che abbia scelto una carriera nel mondo dei loghi e delle pubblicità, ma forse si tratta di uno spazio più sicuro, meno soggetto ai capricci della fortuna come invece è il mondo della moda.

Immagino che mia figlia sia sempre alla ricerca di sicurezza per quanto possibile, dopo tutto ciò che è accaduto, e per questo mi porterò dietro per sempre un pesante senso di colpa. Se solo volesse parlarmi, potrei darmi da fare per lei. Le finanzierei l'apertura di un atelier di moda e assumerei del personale che lavori per lei. Darei tutto per farla felice, ma lei non mi vuole nella sua vita e non posso biasimarla. Ciò non significa che non continuerò a provarci. È stato molto frustrante dover vendere la mia azienda, Wax to the Max, la mia catena di centri estetici, per un prezzo molto inferiore al suo valore di mercato, ma ho ancora denaro più che sufficiente per fare ciò che voglio della mia vita.

E ciò che voglio fare è assicurarmi che le mie figlie siano al sicuro, felici e realizzate.

Sono da poco passate le 13 e mi trovo sul marciapiede fuori da una caffetteria sul lato opposto dell'edificio dove lavora Cordelia, quando la vedo uscire. Ho un sussulto, non posso fare a meno di toccarmi il petto. Eccola, la mia adorata figlia. Si guarda intorno e poi inizia a camminare, io attraverso rapida la strada e la seguo a una certa distanza. Indossa un leggero trench nero, legato stretto alla sua vita sottile, i suoi capelli dorati sono raccolti in una coda morbida. È davvero bella.

Le immagini di lei da piccolissima, da bambina e da ragazzina mi appaiono nitide e da un lato ora mi sembra di guardare un'estranea, ma al contempo qualcuno che conosco con ogni parte del mio essere.

Si ferma davanti a un ristorante di sushi ed entra, riemergendone con una busta in mano, poi si volta e torna verso l'ufficio. Ci piacevano le cene a base di sushi prima che la nostra vita cambiasse. Ci divertivamo a provare nuovi piatti e anche da piccola non era per nulla schizzinosa nei confronti del pesce crudo.

Le piaceva sperimentare sapori diversi ma il sushi era uno dei suoi cibi preferiti e sono contenta di constatare che qualcosa è rimasto uguale, che c'è ancora qualcosa che ci unisce, anche una cosa così semplice come il comune amore per il sushi.

Speravo che andasse a mangiare in un parco qui vicino o in qualche altro luogo dove avrei potuto osservarla, ma il vento in città è molto forte ed è comprensibile che voglia stare in un luogo al chiuso. Come tutti quelli della sua generazione, Cordelia cammina con il capo chino, gli occhi sul telefono, talvolta scuote la testa mentre digita con il pollice.

C'è qualcosa nella sua postura ricurva, nel modo in cui sta scrivendo sul telefono, che mi fa pensare che sia preoccupata.

Rallento il passo perché so dove sta andando, ma nel mentre scorgo un uomo alto, dalle spalle larghe, con una giacca in pelle nera, annuisce con il telefono all'orecchio. Noto che solo poche persone lo separano da Cordelia e quando lei si ferma per guardare un vestito nella vetrina di un negozio, anche lui si ferma. Sembra piuttosto giovane, ma non vedo bene che aspetto abbia, se non per i capelli castani, perché porta gli occhiali da sole. Quando lei ricomincia a camminare, lui fa la stessa cosa. Le cammina dietro fino alla porta d'ingresso dell'edificio dove lavora, poi attraversa la strada ed entra nella caffetteria dove avevo intenzione di andarmi a sedere. Lo osservo mentre si fa dare un tavolo proprio vicino alla vetrina. Toglie gli occhiali e sorride alla cameriera che arriva a prendere le ordinazioni. Non riesco a capire se ha la stessa età di Cordelia o è più giovane, ma mentre lo osservo lui guarda fuori dalla vetrina e io mi volto dall'altra parte.

Potrebbe trattarsi di una coincidenza ma non credo che lo sia. Quell'uomo sta seguendo Cordelia.

E devo assolutamente capire perché.

CINQUE
CORDELIA

«Harmer, Wright and Sing, con chi desidera parlare?»

«Sì, salve... buongiorno, potrei parlare con Garth Stanford-Brown per piacere?»

«Chi devo riferire?»

«Sono Cordelia Morton, saprà di cosa si tratta.»

Dovrebbe lavorare a un logo per una paninoteca, ma finora tutto ciò che è riuscita a partorire è un hamburger che sorride e di sicuro non è il massimo, ma esattamente quanti modi possono esserci per vendere un panino? Ogni mattino, mentre va al lavoro, fa finta di essere diretta al proprio atelier di moda, fermandosi quando ha tempo a studiare i vestiti esposti nelle vetrine dei negozi di abbigliamento e pensando a come cambierebbe o migliorerebbe i modelli che vede. Quando infine arriva al suo vero lavoro, è sempre faticoso sedersi e accendere il computer per iniziare la giornata. Non è questa la vita che aveva immaginato per sé stessa, ma d'altra parte così poco nella sua vita è come se l'era immaginato – aver sbagliato lavoro è solo qualcosa che si aggiunge al resto.

In ogni caso è difficile concentrarsi. Sono due notti che Garth non torna a casa, l'ha già fatto, ma non risponde a nessuno dei suoi messaggi e prima d'ora non era mai successo. Deve essere molto arrabbiato con lei.

Il tono dei messaggi che Cordelia gli ha inviato è sempre più disperato, così disperato che si sente in imbarazzo quando le scorrono sotto gli occhi.

Per favore chiamami e fammi sapere se stai bene.

Scusami, sono stata davvero tremenda nei tuoi confronti. Lo so che dovevi lavorare. Però chiamami.

Possiamo risolvere tutto se mi chiami.

È assurdo Garth, chiamami.

Che cosa hai che non va? Perché devi essere così stronzo? Chiamami.

Per favore, chiamami e basta.

Ieri sera quando era rientrata a casa, non c'era nessuno nell'appartamento.

Ma aveva pensato che lui sarebbe arrivato tardi, con ogni probabilità si sarebbe infilato nel letto mentre lei era già addormentata. Si era ripromessa che non gliel'avrebbe fatta passare liscia rispetto a come si stava comportando. Si era preparata tutto un discorso e, a qualsiasi ora fosse arrivato a casa, lei gliel'avrebbe fatto, gli avrebbe detto che è egoista, manipolatorio e sgarbato. *Conosci la mia storia e sai quanto mi preoccupo per le persone a cui tengo, nonostante questo hai deciso di non rispondere ai miei messaggi. È davvero crudele da parte tua.*

Era riuscita addirittura a immaginarsi che aspetto avrebbe

avuto, il suo bel volto si sarebbe rabbuiato e lui avrebbe chiesto scusa rendendosi conto di quanto lei fosse turbata.

Ma Garth non era tornato a casa ieri sera e a un certo punto, molto dopo la mezzanotte, Cordelia non era più riuscita a combattere il sonno e aveva ceduto. Questa mattina la sua parte del letto era intatta. Nel momento in cui se ne era resa conto, era balzata fuori dal letto, sperando di trovarlo sul divano o almeno trovare una qualche traccia del suo passaggio nell'appartamento. La cucina, però, era uguale a come l'aveva lasciata, linda e ordinata con le superfici in marmo bianco pulite. Nel cesto della biancheria sporca non c'era traccia di vestiti in più. Garth non era tornato a casa e non le aveva neppure scritto un messaggio.

Non posso credere che tu non sia tornato a casa neanche ieri, e senza neanche mandarmi un messaggio. Ti stai comportando da vera merda, Garth. Non capisco perché mi tratti così, ma prima o poi pagherai le conseguenze del tuo comportamento da stronzo. Non stupirti se quando torni a casa non mi trovi più!!!

Si era immaginata una qualche reazione a questo messaggio, ma lui di nuovo non aveva risposto così lei, umiliandosi ancora una volta, era tornata sui suoi passi cercando di rabbonirlo.

Ascolta, mi spiace. Ero arrabbiata. Ho solo bisogno di sapere che stai bene. Mandami un'emoji, qualsiasi cosa. Per favore.

Non voleva chiamare al lavoro, non voleva dargli quella soddisfazione, ma ora ha solo bisogno di sapere che sta bene. Vuole anche fargli ammettere i veri motivi di questo suo silenzio. Spera che lei se ne vada e basta? Che lo lasci e se ne vada? È una mossa del cazzo, a prescindere da come la si guardi.

La musichetta d'attesa arriva fino alla fine e ricomincia da capo, Cordelia si rende conto di essere rimasta ad aspettare per più di cinque minuti.

«Mi scusi.» torna a dire la voce della receptionist. «Il sig. Stanford-Brown non è in ufficio oggi. Vuole lasciargli un messaggio?»

«Oh... no, no, ma uhm... potrebbe passarmi Ian Chen?» chiede lei.

Ian è amico di Garth. Iniziarono a lavorare per lo studio nello stesso periodo, Ian però si era specializzato in diritto assicurativo. A Cordelia piacciono Ian e il suo compagno Mack, è sempre divertente uscire con loro. Al contrario di chiunque altro nello studio, Ian sembra sempre accorgersi quando Cordelia comincia ad annoiarsi delle storie riguardanti lo studio e i casi che seguono, e con delicatezza cambia argomento, chiedendo a Cordelia del suo lavoro o parlando delle serie televisive che tengono incollati allo schermo.

Sente la receptionist schioccare la lingua alla nuova richiesta, ma la musichetta d'attesa ricomincia e Cordelia si guarda intorno nell'ufficio per essere sicura di non essere osservata. È in pausa pranzo, quindi ha tutto il diritto di stare al telefono e sono poche le persone rimaste alle proprie scrivanie. Nessuno la sta guardando. Con i colleghi non ha mai scambiato niente più che chiacchiere di lavoro e qualche mite commento sui programmi del fine settimana. Passa tutti i fine settimana con Garth quando lui è a casa e le fa piacere tenersi libera anche durante la settimana, nel caso lui finisse di lavorare a un orario ragionevole, così ha sempre declinato anche quel paio di inviti ricevuti per andare a bere qualcosa dopo il lavoro.

Sei veramente uno zerbino.

Respinge il pensiero e prende una penna, fa scarabocchi sul foglio che ha davanti mentre rimane in attesa.

«Cordelia.» sente alla fine.

«Ian.» esclama lei, sollevata per aver trovato finalmente

qualcuno con cui parlare, ma annaspando alla ricerca delle parole perché «il mio fidanzato si rifiuta di parlarmi» suonerebbe assurdo, ma in che altro modo potrebbe spiegare a Ian il perché ha bisogno di parlargli?

«Dunque, uhm… ascolta, sarò sincera, io e Garth abbiamo avuto un piccolo litigio e lui non è tornato a casa e ho solo bisogno di sapere che sta bene.» Si sente arrossire, mortificata per ciò che ha dovuto fare, ma ormai fa fatica a fare qualunque cosa, riesce solo a preoccuparsi per lui – e se sapesse che sta bene, potrebbe iniziare a pensare seriamente a cosa fare.

«Uhm… sì, dunque, lavoriamo su due piani diversi e non l'ho proprio visto… fammi andare a vedere se riesco a rintracciarlo, okay? Ti richiamo o ti faccio chiamare da lui.» Ian parla in modo così gentile che Cordelia non riesce a trattenere le lacrime, che subito asciuga. Fanculo a Garth per averla ridotta così – è un atteggiamento manipolatorio e oltremodo cattivo.

«Grazie mille, Ian, hai il mio numero?»

«Solo un momento, prendo una penna.» Lei gli lascia il suo numero e aggancia.

Torna a guardare lo schermo del computer nella speranza di trovare l'ispirazione per il logo di un panino, ma non riesce a concentrarsi. Odia questa roba. Dovrebbe disegnare vestiti, passare la giornata circondata da morbidi tessuti con meravigliose stampe e colori, ma questo impiego le era sembrato facile e sicuro. Tutto ciò che davvero vuole è che i giorni si susseguano uno dopo l'altro, senza che vi siano orribili sorprese ad attenderla dietro l'angolo.

Uno psicologo con cui aveva fatto qualche seduta le disse che era come bloccata. «Sei ancora ferma lì, a quella terrificante mattina, mentre ti rendi conto che tutta la tua vita è cambiata. Devi trovare il modo di voltare pagina.» le aveva detto.

Cordelia si era concentrata sulle orecchie dell'uomo, da dove spuntavano alcuni peli grigi, mentre cercava di rispondere.

«Mia madre ha dato fuoco a casa nostra e ha ucciso mio

padre. Poi è stata ricoverata in un istituto psichiatrico perché lo stato ha decretato che è solo un po' matta e un'alcolizzata e quindi non è davvero responsabile per quello che è successo. Come dovrei fare esattamente a voltare pagina?» sembrava una bambina petulante ed era proprio ciò che lo psicologo intendeva sottolineare.

«Riuscirai a voltare pagina quando sarai pronta.» disse Cassie quando Cordelia le raccontò della seduta. «Fanculo a quel vecchio di merda – che cosa ne sa lui?» così Cordelia smise di andare in terapia, non volendo fare i conti con ciò che era successo tutte le sante volte.

Jacinta, la sua capa, attraversa l'ufficio con passo deciso e con in mano un enorme contenitore della stessa insalata che compra ogni giorno. Cordelia si china in avanti e digita sulla tastiera, sperando che non le venga chiesto quando sarà pronto il nuovo logo e, per grazia ricevuta, Jacinta va direttamente nel suo ufficio e chiude la porta.

Riprende in mano la penna, ritornando allo scarabocchio che è diventato il disegno di un abito da sposa, mentre pensa a Garth e all'inizio della loro relazione.

Quando lo incontrò per la prima volta in un pub di Londra, il modo migliore per descrivere come si sentiva è "ammaccata."

La pelle le pareva più sensibile, come se qualcuno l'avesse fisicamente ferita. Si sentiva scoperta e vulnerabile, depressa e inabissata nel dolore mentre piangeva la perdita del padre e della madre che amava e di cui si fidava.

Una volta terminato il processo, una volta che la madre venne condannata al ricovero nell'istituto psichiatrico per quello che lei e la sua avvocata si ostinavano a chiamare "l'incidente", Cordelia non aveva saputo cos'altro fare di sé stessa – se non scappare. Non c'era più una casa, nessun rifugio dove andare, nessun parente con cui volesse rimanere. Poteva andare a stare con i genitori di sua madre ma, benché sapesse che le volevano molto bene, erano persone difficili, sempre arrabbiate e tristi, giudicanti nei confronti di tutto e di tutti, anche nei confronti di Cordelia man mano che cresceva. *Perché mai una ragazza così carina dovrebbe mettersi tutto quel trucco? In che senso vuoi disegnare abiti, non è mica un lavoro. Dovresti venire in chiesa con noi, visto che i tuoi genitori non sembrano capire quanto è importante. Ci auguriamo che tu non stia uscendo con nessuno. La vita di tua madre è stata totalmente compromessa dall'aver incontrato il ragazzo sbagliato.*

Dall'età di quattordici anni in poi, Cordelia iniziò a far loro visita per conto proprio e ad allungare più che poteva i tempi tra una visita e l'altra. Ogni volta che andava, aveva l'impressione che sua madre non aspettasse altro che sapere da Cordelia se i suoi genitori avessero chiesto di lei, ma loro non chiedevano mai.

Cordelia aveva mandato loro qualche messaggio per rimanere in contatto, ma non avrebbe mai potuto immaginare di vivere con loro nello stato in cui si trovava, aveva la certezza che loro le avrebbero detto che senza sua madre sarebbe stata meglio. C'era un passato che pesava sulla relazione tra sua madre e i suoi genitori e Cordelia non sapeva tutto. Aveva pensato che se fosse andata a vivere con loro, il suo dolore si sarebbe solo aggravato. Aveva scelto di stare in un residence trovato dall'avvocata di sua madre fino a che il processo non si fosse concluso.

Non voleva parlare con nessuno ad eccezione dei suoi amici e la maggior parte di loro non aveva idea di cosa dirle. *Mi spiace che tua madre abbia ucciso tuo padre?* Non ti scrivono il copione da recitare in queste circostanze. L'unica cosa che aveva era abbastanza denaro per poter lasciare il Paese. Così quando il processo si era concluso e lei era libera di andarsene, era fuggita. Cassie avrebbe passato un anno nel Regno Unito, viaggiando e lavorando nei pub per guadagnare qualcosa.

Vieni qui, le aveva scritto via messaggio. *Possiamo condivi-*

*dere il mio squallido appartamento e ti trovo un posto nel pub
dove lavoro.*

Cordelia non avrebbe avuto bisogno di soldi, ma aveva bisogno di fare qualcosa, al mattino svegliandosi voleva riuscire a provare qualcosa di diverso.

Per qualche settimana andò davvero meglio. Erano passati otto mesi da quando suo padre era morto e Londra si preparava a entrare nella stagione estiva, le temperature si facevano più miti.

Cordelia era già stata a Londra con i suoi genitori, ma mai da sola, senza dover render conto a nessuno e con la possibilità di fare ciò che le andava.

Era tutto nuovo ed entusiasmante e, soprattutto, nessuno sapeva che lei era la figlia di una donna che aveva dato fuoco alla propria casa. Era solo Cordelia Morton – oppure, «Ciao tesoro, posso avere una birra?»

Forse i giornali avevano parlato della vicenda quando era accaduta, ma non importa quante persone le presentasse Cassie o quante persone incontrasse lei stessa servendo i clienti da dietro il bancone, quando diceva il suo nome nessuno dava il minimo segno di riconoscerla.

Almeno fino al giorno in cui Garth entrò nel pub.

Era metà agosto e Londra era travolta da un'ondata di calore, la gente faceva fatica a adattarsi alle temperature in rapido aumento.

Cordelia adorava il caldo, un giorno con trentaquattro gradi era l'ideale per lei.

A pranzo il pub era gremito di persone e sia lei sia Cassie avevano l'impressione che la coda di persone da servire non sarebbe mai terminata.

«Mi perdoni signorina.» sentì, la voce era profonda, con un perfetto accento inglese. Alzò la testa e vide un uomo alto con i capelli biondo-sabbia e gli occhi castani, la punta del naso rossa e scottata dal sole.

«Scusi, cosa le do?»

«Australiana?» chiese con un bel sorriso.

Lei ricambiò il sorriso e annuì, abituata a sentirsi fare la stessa domanda più e più volte. «Uno dei ragazzi che è qui con noi è australiano. Siamo seduti nel giardino sul retro. Vieni a salutarlo quando hai un attimo. Penso che in una giornata come questa abbia un po' nostalgia del mare.»

«Se riesco, passo volentieri.» disse Cordelia, non aspettandosi di riuscire. «Allora cosa vi do?»

Snocciolò una serie di drink e lei li annotò per non sbagliare.

Mezz'ora dopo il pub si svuotò e tutti quanti, di malavoglia, se ne tornarono al lavoro e all'improvviso Cordelia si ritrovò senza nulla da fare, visto che Cassie stava già pulendo. «Puoi staccare adesso.» disse Cassie. «Vai pure a casa o a prendere un po' di sole. Finisco io qui e poi mi vedo con Paul.» disse riferendosi al suo ultimo fidanzato. Cordelia non voleva andare a casa da sola, ma aveva voglia di godersi il sole.

«Grazie. Sto morendo di fame. Mi prendo delle patatine da Mick se ha voglia di farmele.» disse riferendosi al cuoco in cucina.

«Credo che ti abbia già preparato qualcosa e lo sta tenendo in caldo. Sa i tuoi gusti.» disse Cassie ridendo.

Cordelia si servì un bel bicchiere di Coca Zero e lo riempì di ghiaccio, si diresse poi in cucina per prendere le patatine e ringraziare Mick per avergliele preparate. Si era del tutto scordata di Garth, ma andò in giardino per sedersi al sole. Una volta fuori sentì qualcuno chiamarla, «Ehi, Australia, siamo qui.»

Era l'uomo con il naso scottato.

Soffocando un sospiro perché voleva sedersi tranquilla da sola, si diresse verso il tavolo dove si presentarono Garth, un altro uomo di nome Liam, una donna di nome Susan e un australiano di nome Gill.

Sorrise educatamente chiedendosi quanto in fretta si sarebbe potuta dileguare, certa che il gruppo avrebbe dovuto rientrare presto al lavoro, anche se sembrava che se la stessero prendendo piuttosto comoda.

«Stiamo festeggiando la promozione ad avvocati associati senior,» disse Garth, «e Gill sta aspettando l'ora in cui potrà chiamare sua mamma, perché gli mancano lei e l'Australia, vero amico mio?»

Gill annuì. «Non faccio surf da mesi.» Aveva l'aspetto del surfista, con i suoi occhi azzurri e i capelli biondi scompigliati.

«Io non sono una surfista, ma la spiaggia mi manca.» disse Cordelia.

La conversazione virò su tutte le sfumature di nostalgia che lei e Gill provavano nei confronti dell'Australia e poi si aprì un confronto tra i due Paesi – i biscotti Tim Tams contro i biscotti McVitie's, il Natale sotto il sole contro il Natale innevato, il pasticcio di carne contro salsiccia e purè – il tutto accompagnato da tante risate e altri drink.

«Per me solo Coca Zero.» continuava a dire Cordelia, anche quando gli altri erano passati al vino e il sole nel cielo iniziava a calare.

Finalmente Gill disse che doveva andare e gli altri lo seguirono, solo Garth rimase e continuò a parlare con Cordelia del progetto che lei aveva con Cassie di viaggiare per l'Europa di lì a un mese.

Quando Garth le chiese il numero, lei glielo lasciò volentieri. Quando le chiese il cognome – «perché ci tengo ad avere il nome completo e conosco già due altre Cordelie.» – glielo diede senza pensarci troppo. Qualche tempo dopo le confessò che non aveva mai incontrato una Cordelia, ma voleva sapere il cognome così da poterla cercare su Google. Poi venne fuori che non aveva avuto bisogno di Google, perché aveva riconosciuto subito il cognome.

«Cordelia Morton, Cordelia Morton.» aveva detto lui, rimuginando sul nome. «Non sei imparentata con Grace Morton, vero?»

Cordelia si sentì arrossire, voleva mentire ma si limitò a scrollare le spalle. «Sono io. È mia madre.»

«Deve essere stato terrificante per te, davvero terrificante.» disse lui con totale sincerità e Cordelia si ritrovò, incredibilmente, in lacrime. La gentilezza era più difficile da sopportare rispetto a un sopracciglio alzato, un'occhiata sospettosa o una conversazione appena sussurrata – tutte cose che le erano capitate spesso in Australia con persone che non conosceva bene.

«Ehi, ehi.» disse lui, facendo il giro del tavolo per sedersi accanto a lei e le mise un braccio attorno alle spalle, avvolgendola nell'aroma del suo dopobarba muschiato.

In poco tempo si ricompose e lui si allontanò.

«Scusami, di solito non mi metto a piangere. Cioè non ho quasi più lacrime da versare.»

«Io ne avrei ancora molte.» disse lui. «Sarei completamente allo sbando. Credo sia incredibile che tu sia qui e faccia tutte queste cose. Sei molto coraggiosa.»

Le sue parole sciolsero qualcosa dentro di lei e riuscì a sorridere. Tutti quanti, i suoi amici, lo psicologo volevano che si lasciasse tutto alle spalle. Persino Cassie si stava stufando di sentire sempre la stessa storia e Cordelia non la biasimava. Era bello incontrare qualcuno che capisse che voltare pagina dopo ciò che era successo era impossibile.

«Ti va di parlarne o si tratta di qualcosa che non dovrò più menzionare quando ti rivedrò?» chiese lui.

«Come fai a sapere che mi vedrai ancora?» chiese lei.

«Oh, lo so per certo, Cordelia Morton, lo so per certo.» disse lui, regalandole un altro sorriso perfetto.

Da quel giorno si misero insieme. Durante il primo vero appuntamento si ritrovò a confidargli cose che di solito non avrebbe condiviso con nessun altro. Lui ascoltava volentieri, voleva sapere chi

fosse sua madre prima di quell'anno terribile in cui aveva fatto a pezzi le loro vite con l'alcol e la folle ossessione del tradimento di suo marito. Aveva voluto sapere tutto della sua azienda e di come l'aveva costruita e da un lato a Cordelia piaceva ricordare Grace come l'imprenditrice di successo e la meravigliosa madre che era stata prima che l'alcol prendesse il controllo della sua vita.

Cordelia si innamorò subito. Poco importava dove andasse o cosa stesse facendo nel Regno Unito o mentre viaggiava per l'Europa, tornava sempre a casa da Garth e lui era sempre lì per lei, ascoltando i racconti dei viaggi in Scozia o in Italia e felice di attenderla al suo ritorno. Quando gli disse che voleva tornare a casa, lui le confessò con entusiasmo che avrebbe sempre voluto lavorare in Australia e che il suo studio legale aveva un programma di scambio con una consociata che si trovava proprio là.

Cordelia pensava che sarebbero rimasti insieme per sempre, nonostante il senso dell'umorismo tagliente di Garth e la differenza d'età. Lui rappresentava un porto sicuro, la persona su cui contare sempre.

Ora però si trovano in questa situazione in cui lei sa che lui va a letto con un'altra e litigano tutto il tempo. Lei non riesce proprio a lasciarlo perché lui la conosce, sa bene tutto quello che lei ha passato e ha paura di rimanere da sola coi suoi pensieri e le sue domande esistenziali.

Il suono improvviso del telefono la strappa alle sue riflessioni, con un sussulto si lascia sfuggire la penna di mano.

«Pronto?»

«Sono Ian.»

«Ian, ciao, grazie per avermi ricontattata. L'hai visto?»

«Ehm, è questo il problema, Cordelia. Non era in ufficio.»

«Oh.»

«E a dire il vero non viene in ufficio da due giorni. Nessuno sa dove sia. Non ha chiamato o mandato messaggi, nulla e nessuno riesce a contattarlo. È... scomparso.»

«Scomparso?» chiede lei confusa.

«Sì, secondo Natalie non si è proprio presentato al lavoro.»

«Natalie.» dice Cordelia.

«Sì, ti ricordi, lavorano insieme, l'hai già incontrata.» dice lui con tono preoccupato.

«Sì, certo, è vero. Conosco Natalie.» Se anche Natalie fosse stata assente dal lavoro, sarebbe stata un'orribile scoperta, la conferma della loro tresca, ma in un certo senso, il fatto che la donna sia lì e che non abbia visto Garth è addirittura più preoccupante.

«Non hai proprio sue notizie?» chiede Ian.

«No... non ne ho.» dice Cordelia e sente la stanza ondeggiare un poco, mentre la vita che si è costruita con tanta cura, inizia a crollare come un castello di carte.

SEI

GRACE

Non posso fare a meno di preoccuparmi pensando all'uomo che forse sta seguendo Cordelia e ho passato la notte a cercare di convincermi che la paranoia sta prendendo il sopravvento. Sarebbe così facile allontanare questo pensiero se non ci fosse di mezzo il mio istinto, se il mio radar di madre non stesse vibrando. Sento che c'è qualcosa che non va e riesco a racimolare solo qualche ora di sonno.

Il mattino dopo mi sveglio presto, parrucca, occhiali e giacca nera abbondante sono al loro posto mentre mi posiziono fuori dall'edificio dove vive con Garth.

Spero che esca presto, perché non vorrei mai essere in ritardo per il mio di lavoro. È una fortuna che entrambi gli edifici siano nella stessa parte della città, così vicini tra loro, e mi chiedo quante volte lei e Garth si incontrino per pranzare insieme o se siano soliti farlo.

Non l'ho visto ieri, cosa piuttosto strana visto che nel corso della giornata ho incrociato la maggior parte degli avvocati e ho anche capito che in realtà lo studio si estende su due piani. Al sesto piano c'è tutta un'altra serie di uffici pieni di avvocati divisi in diversi team. Io non sono l'unica assistente amministrativa, ma siamo ben cinque. Il mio compito è occuparmi della burocrazia quotidiana e di altre piccole e fastidiose faccende che occorre portare a termine. Il mio ruolo è diverso da quello delle assistenti legali, che hanno effettivamente qualche nozione di legge. È un lavoro piuttosto semplice e quando ho predisposto un vassoio con dei pasticcini nella sala riunioni per Joel, uno dei soci, dato che aveva un incontro con alcuni clienti, lui mi ha a malapena notata, il che mi fa comodo. Voglio poter entrare e uscire e trovare ciò di cui ho bisogno, sempre che ci sia qualcosa da trovare. È strano non lavorare alle dirette dipendenze di un capo, ma anche questo gioca a mio favore.

Guardando l'orologio praticamente ogni minuto, aspetto finché Cordelia non esce e poi aspetto ancora un po', presumendo o sperando che non ci sia nulla di strano, ma qualche momento dopo che lei ha lasciato l'edificio per dirigersi alla fermata del tram, eccolo lì. Lo stesso tizio. Questa non può essere una coincidenza. Si tratta di uno stalker, uno che la segue sui social e si è preso una specie di cotta per lei, o è qualcos'altro? Le ragazze al giorno d'oggi devono essere sempre in allerta.

Lo seguo ma è dura, perché sembra che sospetti di chiunque gli stia intorno e continua a fermarsi per controllare la situazione circostante.

Tengo il telefono fuori con la telecamera pronta. Se riesco voglio scattare una fotografia, così da provare a scoprire esattamente di chi si tratta. A parte il fatto che è alto e ha le spalle larghe, non ci sono segni particolari che mi permettano di distinguerlo da qualsiasi altro giovane incontrato per strada.

Salgo sullo stesso tram di Cordelia ma rimango sul retro, nascondendomi tra la calca delle persone che si stanno dirigendo al lavoro. Mi accorgo che anche l'uomo è salito sul tram, ma molto più vicino a Cordelia.

Una volta che Cordelia si trova sana e salva all'interno del suo edificio, continuo a seguire l'uomo, con la sicurezza che prima o poi riuscirò a scattargli una fotografia.

Svolta in un vicolo e sono così concentrata a seguirlo che, senza rifletterci, continuo a camminare ed è solo quando alzo lo sguardo e vedo che sono a tutti gli effetti in trappola e senza vie di fuga che mi rendo conto dell'errore che ho fatto.

Mi volto rapida e cerco di andarmene, ma lui all'improvviso mi si para davanti in tutta la sua imponenza.

«Non mi sta seguendo, vero signora?» chiede lui, l'enfasi sulla parola "signora" mi fa sentire vecchia. Ora che lo guardo meglio, capisco che con ogni probabilità ha la stessa età di Cordelia.

Ha dei vivaci occhi azzurri e mi sorride con indolenza mostrando le fossette, mentre aspetta la mia risposta.

Sento il cuore in gola perché sarà anche giovane, ma è molto più corpulento di me e il modo che ha di starmi davanti con le gambe divaricate e le mani nelle tasche della giacca mi sembra alquanto minaccioso. Prima però di lasciare che il panico abbia la meglio, ritrovo dentro di me Grace Enright, la sopravvissuta, e con un riso di scherno dico,

«No, mi sono persa. Sto cercando l'hotel Hilton.»

«Che cosa?» chiede lui.

«L'hotel,» dico alzando la voce, così che le persone che stanno passando oltre il vicolo possano sentire. «sa dove si trova?»

«No, ma è anche vero che non mi posso permettere l'Hilton.» dice lui con una risata e poi indugia un istante fissandomi, mentre sento una vampata di calore dentro la ridicola giacca che indosso per camuffare la mia identità.

Si volta e se ne va e mi guardo bene dallo scattargli una foto. C'è qualcosa di spaventoso in lui e non mi metterò in pericolo senza sapere chi sia esattamente.

Arrivo in ufficio appena in tempo. «Giorno, Grace.» dice Tristan, il giovane uomo che siede dietro la scrivania. «Una buona nottata?»

«Tranquilla, grazie.» rispondo. «E tu?»

«Alle nove ero a letto.» dice lui e poi prende una chiamata. La donna che lavora insieme a lui è Leah, ma ancora non abbiamo avuto modo di scambiare due parole. Le persone qui sono abbastanza amichevoli, ma ognuno è impegnato con il proprio lavoro.

Arrivata nel mio ufficio, apro l'app della banca, da dove posso ancora vedere la carta di credito di Cordelia. È probabile che lei non sappia assolutamente che io ho ancora la possibilità di accedere ai dati della carta, sin da quando lei mi ha dato l'autorizzazione a diciassette anni. Anche io me ne sono resa conto solo dopo aver scaricato l'app, una volta uscita dalla clinica. Un tempo ero io a saldare le spese della carta e quindi avevo il diritto di controllare dove andassero a finire i soldi. Da allora lei non ha più modificato questa opzione. Ho cercato di evitare di guardarci, non volendo invadere la sua privacy, ma ora devo sapere se mia figlia si è messa in qualche guaio.

Vedo che prende sempre il solito caffè, ogni mattina nello stesso bar, ogni tanto fa la spesa e, cosa insolita, recentemente ha pagato una bolletta dell'elettricità. Immagino che sia quella relativa all'appartamento in cui vive e di certo lei e Garth hanno i loro accordi a riguardo, ma mi risulta che lui guadagni parecchio. Cordelia ha un fondo fiduciario, ma non può accedervi fino a che non compirà venticinque anni.

Di certo ha condiviso questa informazione con Garth e questa cosa mi preoccupa, perché si tratta di molti soldi. Garth sapeva del fondo fiduciario sin dall'inizio? In ogni caso, al momento deve vivere del suo stipendio, soprattutto dato che si rifiuta di parlarmi. Le darei il denaro necessario per qualunque sua esigenza, se solo mi parlasse.

Prima di farmi ricoverare in clinica, mi sono premurata di

farle avere dei soldi. Per un po' di tempo, però, è stata nel Regno Unito ed è anche tornata a casa per studiare, senza avere un lavoro nel mentre. Di sicuro con il suo stipendio da designer di primo livello non ha abbastanza denaro per sostenere le sue spese e quelle di Garth in quell'appartamento così costoso.

Vado ancora più indietro con la cronologia e scopro che l'ingente affitto dell'appartamento è stato pagato da Cordelia in più di un'occasione. Non mi piace per niente. Garth è un avvocato associato senior. Perché mai fa pagare l'affitto alla fidanzata che è molto più giovane di lui?

Questa mattina le ho mandato un messaggio, come faccio sempre.

Buongiorno tesoro, ti auguro una buona giornata.

Lei, però, non mi ha risposto come avrebbe fatto di solito, ovvero scrivendomi di smetterla di contattarla.

Le mando un altro messaggio.

Ciao, tesoro. Volevo solo dirti che sono qui per te se hai bisogno. Per qualsiasi cosa. Per favore fatti sentire.

Questa volta risponde.

Non ho bisogno di nulla. Non ho bisogno di te. Per favore, mamma, smettila di contattarmi.

Fisso il messaggio rileggendo le parole: *Per favore, mamma.* Non mi chiama più mamma da anni. E da anni di certo con me non usa le parole "per favore".

C'è qualcosa che non va, proprio non va. Lo sento.

Una madre lo sa, una madre sa sempre.

«Mi hanno chiesto di darti questo.» la voce mi distoglie dalle mie preoccupazioni e alzo lo sguardo, spostando il telefono a lato. Alla porta c'è una giovane donna attraente con i capelli neri tagliati corti, stile pixie, che tiene in mano un faldone pieno di documenti.

Mi alzo e allungo la mano per prendere il faldone che lei mi consegna.

«Non credo di averti mai incontrata.» dico. «Mi chiamo Grace e sostituisco l'assistente amministrativa.»

«Kelsey.» dice lei, sorridendo. «Sono qui solo per un tirocinio estivo, anche se sarebbe finito da una settimana, solo che non ho lezione tutti i giorni e mio padre vuole che sia qui ogni volta che posso. Mio padre è uno dei soci, Joel.»

«Grazie.» dico, dando per scontato che se ne andrà, ma rimane e mi studia, così cerco di fare conversazione anche se non ne ho voglia.

«E a te piace stare qui?» chiedo in tono educato e i suoi occhi marroni si incupiscono.

«No, mio padre vuole che diventi avvocata... ma io ho dei progetti diversi.» Alza le spalle e si volta per andarsene, io mi siedo e apro il faldone contenente gli elenchi degli incontri con i vari clienti nella sala riunioni, ovviamente il compito è quello di assicurarsi che siano programmati in modo corretto. Vorrei trovare il modo di spingere Cordelia a parlarmi, ma apro la schermata che mi serve e inizio a lavorare al computer.

Per pranzo prendo del sushi e mi dirigo verso l'edificio dove lavora Cordelia, nella speranza di scorgerla e vedere se l'uomo la segue ancora. Mi metto su una panchina dall'altra parte della strada e aspetto, ma lei non esce per la pausa pranzo. Sono delusa mentre mangio il mio sushi, ma anche sollevata dal non vedere quell'uomo aggirarsi davanti al suo ufficio aspettando, lui pure, che lei esca.

Forse mi sono solo immaginata che lui stesse seguendo

Cordelia. Potrebbe anche essere qualcuno che vive da queste parti, esce di casa alla stessa ora e lavora come lei in centro. Scuoto la testa mentre ricordo a me stessa che avevo fatto lo stesso ragionamento dopo aver scoperto che mio marito era andato a letto con la mia assistente. Un semplice messaggio sul telefono di lei non avrebbe dovuto farmi saltare alla conclusione che andavano a letto insieme e talvolta, nel bel mezzo della notte, quando l'effetto dell'alcol cominciava a svanire, cercavo di guardare la situazione con una certa logica. *Forse anche il suo fidanzato la chiama "raggio di sole". Forse sto sbagliando tutto ed è colpa dell'alcol. Forse è tutta colpa mia e sono solo paranoica.*

Ma l'istinto raramente sbaglia e avrei dovuto fidarmi delle mie sensazioni fin dall'inizio. Grace Morton si metteva in discussione. Grace Enright, invece, si fida di sé stessa. Quell'uomo sta seguendo mia figlia e devo scoprire perché.

La mia pausa pranzo è agli sgoccioli ma non riesco ad andarmene, vorrei tanto riuscire a scorgere Cordelia.

Non me ne vado neppure quando qualcuno si siede accanto a me sulla panchina. Non guardo di chi si tratta per non rischiare di perdermi Cordelia, nel caso uscisse dall'edificio.

Una voce mi chiede «Che cosa sta aspettando?» e sono costretta a distogliere lo sguardo dall'edificio.

«Sto...» inizio e poi mi accorgo di chi si tratta, maledicendomi subito per essere stata così stupida da non pensare a un modo per mimetizzarmi. Sono rimasta a osservare l'edificio dove lavora Cordelia aspettando di vedere mia figlia uscire e cercando di capire se lui fosse lì, ma in contemporanea lui mi stava osservando.

So che potrei anche solo alzarmi e allontanarmi. Ci sono un sacco di persone per strada ed è probabile che non mi seguirebbe. Ma devo sapere esattamente con chi ho a che fare.

«Che cosa vuoi?» chiedo.

«Io?» dice lui con un'alzata di spalle. «Così tante cose, Grace – non è un problema se ti chiamo Grace, vero? A proposito, bel travestimento.» Sorride. I denti sono perfettamente bianchi. «Per prima cosa voglio stare all'Hilton. Ma per ora è fuori dalla mia portata; non sarà così a lungo, però. Chiedi a Cordelia quando la vedi, chiedile del suo uomo e di quello che dovrebbe fare adesso, che cosa occorre che accada affinché le vite di tutti proseguano tranquille.»

Mi offre un altro sorriso indolente. Non ho proprio idea di cosa stia dicendo, non so come mi abbia riconosciuto e di come faccia a sapere che sono legata a Cordelia. Cosa vuole che faccia Cordelia? Che cosa pensa che dovrebbe fare?

Si alza e mi si mette davanti. «Forza, scatta la tua bella foto.» dice, indicando il telefono che tengo in mano. «Non ho segreti.»

Sollevo il telefono per scattargli una foto, voglio cercare di capire chi è, ma mentre lo faccio lui me lo strappa di mano, lo gira e scatta lui una foto a me. Poi quando ha fatto, me lo lancia. Non riesco a prenderlo e finisce per terra, mi chino veloce per recuperarlo. Quando torno seduta, si sta già allontanando con passo rilassato.

Indosso una parrucca, gli occhiali e una giacca sproporzionata, ma con gran facilità è riuscito a vedere attraverso il mio travestimento la donna che sto cercando di nascondere. Sa chi sono e chi è Cordelia.

Di certo stamattina già sapeva che lo stavo seguendo. Anche senza la parrucca e gli occhiali sono irriconoscibile rispetto a come ero prima. Quindi come fa a sapere chi sono? Come è possibile che mi abbia riconosciuta come Grace, la madre di Cordelia?

Vedo la foto che mi ha scattato con il telefono e noto una piccola scheggiatura sul vetro dello schermo, la tocco con il pollice, percependone il bordo irregolare. Nella foto sono sgomenta, gli occhi strabuzzati dallo stupore e dalla paura. Detesto il modo in cui appaio. Detesto il fatto che mi abbia colta di sorpresa, chiunque sia.

Sotto la giacca sento tutto il corpo che trema. L'aria è tiepida quanto basta e non ho per nulla freddo, però ho paura. Mi mordo il labbro mentre la rabbia dentro cresce. Come osa minacciarmi? Come osa minacciare mia figlia? Non sa con chi ha a che fare. Non lo sa proprio.

Prima di rientrare in ufficio e rituffarmi in quella che sembra una serie infinita di fogli orari, busso di nuovo alla porta dell'ufficio di Garth e dato che non ricevo risposta, la apro dopo essermi guardata rapidamente intorno. Se Natalie mi sorprende ancora qui, non si berrà facilmente un'altra scusa.

L'ufficio è buio, il quaderno è ancora sulla scrivania. Nulla è stato toccato o spostato. Mi pare davvero strano. Entro e mi muovo attorno al tavolo, aprendo i cassetti superiori che contengono articoli di cancelleria. Non ho il tempo per una ricerca approfondita. Sento il chiacchiericcio delle persone, le voci che si fanno più forti mentre si avvicinano. Devo andarmene da qui e mi muovo in fretta, ma nel mentre, calpesto qualcosa che si trova proprio sotto la scrivania di Garth. Chinandomi, tasto tutt'intorno con la mano perché è troppo buio per vedere ciò che ho calpestato.

Lo raccolgo e mi rendo conto, nonostante la luce fioca, che si tratta di un orecchino. Stringo il pugno intorno all'orecchino e lo porto nel mio ufficio per esaminarlo.

Non so da quanto tempo sia sul pavimento di Garth, ma sembra piuttosto costoso ed è davvero grazioso, con uno piccolo zaffiro attorniato da diamantini.

Mi chiedo a chi appartenga mentre lo poso sulla scrivania in bella vista. Mi chiedo anche chi lo reclamerà e che cosa questo dettaglio potrebbe dirmi su Garth.

Ritorno al mio lavoro, immergendomi nei fogli orari. Sembra che tutti questi brillanti avvocati abbiano la tendenza a commettere un sacco di errori nel redigere questi documenti.

La mente continua a tornare all'incontro con il giovane

uomo; tutto ciò che ha detto mi ronza in testa in continuazione mentre disseziono ogni parola, cercando qualche indizio per capire di chi si tratta. Cosa dovrebbe fare Cordelia? Cosa accade se non lo farà? Cosa diamine sta succedendo a mia figlia, esattamente?

Mentre penso a ciò in cui Cordelia potrebbe trovarsi coinvolta, mi scorrono davanti agli occhi tutti gli scenari peggiori. La ricordo mentre testimoniava al mio processo. Sembrava così persa, così disperata. Cosa potrebbe fare una persona che si sente in quel modo? In che situazione potrebbe essersi cacciata?

SETTE

CORDELIA

Anche se sa che Garth non è andato al lavoro, rientrando a casa spera ancora che sia lì, che sia semplicemente in cucina a prepararsi qualcosa da bere. Magari aveva bisogno di un po' di tempo libero? Ha detto di aver lavorato molto nell'ultimo periodo. Potrebbe aver avuto una sorta di esaurimento nervoso che l'ha portato a volersi prendere qualche giorno di pausa? Però lunedì sera le aveva scritto dicendole che avrebbe lavorato fino a tardi. Stava mentendo. Non era affatto al lavoro. Dunque dove era? Dove è adesso?

È arrabbiata con sé stessa per tutti i messaggi che gli ha mandato. È proprio come sua madre: paranoica senza motivo. Forse c'era davvero qualcosa che non andava e Garth non se la sentiva di parlargliene. Si sente una persona orribile.

L'appartamento è buio, l'aria pungente con le sere che diventano sempre più fresche. Accende tutte le luci e la televisione, giusto per avere un brusio in sottofondo.

Garth non è andato al lavoro e non è tornato a casa. Si era

limitata a riagganciare quando Ian gliel'aveva detto, il panico si era impossessato di lei.

Che cosa doveva fare?

In qualche modo era riuscita a superare il resto della giornata, aveva detto a Jacinta che si sentiva poco bene ed era uscita alle 16, ritrovandosi a camminare nell'aria autunnale senza un piano preciso. Aveva girovagato per la città guardando le vetrine dei negozi di abbigliamento e controllando il telefono di continuo, finché il sole non era tramontato e si era fatto troppo freddo per stare ancora fuori.

Si prepara una tazza di tè, si toglie le scarpe e si siede sul divano, prendendo una soffice coperta pelosa arancione per coprirsi.

Dove sei?

Scrive a Garth ma non si aspetta che risponda, così quando il telefono squilla, lei quasi lo fa cadere, un senso di sollievo le attraversa il corpo all'idea che possa essere Garth.

Non è Garth, però; si tratta di sua madre invece, Evangeline.

«Pronto.» risponde. Evangeline e Cordelia si sono parlate al telefono solo un paio di volte e, in entrambe le occasioni, il motivo era che Evangeline non riusciva a mettersi in contatto con Garth.

«Cordelia.» dice Evangeline, il tono secco e l'irritazione palese.

«Ciao Evangeline.» risponde lei.

«Cosa diavolo sta accadendo laggiù?»

Cordelia riesce a immaginarsi la madre di Garth nel suo immenso salotto, che fissa fuori dalla finestra i campi avvolti dalla nebbia. Nel Regno Unito è mattina ed è probabile che Evangeline sia appena tornata dalla passeggiata con i cani, due golden retriever dolci e amichevoli.

Evangeline non è né dolce né amichevole, ma alta e scheletrica, con capelli castani a caschetto e una passione smisurata per i pantaloni in tweed. Ha gli stessi occhi marroni di Garth, ma il viso è tutto spigoli e le labbra sempre serrate in un'espressione di disgusto.

Nelle poche occasioni in cui ha incontrato Cordelia, ha mostrato apertamente il suo disprezzo per la scarsa formazione di Cordelia, *oh, una laurea in arte*, per la sua età, *sei davvero giovane, eh?* e per la sua famiglia, *Mi spiace davvero molto per il terribile pasticcio con la tua famiglia, cara.* Cordelia camminava per l'enorme casa gelida terrorizzata all'idea di toccare qualsiasi cosa e sperando che il fine settimana passasse senza che la madre di Garth si infastidisse.

Evangeline non avrebbe mai voluto che Garth se ne andasse in Australia, dato che nel Regno Unito lo aspettava un luminoso futuro e se la donna si era trattenuta a stento dal chiamare Cordelia "una puttana che ha rubato mio figlio", il concetto era implicito in ogni conversazione, soprattutto quelle che riguardavano la ex fidanzata di Garth, Katherine. *Era proprio una donna deliziosa e alla mano, ma non si possono scegliere i partner dei propri figli, vero tesoro? Certo, se tu e Katherine foste rimasti insieme non ci sarebbe stata questa assurda fuga verso le colonie. Allora, Katherine si è laureata in legge anche lei, non è vero tesoro? Era proprio la tua anima gemella in tutti i sensi. Immagino se la stia cavando splendidamente in quell'enorme studio a Londra.*

Io e sua madre ci troviamo almeno una volta al mese per bere insieme una tazza di tè, ma d'altra parte io ed Emma siamo sempre andate così d'accordo. Forse potrei incontrare tua madre, Cordelia, quando avrà superato le sue... difficoltà.

«Non sono sicura di capire cosa intendi.» dice ora Cordelia in risposta alla domanda di Evangeline.

«Bene, lascia che ti spieghi, mia cara. Garth mi chiama ogni giorno, nessuno escluso, a quelle che per voi sono le 7 di mattina. Da quando mi ha lasciata per andare a vivere laggiù, alla fine del mondo, non ha mai saltato un giorno.»

Cordelia non ne dubita. Ogni mattina alle sette Garth è sul suo tapis roulant nello studio. Detesta essere interrotto mentre si allena e sta sempre al telefono.

Le due mattine precedenti, però, non è stato così. Lunedì ha usato il tapis roulant? Cordelia di solito dorme ancora a quell'ora. Non l'ha neppure sentito uscire di casa.

Ricorda che domenica notte si era coricato molto tardi e lunedì mattina c'erano tracce del suo passaggio nell'appartamento. Come al solito aveva lasciato nel lavandino una tazza di caffè mezza piena. Era il caffè della domenica sera o del lunedì mattina? L'aveva sentito davvero entrare nel letto o l'aveva solo immaginato dato che il suo lato era sgualcito per via del sonnellino che si erano concessi la domenica pomeriggio?

«Oh.» esclama Cordelia, non sapendo che cosa Evangeline vorrebbe che lei dicesse.

«Non mi chiama da tre giorni ormai. Così ripeto la domanda, che cosa sta succedendo laggiù?»

Cordelia archivia la nozione che Garth non ha telefonato a sua madre neppure lunedì mattina, un gesto veramente inconsueto per lui. Chiama sempre la sua "mammina". Magari era di fretta e ha deciso di rinunciare all'allenamento. Ma di fretta per andare dove? Ian ha detto che non è mai andato al lavoro. Cordelia si raggomitola ancora di più sotto la coperta, tremante.

«Non lo so,» dice lei. «non è tornato a casa.»

«Allora dov'è?»

«Non ne ho idea. Non è andato neppure al lavoro.» La mano di Cordelia trema e quasi rovescia la tazza di tè, così si china in avanti e la appoggia con attenzione sul tavolino, le pare quasi di sentire la voce di Garth che le dice *Usa un sottobicchiere, Cordy.*

«Che cosa? Ma è ridicolo. Garth non mancherebbe mai al lavoro.»

«Lo so.» dice Cordelia a denti stretti. «Non so dove sia.»

C'è un minuto di silenzio e poi Evangeline si schiarisce la voce e abbassa il tono mentre dice, «So che hai accusato il mio ragazzo di tradirti e so che cosa ha fatto a tuo padre quella matta di tua madre, lascia che ti dica una cosa Cordelia Morton, se è successo qualcosa a mio figlio, la pagherai.»

Poi riattacca.

Cordelia non riesce neppure a elaborare ciò che è appena accaduto.

Se Garth non ha telefonato a sua madre è successo qualcosa di molto brutto. Dovrebbe denunciare la sua scomparsa? È questo quello che occorre fare? E se invece volesse solo starle lontano? Sarebbe furioso.

Eppure, non mancherebbe mai al lavoro. Il lavoro è tutto. E non rinuncerebbe mai a telefonare a sua madre. Lei aveva fatto così tante storie accusandoli di lasciarla morire sola, senza il suo unico figlio, che lui si porterà sempre dentro il senso di colpa per essersene andato. Cordelia, però, sa che lui aveva bisogno di prendere un po' le distanze da una madre che può essere molto impegnativa. Chiamare una volta al giorno è esagerato, ma come ha spiegato Garth «È per non sentirmi dire che la trascuro e poi mi piace parlare con lei, quindi perché no? Si tratta solo di dieci o quindici minuti e poi ognuno torna alla sua vita.»

Prendendo in mano il telefono, cerca su Google, *Che cosa devo fare se penso che qualcuno sia scomparso?*

Secondo Internet, non occorre che lei aspetti ventiquattr'ore, può semplicemente andare in una stazione di polizia e denunciare la scomparsa di Garth, ma le denunce non vengono accettate se fatte via telefono o via mail. In ogni caso sono passate ben più di ventiquattro ore.

Guarda fuori, dove c'è ancora una tenue luce di fine estate, ma nuvole cariche di pioggia si addensano. Sa che fuori il vento è tagliente.

È tardi, ma non ha scelta. La stazione di polizia più vicina è a un isolato da lì, quindi non occorre prendere l'auto. In ogni caso la usa raramente, perché nella zona ci sono molti negozi e ristoranti ed è più facile arrivare al lavoro in tram visto che parcheggiare in centro è sempre impossibile.

Cordelia afferra la giacca e si dirige verso la stazione di polizia.

Cammina con la testa china per far fronte al vento spingendosi in avanti senza guardare nessuno, si ripete mentalmente le esatte parole che dirà.

Deve raccontare della lite? Le chiederanno di vedere il telefono? Forse dovrebbe cancellare i messaggi, ma tanto li possono trovare comunque, no? Scuotendo la testa, alza lo sguardo e si rende conto di essere davanti alla stazione di polizia. *Non ho fatto nulla di male*, ricorda a sé stessa.

Spinge la porta d'ingresso e si ritrova nell'area designata all'accoglienza dove tutto è silenzioso, in piedi dietro al bancone c'è una donna in uniforme.

«Un bel temporale in arrivo.» dice a mo' di saluto e Cordelia annuisce scrollando la giacca.

«In cosa posso aiutarla?» chiede la donna mentre Cordelia si avvicina al bancone e all'improvviso tutto le appare molto reale. Garth è scomparso. È scomparso per davvero. Magari c'è stato un incidente o ha avuto un infarto, anche se è troppo giovane per un infarto. Avrebbe dovuto fare questa cosa giorni fa. Perché ha aspettato così tanto? È una persona orribile.

«Il mio fidanzato è...» inizia a dire e all'improvviso si ritrova in lacrime, e la poliziotta le porge dei fazzoletti.

«Non c'è fretta,» continua a ripetere, «non c'è fretta.»

Alla fine Cordelia riesce a ricomporsi e spiega tutto.

La poliziotta prende appunti, annuendo.

«Ha provato a contattare qualcuno dei suoi amici? Magari quelli che vivono nel Regno Unito?»

«No, cioè, se non ha telefonato a sua madre e non è andato al lavoro...»

«E lei non sa se potesse avere un motivo per... allontanarsi di sua spontanea volontà?»

«No... cioè, abbiamo litigato e... penso che abbia un'altra donna e...»

«D'accordo, d'accordo.» dice la poliziotta annuendo e a Cordelia pare che tutti i pezzi del puzzle stiano andando al loro posto.

«Però non ha preso nessuna delle sue cose e lui non... mancherebbe mai al lavoro... e non si scorderebbe mai di chiamare sua madre.» ripete mentre accartoccia un altro fazzoletto e lo ficca in tasca.

«Okay, e come l'ha trovato nell'ultimo periodo? Le sembrava sempre lo stesso?»

«Lui... sì.»

«E non ci sono precedenti di malattie mentali nella sua famiglia o cose del genere?»

«Non lo so proprio. Non è mai emerso.» È mai emerso? Prova a ricordare se lui le abbia mai menzionato qualcosa del genere, ma Garth ad eccezione di sua madre, non parla quasi mai della sua famiglia. Ha una sorella più grande che vive a Londra, ma Arabella e Garth sembra conducano vite del tutto separate. Arabella assomiglia alla madre, alta e magra, ma nelle poche occasioni in cui si sono incontrate è stata molto carina con Cordelia. Ha due gemelli maschi che frequentano le scuole private e ha sposato un cardiochirurgo. Non ha un vero lavoro, ma fa volontariato in diversi comitati di beneficenza. Cordelia è sempre alla ricerca di qualcosa da dirle, perché loro due hanno davvero poco in comune. Garth ha un cugino che vive qui ma non hanno un vero legame e Cordelia l'ha incontrato solo una volta, quindi sarebbe in imbarazzo a contattarlo.

Forse dovrebbe? Ha almeno il suo numero?

«Non è mai emerso nulla?» chiede la poliziotta, riportando Cordelia alla conversazione.

«No... non è qualcosa di cui abbiamo mai parlato. Lui è molto... inglese.» dice lei, sperando che questo basti come spiegazione del perché non abbiano mai parlato della questione. Garth è molto riservato e ancora oggi le capita di sentire alcuni suoi ricordi d'infanzia per la prima volta, come quando le ha raccontato che, mentre frequentava le scuole private, era stato picchiato. Garth non si era addentrato nelle emozioni che quell'esperienza gli aveva lasciato, al contrario le aveva spazzate via scoppiando a ridere con spavalderia. «Me lo meritavo. Avevo la lingua lunga.» E a dire il vero Cordelia aveva apprezzato quella reazione. Nel momento in cui l'aveva incontrato, si sentiva come se per anni lei si fosse invischiata in una miriade di elucubrazioni emotive sulla propria vita. Era un sollievo stare finalmente con qualcuno che riusciva a disfarsi di un'esperienza o la catalogava tra le "lezioni di vita". Le pareva un modo molto più facile di stare al mondo.

«Ma da quanto tempo state insieme?»

«Quattro anni e mezzo.» dice Cordelia. È la seconda volta che la poliziotta le fa questa domanda.

«Va bene, lasci che me ne occupi. Ho il suo numero. Verificherò con gli ospedali e altrove.»

«E mi chiamerà se scopre qualcosa?» chiede Cordelia, disperata.

«Certo che lo farò, assolutamente.» dice la poliziotta e a Cordelia non resta che andarsene.

Una volta arrivata a casa è esausta e si ritrova con un mal di testa lancinante.

Si dirige verso il frigorifero, prende una confezione di gelato al cioccolato e burro di arachidi. Lo sguardo le cade sul ceppo portacoltelli che sta sul ripiano e ricorda a sé stessa che deve chiedere a Garth dove è il coltello che manca. È da qualche giorno che non si trova, forse anche di più? Non riesce a fare mente locale, ma glielo chiederà quando torna a casa.

Quand'è che tornerà a casa? Tornerà a casa?

Non sopporta di continuare a pensarci. Va sul divano portando con sé il gelato e accende la televisione. Sprofondata nella coperta, guarda le repliche delle serie TV per ore mentre finisce il gelato, una confezione di patatine e una barretta di cioccolato. Mangia senza pensare, senza gustare, ma solo portando la mano alla bocca, nello stesso modo in cui si immagina che sua madre bevesse.

Ricorda di aver osservato sua madre nascosta dietro la porta del soggiorno. Era appena tornata dopo una sessione di studio in biblioteca durata fino a tardi e la madre di Cassie l'aveva riportata a casa. Cordelia stava per salutare sua madre, ma si fermò per osservarla, per osservare il bicchiere di vino avvicinarsi alla bocca e posarsi di nuovo sul tavolo in modo così rapido che il tutto durò meno di un minuto. La cosa peggiore era il modo in cui sua madre borbottava anche mentre guardava il telegiornale, «So quel che c'è da sapere. Non dirmi quello che dovrei pensare. Bastardo, bastardo, bastardo. Dovete marcire entrambi all'inferno.»

A quel punto Cordelia sgattaiolò di sopra nella sua stanza e chiuse la porta. Durante il processo tenne per sé quel particolare episodio, anche se avrebbe confermato la pazzia di sua madre, come voleva Janine, l'avvocata che la difendeva.

Cordelia detesta quel ricordo e lo scaccia via mentre fa un altro morso alla barretta di cioccolato, sgranocchiando le nocciole ricoperte di colloso caramello.

Ogni manciata di minuti prende il telefono e guarda lo schermo, convinta che in qualche modo possa essersi persa la chiamata della polizia.

Non prova più a contattare Garth.

Qualcosa le dice che è inutile.

Il giorno successivo comunica al lavoro che starà a casa in malattia.

E non è affatto sorpresa quando i detective della polizia bussano alla porta. Non lo è affatto.

OTTO
GRACE

Ieri sera, dopo il lavoro, mi sono diretta al condominio dove vive Cordelia e sono rimasta lì fuori per un'ora, incerta se suonare il campanello ed esigere di farmi aprire. Per tutto il tempo, però, ero consapevole che avrebbe potuto mandarmi via.

Ho paura per mia figlia e ieri sera mi sono concessa più di un bicchiere di vino, alla disperata ricerca di un po' di tregua dalle preoccupazioni. Ora devo stare lontana dall'alcol per qualche giorno, se non altro per dimostrare a me stessa che sono in grado di farlo.

Se avessi una foto dell'uomo potrei cercarla su Google e provare a scoprire chi è, ma non ho nulla in mano e finché non parlo con Cordelia, sono bloccata e non so cosa fare.

Niente di ciò che mi ha detto ha senso.

Il mattino dopo invio a Cordelia il solito messaggio e non ricevo risposta, così mi dirigo verso il condominio dove vive e, ancora una volta, aspetto fuori. Ho passato in rassegna l'estratto conto della sua carta di credito degli ultimi quattro anni e ho constatato che negli scorsi cinque mesi ha iniziato a pagare molte delle spese che riguardano l'appartamento. Paga anche le cene al ristorante e, pur lavorando a tempo pieno solo da qualche mese, è lei ad aver pagato un costoso fine settimana fuori porta. Comincio a capire che tipo di uomo è Garth, almeno dal punto di vista della gestione economica. Dai suoi post su Instagram, avevo capito che era un cascamorto pieno di sé, ma questo è un altro paio di maniche.

Se non aveva idea di chi fosse Cordelia quando l'ha incontrata per la prima volta, deve aver capito subito che viene da un contesto agiato. È un avvocato e non gli ci sarà voluto molto tempo per scoprire a quanto ho venduto l'azienda.

Ieri sera ho fatto una ricerca sulla sua famiglia, a quanto pare sono benestanti, ma ho anche osservato su Google Maps la loro magione nella campagna inglese e ho scoperto che si tratta di un sito di interesse storico. La casa è vecchia e in pessime condizioni. Forse Garth dava per scontato che Cordelia avesse già accesso al suo fondo fiduciario. Oppure pensa che ben presto entrerà in possesso di molti milioni.

Si tratta forse di un truffatore che fa piani a lungo termine?

Mi spaventa solo pensarci. E l'uomo che ha parlato con me? Che cosa c'entra con loro due?

Guardo l'ora sul telefono e mi rendo conto che Cordelia è in ritardo.

Perderà il tram se non esce al più presto. E io sarò in ritardo per il mio lavoro.

Vive in un condominio affollato, con persone che entrano ed escono in tutti i momenti, ma quando per altri dieci minuti non la vedo arrivare, inizio a riflettere se sia il caso di entrare, entrare e bussare alla porta.

E alla fine, dall'altro lato del condominio spunta l'uomo con la giacca in pelle, quel giovane inquietante che sa il mio nome e quello di Cordelia. Sono in piedi vicino a un muro e mi accorgo che d'istinto mi ritraggo, non voglio che lui mi veda. Estraggo il telefono, lo sollevo e cerco di tenerlo fermo il più possibile, per quanto le mani mi tremino. Continuo a scattare, facendo più foto che riesco, nella speranza che non mi noti e pregando che almeno una sia abbastanza nitida da permetterne la ricerca online.

L'uomo cammina avanti e indietro davanti al condominio come se anche lui stesse aspettando che Cordelia esca.

Poi un'altra auto si ferma e ne escono due persone – un uomo e una donna con dei distintivi attaccati a cordini attorno al collo – l'uomo con la giacca di pelle smette di camminare. Scosta il telefono dall'orecchio e scuote la testa mentre si allontana veloce.

Le due persone che ora entrano nel condominio di Cordelia sono ovviamente della polizia. Sono detective.

Faccio scorrere la zip della giaccia, ho bisogno di aria fresca sulla pelle mentre ricordo quando la polizia mi interrogò dopo l'incendio. Allora ero in un letto d'ospedale, con la flebo attaccata per disintossicarmi dall'alcol, il corpo sudato e tremante.

Mi elencarono i capi d'accusa mentre ero a letto, lessero i miei diritti mentre mi piegavo in avanti per prendere un secchio dove poter vomitare.

Ora sono così diversa da quella donna patetica e problematica, eppure mentre osservo l'entrata del condominio di Cordelia, mi rendo conto che darei tutto per un drink. Quel delizioso bruciore gelato della vodka o il sensuale sorso di un buon vino farebbero scomparire tutto quanto, anche solo per un istante. Invece posso solo rimanere qui, preoccupandomi di tutto ciò che può essere andato storto nella vita di mia figlia.

Ci sono tante persone che vivono nel condominio, quindi forse la polizia non ha nulla a che vedere con lei. Eppure, per qualche motivo, sento che non è così. E quando guardo per vedere dov'è l'uomo con la giacca in pelle, lui è già sparito.

Tutte le paure che provavo per mia figlia sono cresciute a dismisura.

Non sono neppure sicura di ciò che occorre fare adesso.

Non ho altra scelta che andarmene. Sono in ritardo, fermo un taxi e mi faccio portare al lavoro, così da essere lì per tempo.

All'ingresso mi do un'occhiata allo specchio per assicurarmi che la parrucca sia messa bene.

Quando arrivo al piano di sopra, gli uffici sembrano più affollati del solito.

Di norma non incontro nessuno finché, più tardi nella mattinata, non fanno la pausa caffè, ma quando le porte dell'ascensore si aprono, vedo Tristan parlare a un altro uomo chinato sulla scrivania.

«Buongiorno.» dico a Tristan, che annuisce e sorride.

«Oh, Grace,» dice lui, «questo è Max che lavora nel team delle negligenze mediche insieme a Natalie e Garth.»

Max è un uomo di bell'aspetto, alto e molto magro con una barba curata. Tende la mano per stringere la mia. «Scusami, non ci siamo mai incontrati, credo. Hai sistemato i miei fogli orari.»

«Buongiorno.» rispondo, stringendogli la mano. «Sì, si trattava di inezie.» Lui è Max Blum, colui che per qualche ragione si era segnato quindici ore fatturabili in un giorno e zero in un altro. «Mi sembra di aver fatto la conoscenza di tutti grazie ai fogli orari di ognuno,» aggiungo, «ad eccezione di Garth Stanford-Brown. Ti volevo chiedere di presentarmelo, perché non ho ricevuto nulla da lui.» dico a Tristan.

«Dunque,» dice Tristan e poi guarda Leah che è impegnata in una chiamata, «Garth in realtà non è venuto in ufficio questa settimana.»

«Ah, ho capito.» dico. «È via?»

«No.» dice Tristan e Max mi guarda alzando le sopracciglia.

«Non l'abbiamo visto,» dice Max. «è un po' strano, ad essere sinceri. Nessuno l'ha visto. E non riusciamo nemmeno a contattarlo.»

Mi rendo conto che è questo il motivo per cui gli uffici sembrano più vivaci del solito.

Le persone chiacchierano riunite in piccoli gruppi ed è di Garth che stanno parlando. È impossibile non riuscire a contattare qualcuno al giorno d'oggi, a meno che sia lui a non volerlo. Sento che sto iniziando a sudare leggermente. Dov'è Garth? Cordelia è nel suo appartamento? Cosa sta succedendo?

«In ogni caso non è una cosa di cui devi preoccuparti.» dice Tristan e ho l'impressione che il fatto di essere nuova e solo di passaggio mi esclusa automaticamente dalle discussioni su ciò che può essere accaduto a Garth.

Kelsey passa oltre la reception e Max si raddrizza allontanandosi dalla scrivania, porta un dito alle labbra e fa segno a Tristan di zittirsi. Kelsey ci guarda torva e se ne va.

«Immagino che non sia il massimo per lo studio.» dico, cercando di carpire qualche altra informazione che mi permetta comprendere meglio cosa sta accadendo.

«No.» concorda Max, che si allontana dalla scrivania, Tristan invece torna con la testa china sul lavoro.

Sono comunque contenta di potermene andare, ho bisogno della pace di un ufficio con la porta chiusa per calmare il mio cuore palpitante.

Garth non è venuto in ufficio? Nessuno riesce a contattarlo? Cordelia sa dove si trova?

Tiro fuori il telefono e faccio scorrere tutte le fotografie che ho dell'uomo misterioso e ne utilizzo una in cui è di profilo per una ricerca immagini su Google, non viene fuori nulla. Irritata, getto il telefono sulla scrivania, desiderando che mia figlia non fosse così ostinata, che acconsentisse una volta per tutte a parlarmi così da poterla aiutare, qualsiasi cosa stia accadendo.

Riprendo in mano il telefono e le scrivo di nuovo.

Spero che vada tutto bene, tesoro. Sono qui se hai bisogno.

Non risponde e la cosa di certo non mi rassicura. Persino uno dei suoi tipici messaggi pieni di rabbia mi avrebbe fatta stare meglio.

Forse è nei guai più di quanto pensassi. Le persone che lavorano qui sanno della relazione con Cordelia e se sì, l'hanno mai contattata per chiedere di Garth? È una cosa che le persone fanno normalmente? L'uomo con la giacca in pelle, la scomparsa di Garth e il fatto che anche lei oggi non è andata al lavoro, tutto quanto vortica nella mia testa mentre cerco di concentrarmi sul lavoro. Garth è partito per primo e Cordelia l'ha raggiunto? Mia figlia è ancora in Australia?

Apro l'app della banca per controllare se ha acquistato un biglietto aereo – o dei biglietti – ma non c'è nulla di nuovo.

Ogni tanto lo sguardo mi cade sulla foto della donna che sto sostituendo e la invidio, invidio anche la sua vacanza, ovunque sia. Ormai è un volto familiare il suo, adesso che la vedo tutto il giorno lavorando qui. Non riesco a concentrarmi perché sono nervosa e avrei un assoluto bisogno di bere qualcosa, ma mi dovrò accontentare di un caffè, anche se so che non avrà alcun effetto calmante sui miei nervi. Apro la porta dell'ufficio proprio mentre Natalie ci passa davanti insieme a Max. Non voglio parlare con nessuno così la chiudo quasi del tutto e aspetto che entrino nei rispettivi uffici, non prima di aver sentito Max dire, «Salterà fuori, lo sai. È meglio che tu lo dica prima che accada.»

«Neanche per idea.» dice Natalie. «Non dirò proprio nulla. Magari questa storia non ha niente a che vedere con quella notte. Terrò la bocca chiusa finché non capisco come stanno le cose.»

Mi blocco lì dove sono, sforzandomi di ascoltare per sentire se dicono qualcos'altro, ma sento solo il rumore di una porta d'ufficio che si chiude e quando apro la mia porta, nel corridoio non c'è più nessuno.

Mi dirigo verso la cucina, dove preparo una tazza di caffè forte. Di cosa stavano parlando? Di un cliente? Di Garth?

Sembrerebbe logico pensare a Garth. Il mistero della sua scomparsa sembra aleggiare nell'ufficio. Riesco quasi a percepire che le persone fanno congetture sulla faccenda.

Qual è il segreto di Natalie e cosa c'entra il fidanzato di mia figlia?

NOVE
CORDELIA

Dopo essersi data malata, si alza e si mette una tuta, vuole a tutti i costi passare in rassegna le cose di Garth, vuole a tutti i costi trovare qualcosa che le faccia capire dove si trova e perché non è tornato a casa. Sa anche che sarebbe furioso se la scoprisse.

Quando presero casa insieme, dopo che lui aveva trovato l'appartamento, era stato molto netto nel dirle che non avrebbe dovuto mettere le mani in nessuno dei suoi scatoloni. «Mi occupo io della mia roba, lascia stare.» A Cordelia inizialmente l'appartamento non era proprio piaciuto. Era troppo freddo, tutto angoli e vetro con il pavimento in cemento lucido, ed era troppo in alto, tanto che lei provava le vertigini quando stava troppo vicina al bordo del balcone.

«La ringhiera non è molto alta – si rischia di cadere giù.» disse a Garth.

«Non fare la bambina, Cordy.» rispose lui e così lei tenne per sé le altre lamentele sull'appartamento. Garth lo amava e lei amava Garth e voleva vivere con lui.

Forse ficcare il naso nelle sue cose è infantile e di certo

un'invasione della privacy, ma lui non è qui e non può lamentarsi. Cordelia inizia dal suo comodino, aprendo il cassetto e guardando il modo ordinato in cui sono disposti il filo interdentale, lo stesso romanzo thriller che ha da un anno, visto che quando ha un po' di tempo libero si mette a scrollare il telefono, una serie di foto in cui sono ritratti sua madre, il suo defunto padre, i suoi cani e la sua casa, un caricatore per il telefono e delle creme per le mani dato che si lamenta sempre di come il clima australiano gli secchi la pelle. Raccoglie le foto e le sfoglia, ma non c'è nulla di strano.

Sotto le foto c'è un bollettino del Regno Unito scaduto da un mese con delle tasse da pagare. Lo osserva. Perché non l'ha pagato?

Il suo cassetto del comodino è molto diverso da quello di Cordelia, in cui lei tiene una serie di cremine provenienti da vari hotel, portachiavi regalati negli anni dai suoi amici, due romanzi che sta leggendo, campioncini di make-up che ha raccolto in giro e molti altri oggetti. Da dopo l'incendio fatica a separarsi da qualsiasi cosa, si ritrova ad avere bisogno di aggrapparsi a tutto, dai tubetti di crema mezzi vuoti ai biglietti d'auguri generici provenienti dai negozi dove le piace fare acquisti. Le è stato tolto così tanto quella notte che lei sente di dover raccogliere più roba rispetto alla maggioranza delle persone, così da poter mostrare qualcosa che le ricordi la sua vita. È assurdo e implica anche che i suoi armadi e i cassetti sono sempre un caos totale, ma non sembra riuscire a farne a meno.

Garth sarebbe partito senza le cose che tiene nel comodino?

Forse non senza le foto. Controlla anche nel guardaroba, ma le sue camicie bianche tutte identiche e i completi blu navy sono lì perfettamente allineati.

Non manca nulla, ad eccezione dei vestiti che indossava quando è uscito lunedì mattina o domenica notte.

Perché all'improvviso si ricorda che in effetti domenica sera è andato al lavoro. Ci è andato nonostante lei si fosse arrabbiata.

Si siede accovacciata sui talloni, ripercorrendo con la mente quella sera, la memoria che le ritorna in un lampo.

La domenica sera prendere del cibo cinese d'asporto è un'abitudine consolidata e così avevano ordinato i piatti dal loro ristorantino preferito, proprio a due passi da casa.

Mentre mangiavano, la televisione era accesa. Il programma parlava di un giocatore di football e Cordelia non si ricorda nemmeno il nome perché, a dire il vero, avevano entrambi il telefono in mano e lei non stava prestando attenzione, ma poi lei aveva posato il telefono, «Perché non cerchiamo un film come si deve da guardare?» aveva chiesto a Garth e lui aveva scosso la testa.

«Ora voglio proprio sapere cosa gli è successo.»

«Perché ti interessa? Non ti piace neanche, il football.» aveva detto lei e Garth aveva scosso la testa di nuovo.

«Quel bastardo e il suo problema con la droga mi sono costati migliaia di dollari.»

Non sembrava turbato, non proprio, ma lei era rimasta scioccata nel sentire la parola "migliaia".

«Hai scommesso su una partita in cui giocava o roba del genere?» aveva chiesto.

«Una cosa del genere.» aveva risposto lui.

«Beh, il gioco d'azzardo è da stupidi e te lo meriti di perdere se scommetti migliaia di dollari. Spero che tu non lo faccia più.»

«Cordelia,» aveva detto Garth alzandosi, «non farmi la predica come se fossi un bambino.»

«Beh, se spendi soldi in queste sciocchezze e poi mi chiedi di pagare l'affitto, allora ho tutto il diritto di dire qualcosa.» aveva risposto con una frecciatina, pentendosi subito perché sapeva che il week end sarebbe finito con un litigio e le sarebbe sembrato di aver rovinato tutto. Avevano così poco tempo da passare insieme per come stavano le cose.

«Oh, per favore.» disse lui. «Pago molte più cose di te e un giorno, molto presto, non appena quel fondo fiduciario ti verrà liquidato, avrai a disposizione i milioni di tua madre.»

«Non so neppure se voglio prenderli quei soldi. Non voglio il denaro di mia madre. Non so se tornerò mai a parlarle.» aveva risposto lei e sa quanta vergogna aveva provato sentendo gli occhi bruciare mentre quasi affioravano le lacrime.

«Che bello avere il lusso di poter rifiutare dei soldi.» aveva detto lui in tono sprezzante e Cordelia era scoppiata a piangere.

Ora si ricorda il modo repentino in cui Garth aveva cambiato approccio, consolandola subito. Pensava che avessero salvato la serata, ma solo una mezzora dopo lui aveva ricevuto un messaggio che, a detta sua, era di lavoro.

«Devo andare subito in studio per aiutare Natalie con una cosa.» aveva detto, prima di indossare gli abiti da ufficio, cosa che lei trovò piuttosto strana, ma non più strana del dover andare al lavoro di domenica sera. Si era messo persino il dopobarba.

«Dici sul serio? La domenica sera? Quanto stupida pensi che sia?» aveva chiesto lei e lui aveva sospirato.

«Non intendo mettermi a discuterne ora. Devo andare. Torno presto.» Le aveva dato un bacio sulla testa prima che lei potesse dire qualcos'altro e se n'era andato.

Al suo rientro, lei dormiva. Ma era davvero tornato a casa o aveva solo immaginato di averlo sentito entrare nel letto?

Era davvero qui lunedì mattina? Si ricorda della tazza nel lavandino, ma domenica sera lei non aveva pulito la cucina, era andata a letto sbuffando dopo che lui era uscito per andare al lavoro. La tazza del caffè poteva essere lì da domenica pomeriggio. Lunedì sera le aveva scritto che avrebbe lavorato fino a tardi, mentendo spudoratamente.

Cordelia si sposta in bagno, dove la schiuma da barba e il dopobarba sono accanto al suo spazzolino elettrico, tutte cose che si possono facilmente ricomprare, ma perché andarsene senza prenderle con sé. Garth non sprecherebbe mai i suoi soldi per rifarsi il guardaroba.

Critica sempre la facilità con cui lei spende, chiedendole se *davvero* le serve un altro paio di scarpe. Non se ne andrebbe così per poi doversi comprare tutto da capo. Ricontrolla la cesta della biancheria.

Garth si era messo una camicia bianca per andare al lavoro domenica sera. Non indossa mai le sue camicie per più di un giorno, ma non ci sono camicie nella cesta. *Sei tornato a casa domenica notte? Da quanto tempo sei scomparso?*

All'improvviso sente il suono del citofono e sobbalza per lo spavento. Il trillo le fa palpitare il cuore perché forse è Garth che ha perso le chiavi; forse si è preso una sbronza per qualche giorno o è stato con un'altra donna. Ora come ora non le interessa, mentre rapida si sistema i capelli, consapevole di non essere truccata.

Si precipita al citofono e preme il pulsante. «Sì?» dice, un po' affannata.

«Ms Morton?» dice una voce femminile.

«Sì.» risponde Cordelia, accasciandosi per la delusione.

«Sono la detective Ashton e lavoro per l'Ufficio persone scomparse. Sono qui per Garth Stanford-Brown.»

«Oh.» dice Cordelia.

«Potremmo salire per fare due chiacchiere con lei?»

La mano di Cordelia trema mentre preme il pulsante per far entrare la polizia nel condominio. Rimane vicino alla porta aspettando che bussino. Non è quello che voleva. Voleva una chiamata in cui qualcuno le dicesse che l'avevano trovato e che andava tutto bene. Forse è in ospedale per qualcosa di curabile, come un braccio rotto o una cosa così, ma allora perché non l'ha chiamata?

Non è quello che voleva, ma non si stupisce. Era prevedibile che succedesse, certo che era prevedibile.

I colpi alla porta sono secchi e vigorosi, trasmettono autorevolezza e Cordelia apre subito.

«Ms Morton.» dice la donna e Cordelia annuisce.

«Entrate.» dice lei arretrando per permettere alla donna e a un enorme uomo stempiato di entrare nell'appartamento. Indossano dei completi – quello della donna è nero, quello dell'uomo di un marrone poco allettante – che sembrano provenire dallo stesso negozio.

Cordelia si chiede se si tratti di una qualche divisa.

«Posso offrirvi un caffè?» chiede lei, schiarendosi la voce perché non sa bene cosa fare. Di solito è così che funziona nelle serie tivù, le persone offrono il caffè alla polizia, no?

Quando suo padre morì, lei passò un sacco di tempo con i detective della polizia, ma a dire il vero si trattava di due donne ed erano davvero gentili, continuavano a offrirle tè e fazzoletti mentre Cordelia piangeva e cercava di raccontare come era la sua vita prima dell'incendio. Poi venne supportata dalla feroce avvocata di sua madre, Janine Saunders, una donna che sembrava in grado di fermare una linea di interrogatorio con il solo sguardo. Janine sedeva vicino a Cordelia, indossava abiti eleganti e giacche attillate, i capelli erano raccolti in uno chignon ordinato. «Dì loro dell'abuso di alcol di tua madre, Cordelia, non nascondere nulla.» le intimava ogni volta che Cordelia doveva parlare con la polizia. «Tua madre è un'alcolizzata ed è vittima di un delirio indotto dall'abuso di alcol, loro lo devono sapere.»

«Per favore non parli di lei in quel modo.» disse Cordelia una volta.

«Parlerò di lei in un modo che la salverà dalla prigione, Cordelia, ricordatelo.»

Per un momento vorrebbe che Janine fosse lì con lei. Janine saprebbe cosa dire e cosa fare. Perché ha offerto loro del caffè?

«Non prendiamo niente, grazie. Come le dicevo, sono la detective Ashton e questo è il mio collega, il detective Jameson.

Siamo dell'Ufficio persone scomparse. Vorremmo parlare di Garth.»

Cordelia annuisce. «Posso solo andare un secondo in bagno?» chiede lei e rivolge lo sguardo alla finestra che dà sul balcone, desiderando di poterla semplicemente aprire e scappare via. Ma sono al sedicesimo piano. Non c'è modo di scappare.

«Certo.» dice la detective Ashton.

In bagno Cordelia siede sul bordo della vasca ed estrae il telefono. Non avrebbe mai voluto farlo, non avrebbe mai voluto doverlo fare, ma non ha alternativa. Non ha nessun altro a cui chiedere aiuto. Cassie è ancora nel Regno Unito, i suoi amici di Sidney non capirebbero e in ogni caso non si parlano quasi più se non tramite social.

Scrive un messaggio ma non lo invia perché forse, ma solo forse, non sarà necessario inviarlo. Poi si lava le mani. «È tempo di affrontare la cosa.» dice al suo riflesso nello specchio.

Ora non ha scelta.

Quando torna nel salotto, vede che i detective, un po' imbarazzati, sono rimasti in piedi accanto al divano bianco in pelle. Cordelia detesta quel colore, ha sempre il terrore di macchiarlo con qualcosa, ma ancora una volta era stato Garth a sceglierlo.

«Prego accomodatevi.» dice Cordelia.

La detective Ashton si siede e poi guarda Cordelia con aspettativa e anche Cordelia si siede.

«So che ha denunciato la scomparsa di Garth ieri sera e devo informarla che anche la madre ne ha denunciato la scomparsa.»

Ovvio, anche Evangeline ha chiamato la polizia. Avrà probabilmente chiamato mezza Australia pretendendo che qualcuno trovi suo figlio. Garth viene da una famiglia che in passato era benestante e godeva di una certa posizione all'interno della società. Ora fanno fatica a tenersi la loro enorme e vecchia magione, ma Evangeline pensa ancora di avere diritto a un trattamento speciale da parte del mondo intero.

«Oh.» dice Cordelia, subito maledicendo la sua reazione stupida.

«Sì. E a questo punto devo informarla anche che abbiamo contattato tutti i principali ospedali e non c'è traccia di un uomo non identificato che corrisponda alla descrizione di Garth e che sia stato ricoverato negli ultimi quattro giorni.»

«Quattro giorni.» dice Cordelia, perché non le pare possibile che sia passato tutto quel tempo. Eppure, è giovedì e l'unica cosa che sa è che lui ha lasciato l'appartamento lunedì mattina o domenica notte. Non ha idea di dove sia andato o cosa abbia fatto, nessuna idea.

«Sì, ci ha messo un po' prima di denunciare la sua scomparsa. Non era preoccupata per lui?»

«Lo ero... solo che...» Potrebbe essere nei guai. In guai seri.

«A quanto pare lei pensa che lui abbia una relazione con un'altra donna?» dice la detective. «Per caso sa con chi?»

«Io non...» Cordelia scuote la testa, non vuole dire nulla perché non riesce neppure a immaginare i guai in cui si caccerebbe se coinvolgesse Natalie in questa faccenda. Natalie è un'avvocata e se Cordelia si sbaglia, potrebbe essere accusata di diffamazione. «Penso solo che forse ha una relazione, tutto qui.» mormora e poi si sfrega il naso, desiderando di non aver detto alla poliziotta i suoi sospetti la sera prima.

«D'accordo, e quando è stata l'ultima volta che l'ha visto?»

«Come ho detto all'altra poliziotta, domenica sera.»

«Credevo che lei avesse detto che lui era qui lunedì mattina.»

«Lui... ho dato per scontato che fosse qui perché aveva lasciato la tazza del caffè nel lavandino, ma è andato al lavoro domenica sera. Doveva incontrarsi con una collega, un'altra avvocata.»

«Di domenica sera?»

Cordelia alza le spalle. Non sa cosa rispondere.

«E non l'ha più visto dopo?»

Cordelia scuote la testa. «Dormivo quando è tornato a casa.»

«Se è tornato a casa.» dice la detective, digitando qualcosa sul suo telefono.

Cordelia deglutisce, mordendosi il labbro. *Se è tornato a casa.*

Poi le fanno altre domande e un'ora dopo, sono ancora lì e la testa le sta esplodendo. Ha un disperato bisogno di andare in bagno, ma ha paura a chiederlo visto che ci è andata solo un'ora fa.

«Dunque, posso ripercorrere il tutto ancora una volta?» dice la detective a Cordelia che annuisce, come aveva fatto la prima e la seconda volta che le era stata posta la domanda.

«Non ha chiamato la polizia perché spesso lui sparisce per un giorno o due?»

Cordelia annuisce e poi si schiarisce la voce. «Dunque, non spesso, più che altro negli ultimi mesi – e, cioè, non è che sparisce, lui non torna a casa perché dice che... dorme in ufficio.» *Dorme in ufficio? Sul serio, Cordelia? Dove? Sul divano? E come fa a farsi la doccia e a cambiarsi i vestiti? Come hai fatto a permettere a te stessa di credere a qualcosa di così assurdo?*

«D'accordo, ma di solito vi sentite?»

«Di solito, sì.» dice Cordelia. Continua a spostarsi sul divano desiderando che la detective non fosse seduta così vicina a lei. Nota una macchiolina di qualcosa, forse caffè, sulla sua camicia e vorrebbe davvero fargliela notare. Sente anche l'esigenza di allontanarsi, ma ha paura che, se lo facesse, potrebbe sembrare colpevole di qualcosa.

«Dunque gli ha scritto quando non è tornato a casa la prima notte?»

«Come le ho detto, sì, gli ho scritto diversi messaggi.»

«D'accordo, sì. Dal suo telefono risulta che l'ha fatto.»

Cordelia non voleva far vedere alla detective i suoi messaggi e sapeva che avrebbe potuto rifiutarsi, ma era stato più facile farlo e basta. Questa mattina prima di alzarsi aveva cancellato alcuni dei messaggi che si erano scambiati, intuendo che la situazione sarebbe degenerata. E se Garth era ferito, in ospedale o qualcosa del genere, lei non avrebbe mai voluto dover riguardare le cose orribili che gli aveva scritto.

«E ha chiamato il suo ufficio?»

Cordelia stringe i denti, non volendo che la detective si accorga che la sta tenendo in pugno.

«Sì, l'ho fatto e mi hanno detto che erano tre... quattro giorni che non si presentava al lavoro. Stamattina non ho riprovato a chiamare.» Si concentra sulle sopracciglia della detective, due sottili linee affilate, modellate a colpi di pinzette. Sembra che uno dei talenti della detective Ashton sia la capacità di alzare quelle sopracciglia quel tanto che basta per comunicare incredulità, senza che lei debba proferire parola. I suoi capelli neri sono tirati indietro, facendo notare ancora di più quanto siano piccoli i suoi occhi castano scuro

Forse pensava che delle sopracciglia estremamente sottili avrebbero fatto sembrare più grandi gli occhi?

«No, abbiamo chiamato il suo ufficio stamattina. Non si è presentato. Ci recheremo anche lì oggi.»

Cordelia allunga la mano per prendere il bicchiere d'acqua davanti a lei, sul tavolino. Ha lasciato un segno sul legno, qualcosa che Garth le avrebbe fatto notare subito arrabbiandosi. *Duemila dollari, Cordelia. Abbi un po' di rispetto per le mie cose per favore*, avrebbe detto tamburellando le dita sul tavolo e poi indicando i sottobicchieri. È in fissa con le sue cose. Il suo divano in pelle, il suo tavolino, le sue costose lenzuola in bambù, il suo letto gigante.

Le sue cose sono belle e costose e lui ci tiene molto.

Di certo non avrebbe lasciato tutte queste cose di sua spontanea volontà?

Decide di ignorare il cerchio lasciato dal bicchiere, perché Garth non è presente e non è stato presente per ben quattro giorni. «Quindi farete... una segnalazione o qualcosa di simile?»

«Faremo tutto ciò che è nelle nostre possibilità. Per caso c'è ragione di preoccuparsi per la sua salute mentale?»

«No, cioè... lavora molto, ma non credo.»

«E da quanto tempo siete insieme, può ripetermelo?» chiede la detective.

«Quattro anni e mezzo.» sospira Cordelia.

«E il litigio che avete avuto era su...?»

La detective ha fatto questa domanda già altre tre volte.

«Era solo sul fatto che lavora così tanto.» mente, come aveva già fatto prima.

«Non sul fatto che potrebbe avere una relazione?»

«No.» dice Cordelia e guarda il segno lasciato dall'acqua, tira la manica della felpa fino a coprire la mano e lo asciuga.

«Ma se lui avesse una relazione, chi pensa che potrebbe essere l'altra donna? Per noi sarebbe utile saperlo.»

«Non lo so.» dice Cordelia, pensando di nuovo che di sicuro sarebbe peggio per lei se mettesse in mezzo Natalie. «Non lo so.» ripete e poi guarda il cielo terso attraverso la finestra del balcone, chiedendosi se faccia caldo o freddo là fuori. Vorrebbe essere là fuori.

Il collega della detective Ashton non ha fatto alcuna domanda.

Non si è nemmeno seduto. Si limita a spostarsi nell'appartamento raccogliendo ogni tanto una delle "cose" preziose di Garth, come quella brutta statuetta della fertilità che rappresenta una donna con seni enormi. «Perché l'hai comprata?» gli aveva chiesto la sera che era tornato a casa con quella.

«Si tratta di arte e il suo valore aumenterà.» le aveva detto lui.

Mentre Garth si organizzava per raggiungerla, Cordelia era tornata a casa dal Regno Unito e aveva preso in affitto un piccolo appartamento in vista dell'inizio dell'università. Lei aveva dato per scontato che avrebbero condiviso il suo appartamento, ma Garth voleva darsi un certo tono e così aveva insistito per prendere in affitto questo appartamento costosissimo e poi l'aveva riempito di roba, più sua che di lei, anche se qualche volta le aveva chiesto di pagare l'affitto perché era un po' a corto di soldi. «Bisogna mantenere le apparenze, Cordy, e le cene con i colleghi dello studio sono una bella spesa.» Ultimamente le era sembrato più "a corto" del solito.

«Allora forse dovremmo trasferirci in un posto dove l'affitto è un po' meno caro finché non inizio a guadagnare abbastanza.»

«Beh, ma quel fondo fiduciario sarà presto a disposizione, no?» disse quando ne avevano parlato, e lei rimpianse subito di avergli raccontato del fondo fiduciario.

Quando compirà venticinque anni avrà accesso a due milioni di dollari. Sa bene quanto possano cambiare la vita. Si tratta di una vera fortuna. In un unico versamento riceverà più soldi di quanti la maggior parte delle persone vedrà mai nella propria vita. E ce ne sarà a sufficienza per comprare un bell'appartamento e viaggiare un po' senza doversi preoccupare delle spese. Garth sa anche che sua madre ha venduto l'azienda incassando moltissimi soldi ed è da un po' di tempo, a dire il vero, che lui insiste affinché lei la perdoni.

«Ha fatto un errore e ne ha pagato le conseguenze.» ha detto. «Dovresti perdonarla.»

Nella vita è questa l'unica cosa per cui Cordelia non lascerà che il giudizio di Garth influenzi la sua decisione. Allo stato dei fatti, le opinioni di lui condizionano già abbastanza la sua vita, a partire da cosa indossa per finire alle persone che frequenta. Lei ha deciso di non rivolgere più la parola a sua madre. Negli ultimi quattro anni si è sempre rivolta a Garth per avere un aiuto o un consiglio in qualsiasi situazione.

Ora lui è scomparso. Oppure è morto. Sbatte le palpebre allontanando il pensiero.

Sente per un momento il disperato bisogno di sua madre, cosa che di solito cerca di evitare in tutti i modi. In effetti Cordelia vorrebbe che fosse qui in questo momento. Non certo la madre ubriaca, paranoica e accusatoria che era diventata Grace, ma la madre che ascoltava quando lei parlava e le dava consigli sensati senza giudicarla.

La madre che preparava biscotti insieme a lei e le rimaneva sdraiata accanto nel letto mentre parlavano della giornata di Cordelia.

«Dunque, pensa ci sia una ragione per cui avrebbe dovuto allontanarsi per così tanto tempo?» chiede di nuovo la detective.

Vattene, esci subito da casa mia, vai via, vai via! Vorrebbe gridare mentre si sente il volto in fiamme perché si rende conto che la detective sa che lei sta mentendo sul motivo per cui lei pensa che Garth se ne sia andato.

«Non può tipo... rintracciare il suo telefono o una cosa del genere?» biascica disperata cercando di far procedere la conversazione. «Cioè, non è così che si fa al giorno d'oggi, rintracciare il telefono e scoprire dove si trova?»

«Curioso che lei mi parli di questo.» dice la detective Ashton con un sorrisino. I suoi incisivi sono lievemente storti.

«Lo possiamo fare, in effetti, ma ci vuole più tempo di quanto si pensi, perché dobbiamo ottenere un mandato e poi parlare con il gestore del suo telefono e usare i ripetitori telefonici, possono volerci settimane, ma curiosamente...» La detective lascia che la parola rimanga sospesa nell'aria e Cordelia non può fare a meno di sfregarsi le braccia, la pelle le pizzica.

«Curiosamente?» la sollecita a continuare.

«La madre di Garth ha una app di geolocalizzazione che permette di rintracciare il telefono del figlio. Molte persone ce l'hanno per i propri familiari – lei non ne ha una per Garth?»

«Io... no.» risponde lei. *Così non va bene. Così non va bene.*

«Beh, sua madre ne ha una e così è stata in grado di fornirci la posizione del suo telefono.»

Cordelia annuisce, aspettando la risposta, centinaia di possibili scenari le scorrono nella testa. Con la sua amante, in vacanza, morto? Perché la detective ha aspettato così tanto prima di dirglielo? Perché non ha esordito subito rivelando dove si trova il telefono visto che, ovviamente, è lì che si trova anche Garth.

«È qui.» dice la detective. «È qui all'interno dell'appartamento.»

Cosa? Cosa? Cosa? Cordelia sente lo stomaco rivoltarsi mentre la detective continua a parlare.

«Sua madre dice che ieri l'ha chiamata e le ha chiesto di Garth. Quando lei le ha detto che non era in casa, si è preoccupata e quando poi ha controllato l'app di geolocalizzazione, ha visto che il telefono di Garth era qui, nell'appartamento ed è a quel punto che ci ha contattato. Credo che lei capisca perché questo dettaglio l'ha fatta preoccupare.»

«Ma perché non ha richiamato me, allora?» chiede Cordelia, provando quasi un senso di vertigine per il fatto che il telefono di Garth si trovi in casa.

«Perché non mi ha chiamata e non me l'ha detto?»

«Sembra che la signora non si fidi molto di lei.» dice la detective Ashton, pronunciando le parole con lentezza e secondo Cordelia, con una certa soddisfazione. Cordelia vorrebbe distogliere lo sguardo dalla detective, ma la donna continua a fissarla e poi alza lievemente un sopracciglio. «Perché pensa sia così?»

«Io...» Cordelia cede al desiderio di graffiarsi le braccia e attacca la pelle con le unghie mentre la detective la osserva. «Ho bisogno di andare in bagno.» dice e si alza senza aspettare il permesso, sfrecciando via e chiudendosi la porta alle spalle con un colpo secco. Dopodiché si lava le mani due volte, cercando di calmare il cuore che batte all'impazzata.

Poi invia il messaggio che aveva digitato. Non ci sono più "forse no" che reggano, deve inviarlo.

Mentre sta uscendo dal bagno, le arriva una risposta ed è così stupita che scrive rapida:

Cosa? No. Devi aspettare. Sta accadendo qualcosa. Vieni stasera. Non prima di stasera.

La confusione le ingarbuglia i pensieri. Non è certo quello che si aspettava, ma non ha neppure il tempo di elaborarlo.

Quando apre la porta i detective sono proprio lì che l'aspettano.

«Non le dispiace se diamo una veloce occhiata in giro, vero?» chiede il detective Jameson mentre si staglia davanti a lei, facendo finalmente sentire la sua voce. E Cordelia si rende conto che era questo quello che volevano fin dall'inizio. L'hanno interrogata per quasi due ore e solo ora le hanno detto di sapere dove si trova il telefono.

Se si imponesse dicendo che non possono dare un'occhiata, se esigesse che tornassero con un mandato di perquisizione, lei diventerebbe subito la sospettata numero uno.

Non può far altro che scuotere la testa, campanelli d'allarme che le rimbombano nelle orecchie.

Garth non lascerebbe mai e poi mai l'appartamento senza portarsi dietro il telefono.

Mai.

DIECI
GRACE

L'unica cosa che posso fare è concentrarmi sul lavoro. Ho il cuore che martella nel petto e la mente è un vortice di pensieri, ma accendo il computer e consulto ciò che mi serve. In qualche modo la monotonia dei fogli orari e del lavoro di pianificazione mi distolgono per qualche ora dal pensiero di quell'uomo. Quando si avvicina l'ora di pranzo mi rendo conto di avere sete e mi appoggio allo schienale, sfregandomi gli occhi sotto i finti occhiali.

Nella tasca il telefono vibra per l'arrivo di un messaggio e lo tiro fuori lentamente, dando per scontato che sia spam visto che nessuno, a parte l'hotel e Cordelia, ha questo numero.

Mamma, ho bisogno di te. Devi venire.

Il telefono mi scivola dalle mani e atterra sulla scrivania con un suono metallico. Lo riprendo in mano e leggo di nuovo le parole. Tremante, faccio un respiro, non voglio piangere.

Mi ha chiesto aiuto. E questo significa che le cose stanno molto peggio di quanto pensassi.

Vorrei andare subito da lei.

Dammi il tuo indirizzo. Sono a Melbourne.

Cosa? No. Devi aspettare. Sta accadendo qualcosa. Vieni stasera. Non prima di stasera.

Accetto e lei mi manda l'indirizzo, che in realtà non mi serve. Non vorrei aspettare. Vorrei andare da lei subito, ma mia figlia mi ha contattata per la prima volta dopo sei anni. Non posso mandare tutto a rotoli piombando lì e cercando di prendere il controllo della situazione per sistemarle la vita. Devo fare come mi dice.

Eppure, è così difficile portare pazienza e aspettare. Per tutta la vita ho fatto fatica a gestire l'attesa, soprattutto mentre scontavo la mia pena in clinica. «Vivi un giorno alla volta.» mi diceva lo psicologo. Un modo di dire trito e ritrito di cui, in realtà, mi facevo beffe. Mi è sembrato più facile portare pazienza quando ho iniziato a scrivere i motivi per cui dovevo stare meglio, i motivi per uscire da lì. Le mie figlie sono uno dei motivi, l'altro è il karma.

Il programma in 12 fasi che si può trovare ovunque nel mondo ed è stato ideato per aiutare coloro che hanno una dipendenza a guarire, sprona i partecipanti ad andare alla ricerca di qualcosa di più grande di sé stessi: che sia Dio o l'universo, l'importante è che ci permetta di sentire che c'è qualcosa di più grande di noi in gioco. Io ho scelto l'idea di karma.

Non puoi comportarti male senza aspettarti che in qualche modo verrai punito.

Sono consapevole di aver fatto cose terribili, anche se conosco le ragioni che stanno dietro tutto ciò che ho fatto, ma ho la sensazione di essere stata punita prima che potessi fare qualcosa di male. Ho perso tutto a causa di ciò che mi hanno fatto Robert e la mia assistente Tamara. A volte il karma richiede tempo. Permette alle persone cattive di essere felici, di ottenere successi e gioie e di avere vite appaganti. Talvolta sembra che il karma sia distratto. Ma io non lo sono.

Mi sento così ogni volta che guardo la pagina Instagram di Tamara. Appare diversa ora, sei anni dopo, come se in qualche modo fosse maturata trasformandosi in una donna con zigomi affilati e uno stile favoloso. Viaggia per il mondo, ogni volta con un uomo diverso, sempre più anziano di lei. Pranza e cena in ristoranti costosi e in generale sembra fare la *#bellavita*.

D'istinto vado sulla sua pagina per dare un'occhiata, come sono solita fare. L'ultima foto postata ritrae solo la sua mano che tiene un bicchiere di champagne ed è sottotitolata *#almioamore #progettiperilfuturo*. Non sembra che porti un anello, quindi deduco che non sia fidanzata, ma in ogni caso si sta riferendo a qualcuno e non posso fare a meno di ribollire di rabbia all'idea che abbia qualcuno che la ama. Non se lo merita.

Questo non è karma e quando avrò finito di aiutare Cordelia, qualunque sia il suo problema, mi dedicherò a Tamara. Sarò io il karma e nessuno mi può fermare.

Non mi importa quanto mi ci vorrà. Dicono che la vendetta è un piatto da servire freddo, ma per come la vedo io, l'importante è che sia servito.

Guardo l'ora sul telefono. Se lascio che i pensieri prendano il sopravvento, a volte posso perdere anche una o due ore. Ricaccio Tamara in un angolo della mia mente, ricordando a me stessa che presto vedrò mia figlia. Sarò con lei nella stessa stanza. Non sto più nella pelle e continuo a guardare il telefono, desiderando che il tempo scorra più veloce.

A metà pomeriggio mi rendo conto che sto morendo di fame. Il pensiero di mia figlia mi ha distratto così tanto che ho lavorato anche durante la pausa pranzo.

Mentre esco dall'ufficio mi imbatto in Kelsey, che è al telefono, il suo bel viso si illumina mentre ridacchia per qualcosa che le dice la persona con cui sta parlando. «Non vedo l'ora.» dice, riattaccando quando mi vede.

«Qualcosa di speciale in arrivo?» le chiedo e lei annuisce.

«Mi prenderò una pausa dall'università. Mio papà si arrabbierà molto, ma non mi importa.»

Apro la bocca con l'intento di darle qualche consiglio ma la richiudo subito. Non intendo intromettermi dicendo a questa ragazza che sta facendo la scelta sbagliata. Mia figlia e le sue scelte mi danno già abbastanza preoccupazioni.

«Ho solo diciannove anni,» dice, come se intuisse il mio giudizio sulla questione «ne ho di tempo per dedicarmi alle cose noiose.»

«Certo, di sicuro.» convengo con lei perché, dopo tutto, non sono affari miei. La lascio ai suoi programmi e mi dirigo verso l'uscita.

Mentre sto per andarmene, però, vedo alla reception i due detective che stamattina stavano fuori dal condominio di Cordelia e sfreccio di nuovo nel mio ufficio col cuore che batte all'impazzata. Sono di sicuro gli stessi. Riconosco i loro completi.

Perché sono qui? Deve avere a che fare con Garth che non si è presentato al lavoro, per forza. Che cosa sanno?

Vorranno parlare anche con tutti quelli che sono qui? E se mi interrogano, che cosa ne ricaveranno? Non sono certa di come potrei riuscire a mentire a dei detective. Sulla mia patente di guida sono ancora Grace Morton. Capiranno il legame tra me e Cordelia, ovvio che lo capiranno, non posso lasciare che succeda.

Apro con lentezza la porta del mio ufficio tastando la

parrucca per assicurarmi che sia stabile e poi mi sposto rapida, intrufolandomi nel bagno.

Aspetto in una cabina per qualche minuto, cercando di decidere il da farsi. È possibile che riesca a uscire dall'ufficio senza parlare con i detective. Ho iniziato da poco qui, dopo tutto, e sono solo una sostituta. Per quanto ne sanno io non ho mai sentito parlare di Garth finché non ho iniziato a lavorare qui.

Eppure, non voglio correre il rischio di dover parlare con i detective.

Faccio un respiro profondo e apro la porta della cabina che dà sul resto del bagno, mi lavo le mani mentre la porta di un'altra cabina si apre ed esce Natalie. Sussulta nel vedermi. «Oh non avevo idea che ci fosse qualcun altro.» dice.

«Mi stavo preparando per andare a mangiare un boccone, anche se è tardi.» dico senza guardarla, ma mi pare agitata mentre fa per lavarsi le mani.

Quando ha finito, non esce, rimane lì a guardarmi.

«C'è qualcosa che non va?» chiedo.

Scuote la testa. «È arrivata la polizia»

Lo so anch'io, ma sul momento mi sembra più saggio non rivelarglielo. «Come mai?»

«Garth, uno degli associati senior, da lunedì risulta scomparso. Non è venuto in ufficio e non ha contattato nessuno per spiegare il motivo.»

«Ho sentito che Tristan ne parlava stamattina. Magari è malato.» dico.

«No,» sussurra Natalie, «non penso. Credo che gli sia capitato qualcosa.»

«Ma perché mai?» chiedo, nel tentativo di risultare disorientata.

«Lui è...» scuote la testa, «lui non è una brava persona. Lui è solo...»

Aspetto che finisca la frase trattenendo il respiro in attesa di sapere ciò che dirà, ma sembra rendersi conto che è a me che sta parlando e si limita ad alzare le spalle. «Scusa, non avrei dovuto dire nulla. Sono sicura che vada tutto bene.»

«Natalie, se vuoi puoi parlare con me. Io non lo conosco, ma mi sembri preoccupata per la presenza della polizia. Devi per caso raccontare qualcosa?»

Lo Sapevo che Garth non si sarebbe rivelato una brava persona, l'ho capito subito nel momento in cui ho visto una sua foto con quel sorriso falso. Vorrei che Natalie raccontasse alla polizia ciò che ha fatto senza risparmiare i dettagli, così potrei allontanarlo dalla vita di mia figlia.

«Io... no... no, non so davvero niente.» dice ed esce velocemente dal bagno.

Mi lavo di nuovo le mani, lasciando che l'acqua fresca mi aiuti a mettere a fuoco i pensieri. Poi apro la porta del bagno e controllo chi c'è nei paraggi. Vedo i due detective che parlano con Natalie, che si guarda intorno come a cercare un qualche supporto. Poi si spostano in un ufficio e chiudono la porta. Devo uscire subito da qui.

Alla reception Tristan sta parlando al telefono. Aspetto pazientemente, lancio occhiate alla porta dell'ufficio in cui i detective hanno condotto Natalie.

Quando ha finito, mi chino in avanti e sussurro, «Tristan, devo uscire. Non mi sento per niente bene. Il mio stomaco...» dico arrossendo per il messaggio implicito, ma funziona perché lui si ritrae rapido appoggiandosi allo schienale.

«Ci mancherebbe, vai pure. Dubito che oggi si concluderà qualcosa qui al lavoro.»

«Perché?»

«Beh,» si sporge di nuovo in avanti, compiaciuto del fatto di poter condividere qualche gossip succoso, «hai presente Garth no, quello di cui hai chiesto stamattina?»

Annuisco.

«Non si è presentato in ufficio per tutta la settimana e ora la sua fidanzata, una ragazza adorabile che, se vuoi il mio parere, è veramente troppo giovane per lui,» dice agitando la mano, «insomma, lei ha denunciato la sua scomparsa e ci sono voci di corridoio sul suo conto...»

«Che voci?» chiedo.

Sussurrando dice, «Diciamo che Garth si guarda parecchio intorno e qualche volta guarda dalla parte sbagliata. Parecchie malelingue si sono scatenate sulla questione oggi.» dice con un cenno d'intesa.

«Cosa intendi per guarda dalla parte sbagliata?» chiedo.

Torna ad appoggiarsi allo schienale e credo di avere un aspetto peggiore di quanto pensassi, perché lui scuote la testa.

«Credo proprio che sia meglio che tu vada, Grace, l'ultima cosa di cui abbiamo bisogno è che l'intero ufficio si prenda un qualche brutto virus.»

«Certo. Ci vediamo domani.»

«Rimettiti.» cinguetta mentre mi volto per uscire, poi prende un'altra chiamata.

Con la coda dell'occhio vedo aprirsi la porta dell'ufficio dove Natalie e i detective stavano parlando e sfreccio verso le scale invece di aspettare l'ascensore, scendo i sette piani correndo e riemergo sudata all'esterno dove vengo sorpresa dal forte vento della città.

Fermo un taxi per farmi riportare in hotel, dove mi farò una doccia e mangerò qualcosa prima di andare a trovare Cordelia. Guardo l'orologio e mi accorgo che sono passate le 16. Uscirò dall'hotel per andare da Cordelia alle 17. Manca solo un'ora.

Manca solo un'ora al momento in cui scoprirò esattamente cosa è successo a mia figlia.

Credo che Tristan si riferisse al fatto che Garth la sta tradendo. Quel "guardare dalla parte sbagliata" non potrebbe riferirsi a un suo tradimento, dato che lui è già fidanzato? Se poi si aggiunge il fatto che Cordelia ha pagato diverse rate dell'affitto e altre spese, mi chiedo proprio che cosa stia combinando quell'uomo. Ma dove si trova?

Sistemerò le cose perché è questo che faccio per le mie figlie, è quello che farò per mia figlia. E non importa quanto sia pericoloso l'uomo con la giacca di pelle, o cosa stia facendo o abbia fatto Garth, loro non possono niente contro una madre che vuole proteggere sua figlia. Niente.

UNDICI
CORDELIA

Sua madre è a Melbourne e presto sarà da lei. Cordelia non riesce a crederci. Perché è qui? In qualche modo sapeva che Cordelia avrebbe avuto bisogno di lei?

Manca poco alle 17 e a sua madre aveva detto di venire in serata. Sarà qui a momenti.

Mentre aspetta vaga per l'appartamento. Arrivata alla portafinestra, Cordelia la fa scorrere aprendola ed esce sulla terrazza, d'istinto si protegge dal vento incrociando le braccia sul petto. La terrazza dell'appartamento è piacevole durante l'estate quando c'è bel tempo e ci si può sedere sul divano da esterno e sorseggiare un tè ammirando la città e il fiume. La maggior parte del tempo, però, fa troppo freddo e c'è troppo vento, dato che l'appartamento si trova molto in alto, così quella portafinestra rimane saldamente chiusa.

Guarda in basso, osserva la strada, sedici piani più sotto, e poi scuote la testa. Non vedrebbe nulla comunque. Si volta e torna dentro, va in cucina per prepararsi una tazza di tè.

Non avrebbe mai più dovuto parlare a sua madre.

Le mani le tremano un po' mentre opta per un caffè, avendo bisogno dello slancio della caffeina.

Non avrebbe mai più dovuto parlare a sua madre, eppure l'ha chiamata cercando il suo aiuto. Perché?

Perché lei capirà.

Sorseggia il caffè e si guarda intorno nell'appartamento, avrebbe voluto dire ai detective che non potevano dare un'occhiata, che non avevano alcun diritto di aprire cassetti e credenze, anche se l'avessero fatto con delicatezza. L'appartamento non è grande e non ci avevano messo molto a trovare il telefono di Garth.

Era sotto il letto, la suoneria silenziata, la batteria al sette per cento. Cordelia non aveva neppure pensato di cercare il telefono di Garth, perché lui non esce mai senza e le aveva scritto dal suo numero lunedì sera.

«Non lo sapevo.» disse quando la detective Ashton glielo mostrò.

«Non è molto comune che qualcuno esca di casa senza telefono al giorno d'oggi.» disse la detective, guardando Cordelia con le sopracciglia alzate.

«Io non... Io non lo sapevo.» ripeté Cordelia.

«Non l'aveva mai lasciato a casa prima d'ora?» chiese la detective Ashton.

«No, mai.» rispose Cordelia. «Perché mai avrebbe dovuto?»

Cordelia non lo stava davvero chiedendo alla detective, ma piuttosto a sé stessa.

«Ma lei ha detto che lui le ha scritto dal suo numero lunedì sera, giusto?»

«Sì.» insistette Cordelia.

«D'accordo,» rispose la detective piegando la testa di lato come se qualcosa non la convincesse, «ma in realtà non è nemmeno sicura che sia tornato a casa domenica sera.»

«Io, cioè... Credevo...» incespicò Cordelia.

«E se il telefono è rimasto qui per tutto il tempo, sarebbe

stato piuttosto facile per lei mandare a sé stessa un messaggio dal telefono di Garth.»

«Perché mai avrei dovuto farlo? Non l'avrei mai fatto.» disse secca Cordelia.

«Certo che no.» disse annuendo la detective, in un tono palesemente scettico.

«Deve esserci un motivo per cui l'ha lasciato qui.» disse Cordelia.

Ma mi ha scritto dal suo numero lunedì. L'ha fatto.

La detective alzò le spalle. «Se qualcuno vuole sparire, è un comportamento piuttosto comune – certo, se aveva l'intenzione di farlo.»

«Ma perché avrebbe voluto farlo?»

«Me lo dica lei.» disse la detective tenendo lo sguardo fisso su Cordelia, facendola sentire quasi nuda per quanto intensamente la scrutava.

«Perché mi fa tutte queste domande? Non sapevo che il suo telefono fosse qui e ora sono davvero preoccupata per lui. Dovreste essere là fuori a cercarlo, questo è sicuro.»

«Oh, ma lo stiamo cercando. Lo stiamo cercando sul serio. Va bene se portiamo con noi il telefono di Garth?»

«Beh, lui potrebbe... Cioè, non credo che gli farebbe piacere.»

«Magari lei potrebbe sbloccarcelo per consentirci di controllare se ha qualche messaggio che possa suggerirci cosa è successo.»

«Io non...» le parole le rimasero in gola. «Io non so come sbloccare il suo telefono. Usa un codice e non so quale sia.»

La detective annuì, ma di nuovo si capiva che la donna non le credeva. «Possiamo trovare il modo di accedervi, se ce lo lascia prendere.»

Cordelia fissò la detective, consapevole del fatto che tutta questa rigorosa cortesia era una farsa. Se avesse rifiutato, sarebbe sembrata subito colpevole di qualcosa.

Sarà peggio quando riusciranno ad accedere al contenuto del telefono.

Non aveva calcolato che qualcun altro potesse avere il telefono di Garth, oltre a Garth stesso.

«Va bene.» disse, incrociando istintivamente le braccia sul petto.

«Non ha in programma qualche vacanza nei prossimi giorni, giusto?» disse la detective, dirigendosi verso la porta dell'appartamento.

«Certo che no.» esclamò Cordelia. «Io e Garth stavamo progettando di andare via la prossima estate ma...» Si interruppe, avvertendo improvvisamente l'enorme peso della paura per Garth gravare sulle sue spalle. «Ma ora...» Si strofinò gli occhi chiusi, sentendosi sfuggire una lacrima.

«Lo troveremo, ne sono sicura.» disse la detective, un accenno di gentilezza nel tono di voce e Cordelia capì che finalmente si era comportata nel modo in cui avrebbe dovuto fin dall'inizio.

Si incamminò verso la porta d'ingresso, l'aprì, aveva un bisogno disperato che uscissero dal suo spazio vitale.

«Oh, giusto per essere sicura, sua madre è Grace Morton, vero?» chiese la detective mentre usciva sul pianerottolo che portava all'ascensore.

Cordelia sentì la mandibola irrigidirsi «Sì.» rispose.

«Bene.» disse la detective, annuendo. «Bene. Rimarremo in contatto e, ovviamente, se lui dovesse contattarla, ci avverta immediatamente.»

«Ovviamente.» rispose Cordelia. Chiuse la porta d'ingresso, appoggiandovi la fronte e aspettando di sentire i passi dei detective allontanarsi. Dopo qualche minuto, capì che i detective erano ancora lì fuori, forse proprio con le orecchie premute contro quella stessa porta. Aspettavano di sentire se lei avrebbe chiamato qualcuno, detto o fatto qualcosa.

Si allontanò dalla porta lentamente, sgattaiolando furtiva

nella propria casa e poi si chiuse nel bagno in marmo annesso alla camera da letto e rilesse il messaggio inviato da sua madre, convinta di averlo immaginato.

Secondo quanto diceva sua madre, il padre era un traditore e un bugiardo; secondo quanto diceva sua madre, il padre la stava manipolando psicologicamente. E se deve essere onesta con sé stessa, Cordelia sa che questo è esattamente ciò che Garth sta facendo con lei.

La detective ha menzionato sua madre perché conosce i fatti che l'hanno coinvolta?

Tale madre, tale figlia?

Pensava che sua madre si trovasse a Sidney, nascosta in qualche costoso appartamento. Sua madre, invece, è qui, e sta per venire da lei e lei non sa proprio come comportarsi.

Se Garth avesse voluto sparire, fuggire via, il fatto di lasciare il suo telefono aveva senso, ma da cosa sarebbe fuggito? Se tre sere fa fosse tornato a casa e avesse detto, «Sono innamorato di un'altra persona, ti lascio.» o, «Voglio che te ne vada.» Cordelia non si sarebbe stupita. Avrebbe accettato il fatto che ciò che sospettava da tempo era la verità, avrebbe fatto le valige e se ne sarebbe andata, se ne sarebbe andata e basta.

Da adolescente, assistendo alle discussioni tra i suoi genitori, aveva giurato a sé stessa che non sarebbe mai diventata patetica come sua madre, una persona che ripiegava sull'alcol per tenere a bada la paranoia, che urlava e piangeva cercando di far confessare qualcosa al padre di sua figlia.

Aveva promesso a sé stessa che se ne sarebbe semplicemente andata se il matrimonio o la relazione fosse andata a rotoli, ma ora che sospetta che Garth la stia tradendo, non è così facile come pensava. L'amore fa fare pazzie alle persone e affrontare il tradimento della persona che ami di più al mondo non è così semplice come Cordelia si immaginava quando era adolescente.

Si vergogna di essersi comportata come si è comportata con Garth, di aver giudicato sua madre, di aver pensato che, avendo già subito la perdita del padre, sarebbe stata immune da eventi del genere. In realtà non esiste nessuna bilancia dove le cose si riequilibrano. A volte le cose vanno da schifo e poi vanno ancora peggio, finché non capisci come fare per sopravvivere.

Ora vuole solo sincerarsi che Garth stia bene e che, qualunque cosa sia successa, loro due sopravvivranno. Lo pensa, lo spera.

Suona il campanello del portone d'ingresso del condominio, il trillo rimbomba nell'appartamento. In questo preciso momento sua madre è qui fuori. Sua madre è qui.

DODICI

GRACE

Giovedì

Tra qualche minuto rivedrò la mia bambina.

Premo forte sul campanello del suo appartamento, non mi sembra vero che a breve vedrò Cordelia, faccia a faccia, per la prima volta dopo sei anni.

«Mamma?» la voce pare metallica e lontana. «Mamma.» ripete come se non riuscisse a crederci.

«Sono qui, tesoro.» dico. «Sono qui.»

Si sente un ronzio e le porte di vetro si aprono. Poi mi ritrovo sull'ascensore più lento del mondo che procede un piano alla volta, e mi devo mordere il labbro per evitare di urlare mentre si ferma al settimo e un anziano signore incede trascinandosi all'interno con lentezza.

«Oh pensavo che stesse scendendo.» dice premendo il pulsante del piano terra sul pannello.

«Sale.» dico e poi guardo in basso, non incoraggiando alcuna conversazione.

«Immagino che dovrò salire.» sospira.

Finalmente ci siamo e non appena si aprono le porte, mi

precipito fuori verso il suo appartamento. Alzo la mano per bussare, ma la porta si apre prima che possa farlo ed eccola lì, la mia bellissima bambina.

«Sei qui.» dice lei.

«Sono qui.» Vorrei avvicinarmi a lei, prenderla e stringerla forte. Sembra così magra e pallida.

«Sei così magra.» dice lei.

«Tu sei troppo magra.» dico io e lei annuisce, retrocedendo per farmi entrare. «Garth... il mio fidanzato... al mio fidanzato non piacciono le donne sovrappeso.» dice lei e poi scuote la testa, pentendosi di quelle parole.

«Posso... posso abbracciarti?» chiedo perché si trova ad almeno mezzo metro da me. Abbastanza vicina da poterla toccare, ma ha le spalle tirate indietro e i pugni serrati. Tutto il corpo sembra pronto a combattere. Mi ha chiamata solo perché è disperata, questo lo so, ma almeno mi ha chiamata. Per un attimo sento una profonda compassione per lei, perché non c'era nessun altro che potesse chiamare. Robert avrebbe voluto un altro figlio, ma io sapevo che poi sarebbe stato più complicato far decollare la mia attività. Cordelia per me era abbastanza, ma dopo tutto ciò che è accaduto, mi pento di non averle dato fratelli o sorelle a cui potersi rivolgere in caso di bisogno. Nessuno di cui lei sia a conoscenza, almeno.

Annuisce e si avvicina e io la cingo con le braccia, sentendo la sua riluttanza nel farsi toccare da me. La tengo stretta, percependo l'aroma dello stesso profumo dolce che ha sempre portato. La stringo di più e, finalmente, sento che si rilassa tra le mie braccia, sento il suo corpo amalgamarsi al mio. Sta piangendo e sto piangendo anch'io ed entrambe ci stringiamo forte.

Alla fine, ci separiamo, lei va a prendere un fazzoletto per tutt'e due. Mi guardo intorno nell'appartamento mentre soffio il naso. Lei vive qui? Non c'è nulla di suo in questo posto. Sembra invece che uno scapolo abbia ingaggiato un architetto d'interni per arredarlo. I divani sono bianchi, in pelle, il tavolino è in legno scuro e sul pavimento c'è un tappeto persiano color arancio e rosso. Niente di tutto questo mi ricorda Cordelia, i cui colori preferiti sono azzurro e grigio, ma sono passati diversi anni dall'ultima volta che l'ho vista e allora era in tribunale a testimoniare. Forse è cambiata?

«Vuoi qualcosa da bere?» mi chiede e il tono esitante della domanda rivela il suo timore che io possa chiedere una bevanda alcolica.

«Una tazza di tè sarebbe l'ideale.» dico. Mi avvio verso la portafinestra in vetro che dà sul terrazzo. Rimango lì e osservo la città di Melbourne con i suoi edifici illuminati mentre fuori inizia a piovere. Ai piedi del palazzo ombrelli colorati galleggiano nella luce dei lampioni, sembrano avere vita propria.

So a quanto ammonta l'affitto di questo appartamento e per qualcosa di così piccolo a Melbourne è una somma considerevole. So anche quanto guadagna Garth e sebbene il suo ruolo di associato senior presso uno studio legale gli assicuri un ottimo guadagno, l'affitto se ne porta via comunque una bella fetta. È per questo che qualche volta è lei a pagare la rata? O è a causa di qualcos'altro?

«Eccoti.» dice Cordelia e mi volto accorgendomi che ha in mano un vassoio con del tè e un piattino di biscotti al cioccolato.

Mi siedo e faccio un sorso dalla tazza che mi porge e poi prendo un biscotto. Vorrei un drink, ma non berrò mai più davanti a lei. Il mio ritorno all'alcol è un segreto che mi porterò nella tomba. Cordelia ha gli occhi arrossati e si morde il labbro, un'abitudine che ha da quando era piccola e che emerge quando è preoccupata per qualcosa.

«Dimmi tutto.» dico, mentre anche lei dà un morso al suo biscotto al cioccolato.

«Garth è scomparso.» dice. «Il mio fidanzato, l'uomo con cui sono stata negli ultimi quattro anni e mezzo è scomparso.»

«Oh, quando... Perché non inizi dal principio, tesoro?»

Quello che provo è quasi sollievo. Garth è scomparso, e

allora? Lo sapevo già. Lui è scomparso e lei è al sicuro, ed è questo tutto ciò che conta. So che non posso dirle una cosa del genere. Lei ovviamente ama quell'uomo, ma se lui l'ha lasciata, allora so per certo che lei starà meglio senza di lui.

A meno che non sia accaduto qualcosa di terribile. Ripenso all'uomo con la giacca in pelle, colui che mi ha detto che Cordelia dovrebbe fare qualcosa, e poi guardo mia figlia, la mia bambina e mi chiedo quante cose, in realtà, non so di lei.

Sa che Garth è uno che si guarda parecchio intorno?

«È stata qui la polizia oggi. Hanno perquisito l'appartamento. Hanno trovato il suo telefono sotto al letto.»

«Il suo telefono? L'aveva lasciato qui?»

Cordelia mi guarda. «Sì.» dice.

«Questo è... strano per chiunque oggigiorno.»

«Già,» conviene lei, «e quando la polizia lo sbloccherà, capiranno quello che sta succedendo.»

«E cosa sta succedendo?» chiedo.

La percorre un fremito, poi raccoglie le ginocchia al petto e le cinge con le braccia, nello stesso modo in cui lo faceva quando da adolescente veniva da me per raccontarmi di qualcosa che la tormentava. «Mi ha tradita. Cioè, pensavo mi avesse tradita; penso mi abbia tradita. Pensavo che andasse a letto con una donna che lavora nel suo studio e si chiama Natalie, ma ora non sono più sicura si tratti di lei. Non sono neppure sicura che mi abbia davvero tradita o se io semplicemente... non sono più sicura di nulla.»

«Oh, Cordelia.» dico. Ho un migliaio di domande, ma dò un altro morso al biscotto, concentrandomi sulla dolce croccantezza, mentre mi costringo ad avere pazienza.

«Lui ha negato, lo nega sempre quando glielo chiedo.»

«Beh...» *Certo che lo nega. Quanti uomini negano e poi danno la colpa alle loro fidanzate o mogli?* Mi viene in mente Finn che aveva tradito Ava. Finn è un uomo diverso. Non sono tutti tossici e terribili gli uomini. Ci sono molti uomini forti al mondo. Ma ci sono anche molti Robert e Garth.

«E la detective che è venuta a interrogarmi questa mattina mi ha chiesto se sono tua figlia.»

«Davvero?»

«Sì, proprio così.» Cordelia si guarda intorno nell'appartamento e poi alza le spalle. «Forse ha paura che possa dar fuoco a tutto il palazzo. E se prima non era preoccupata, lo sarà una volta che avrà guardato il contenuto del telefono di Garth.»

Le parole che ha usato sono davvero crudeli e le ha dette con lo scopo di ferirmi, non posso fare a meno di trasalire per un istante, ma so anche che ora lei è in crisi e mi sta ferendo perché ci sono io qui con lei. Le madri spesso diventano come dei punching ball per i propri figli, un adolescente urla alla propria madre che la odia solo perché a scuola è successo qualcosa o ha litigato con un amico. Ma sono così grata di essere qui, così grata che mi abbia contattata, che accetterò di buon grado la sua rabbia e il suo dolore. Ci fissiamo negli occhi, mia figlia e io, due donne della stessa pasta. E in quel preciso momento mi rendo conto che, qualunque cosa abbia fatto, qualunque cosa serva per salvarla, io la salverò.

«Perché dovrebbero essere preoccupati?» chiedo, bevendo subito un sorso di tè, la bocca improvvisamente asciutta.

«Gli ho mandato... dei messaggi cattivissimi, l'ho chiamato bugiardo e...» Lascia cadere la testa tra le ginocchia. Le spalle sussultano. Sta piangendo. Appoggio la mia tazza, mi sposto verso di lei e l'abbraccio.

«Andrà tutto bene, metteremo le cose a posto.» le dico accarezzandole la schiena.

Mi spinge via e si alza, allontanandosi. «Ho bisogno di un momento.» dice e la guardo mentre si dirige nel bagnetto accanto alla cucina.

Non so da dove cominciare, quali domande porle, ma finisco il biscotto e il tè, poi porto la tazza in cucina. Sul ripiano scorgo una bottiglia mezza vuota di vino, è un rosso scuro in una bottiglia verde. La mia mano si muove in quella direzione, ma la porta del bagno si apre e io la ritraggo voltandomi verso il bollitore, premo di nuovo l'interruttore per far bollire l'acqua.

«Sto morendo di fame.» dice Cordelia, arrivando in cucina. Sono da poco passate le 18 e mi rendo conto di essere altrettanto affamata.

«Vuoi che usciamo? O preferisci ordinare da asporto? Oppure potrei preparare qualcosa. Non so cosa hai in casa.»

«Potresti...» si interrompe e abbassa lo sguardo sui suoi piedi coperti da spessi calzettoni grigi, mordendosi il labbro. «Potresti prepararmi il toast al formaggio con la tua ricetta speciale?» chiede. «Credo di avere tutto ciò che occorre.»

«Certo. Vai a sederti, intanto.» dico.

Quando era piccola, le preparavo spesso il mio speciale toast al formaggio – si tratta semplicemente di mettere insieme formaggio cheddar e mozzarella con una spruzzata di pomodoro, il tutto fritto in padella – ma una volta cresciuta, me lo chiedeva solo quando aveva davvero bisogno di parlarmi di qualcosa, come un litigio con un'amica, un brutto voto preso a un test a cui teneva, la fine di una relazione.

Apro il frigo e trovo gli ingredienti di cui ho bisogno, è piuttosto facile orientarsi nella sua cucinetta.

Dopo dieci minuti, è tutto pronto e appoggio sul tavolino da caffè due piatti contenenti i toast al formaggio, uno per lei e uno per me. Cordelia è avvolta da una morbida coperta arancione e guarda fuori dalla portafinestra del balcone, la pioggia si è fatta più intensa.

Solleva il piatto e fa un morso del triangolo di pane e formaggio, chiudendo gli occhi per gustarne meglio il sapore. «Scusa se non ti ho più rivolto la parola.» dice lei dopo aver inghiottito il primo morso.

«Non devi...» scuoto la testa. «Non devi scusarti. Capisco la tua rabbia. Sono felice di essere qui ora e ti aiuterò, Dee Dee.» dico, usando il nomignolo di quando era piccola.

«Mi sei mancata, mamma.» dice lei mentre altre lacrime affiorano e io annuisco.

«Non hai idea di quanto mi sia mancata tu. Ora, però, mi devi raccontare tutto così potrò aiutarti. Troverò il modo di aiutarti.»

Cordelia fa un altro morso del suo toast e poi inizia a parlare, partendo da come ha conosciuto Garth e poi raccontandomi dello strano comportamento degli ultimi mesi e del sospetto che la stia tradendo.

Ascolto e mangio il mio toast al formaggio, in testa ho l'uomo con la giacca in pelle, mentre aspetto che mia figlia mi riveli tutto ciò che sa. Vorrei mostrarle le foto che ho fatto all'uomo che la sta seguendo, ma qualcosa mi dice di aspettare, di lasciare che racconti, di prendermi del tempo. Ho bisogno di sapere tutto ciò di cui lei è a conoscenza e devo sapere se sta nascondendo qualcosa.

Devo anche stare attenta che non scopra tutto ciò che io sto nascondendo. Non ora, non ancora e, speriamo, mai.

TREDICI

CORDELIA

Venerdì

Cordelia si sveglia all'alba e rimane sdraiata a fissare il soffitto nel buio artefatto della stanza. Alla fine, non ce la fa più, accende la sua lampada da comodino, non volendo aprire le tende, e afferra il telefono. È così strano non scrivere a Garth, non potersi aspettare un suo messaggio.

Se potesse, cancellerebbe tutto ciò che gli ha scritto negli ultimi mesi, ma non servirebbe a nulla. La polizia ha il telefono, ce l'hanno loro.

Guarderanno tutto il contenuto? Passeranno in rassegna le sue foto e vedranno anche quelle che lei gli ha mandato quando lei era già in Australia e lui ancora nel Regno Unito e a lei mancava tantissimo? Anche se è sola nella sua stanza, Cordelia si sente arrossire.

È troppo presto per chiamare la detective e chiederle se abbiano notizie di Garth – la donna non sarà nemmeno al lavoro ancora.

E sua madre se n'è andata così tardi che non vuole svegliarla.

Si gira su un lato, chiude gli occhi e pensa a sua madre, qui, ieri sera. È stato surreale vederla, surreale toccarla dopo tutto questo tempo e il primo istinto di Cordelia era stato quello di mandarla via. Dopo tutto ciò che aveva fatto, non la voleva di nuovo nella sua vita. Sua madre aveva rovinato la sua vita, l'aveva completamente rovinata.

Eppure, quando si era avvicinata per abbracciarla, Cordelia l'aveva lasciata fare e poi, non sa bene come, ogni forma di resistenza era andata in frantumi.

La sua infanzia non era stata tutta così terribile. Sua madre le leggeva le storie, cucinava con lei, le voleva bene e non rifiutava mai una sua chiamata anche se stava lavorando. Cordelia aveva sempre saputo di essere amata. Lo aveva sempre saputo e le cose erano degenerate solo nell'anno in cui sua madre aveva iniziato ad accusare il padre di tradirla.

Sua madre ora è diversa – non è la stessa persona che era durante quell'anno terrificante in cui tutto è andato a rotoli e ovviamente non è neppure un'alcolizzata paranoica come allora; è diversa. Sembra più forte, più tenace, come se nulla possa scalfirla. E Cordelia ha bisogno di una persona così ora.

Ha cambiato il colore dei capelli, tingendoli di una piacevole tonalità ramata che si addice ai suoi occhi verdi e sembra... beh, più magra, ma in forma e in salute. Ha l'aspetto che Cordelia avrebbe voluto avesse quando lei aveva diciassette anni, invece all'epoca beveva tutte le sere, mangiava cibo spazzatura ed era concentrata solo sulla sua azienda o, al massimo, sui propri deliri riguardo al padre di Cordelia.

Sua madre aveva ascoltato con attenzione tutto ciò che Cordelia aveva da raccontare e Cordelia non le aveva nascosto nulla. Cordelia può fidarsi di lei ora? Può avere la certezza che l'aiuterà davvero se avrà bisogno di lei?

Perché qualcosa le dice che avrà bisogno dell'aiuto di qualcuno.

Le proprie supposizioni su Garth le ronzano in testa di continuo.

Lui l'ha lasciata per un'altra donna – non Natalie però, o si tratta proprio di Natalie e lui si sta nascondendo finché non troverà il coraggio di tornare e dire a Cordelia la verità? Ma perché comportarsi così?

Forse gli è accaduto qualcosa di brutto, come un infarto, o magari è stato aggredito o una cosa così e ora giace a terra da qualche parte e spera nell'aiuto di qualcuno, ma nessuno sa dove sia. Cordelia rabbrividisce all'idea.

Forse è tornato nel Regno Unito, ha lasciato a Cordelia l'onere di sistemare le cose ed è tornato a casa. Se fosse così però avrebbe chiamato sua madre. Gli uomini non spariscono così, no. Lei non può accedere alla sua carta di credito o al suo conto bancario, ma è probabile che oggi la polizia analizzi anche quelli.

Mentre il tempo scorre lento, Cordelia manda un messaggio a Jacinta.

Mi spiace. Non sto ancora bene, Non riesco a venire oggi.

Jacinta ovviamente è già sveglia, forse sta facendo una lezione di yoga o qualcosa di altrettanto ammirevole quindi le risponde subito.

Mi spiace molto, spero che ti riprenda presto.

Cordelia esce dal letto e scivola sotto una doccia calda, chiudendo gli occhi mentre l'acqua le accarezza il corpo e supplica in silenzio che Garth la contatti.

Il telefono inizia a suonare non appena esce dalla doccia e

lei lo afferra con la mano bagnata e tremante, facendo scorrere il pollice sullo schermo.

«Garth?» dice. Non ha riconosciuto il numero, ma Garth non ha con sé il telefono; quindi, potrebbe chiamare con qualsiasi altro numero.

«No, mi spiace, Cordelia. Sono la detective Ashton.»

«Oh... ha per caso...?» Non riesce a finire la frase.

«Non abbiamo individuato Garth, ma ci chiedevamo se fosse possibile dare un'occhiata alla sua auto.»

«La mia auto?» dice Cordelia, non capendo.

«Sì.» dice la detective senza aggiungere altro.

«Ma a malapena guido, visto che per andare al lavoro utilizzo il tram e Garth qui non guida. Cioè potrebbe, ma non lo fa.»

«Ok, ma l'auto lei ce l'ha, giusto?»

«Sì, ce l'ho, è parcheggiata di sotto.»

«Quindi non le dispiacerà se le diamo un'occhiata.»

«Io non... non capisco perché dovete controllare la mia auto.»

«Cordelia, lei guida una Toyota Corolla rossa del 2017?»

«Io... sì.» dice Cordelia, ricordando quando a diciassette anni fece il suo trionfante ritorno dall'esame della patente e trovò parcheggiata nel vialetto di casa quell'auto nuova, rossa scintillante, avvolta in un gigantesco fiocco rosa. Quando lasciò il Paese la diede in prestito ad Alexandra, in modo che la usasse mentre lei era via, ma la riprese quando ritornò a casa, anche se in verità non la usa quasi mai.

«E quando l'ha guidata l'ultima volta?»

«Davvero non... forse qualche settimana fa. Sono andata in un grande centro commerciale per prendere dei nuovi asciugamani da bagno e non volevo portarmeli dietro sul tram.» Le sembra ridicolo dare questi dettagli alla detective e pensa che la cosa migliore ora sarebbe rimanere in silenzio, smetterla di rispondere alle domande.

«Stiamo venendo a casa sua ora. Possiamo dare un'occhiata all'auto?»

«Perché? Non capisco davvero perché o cosa c'entri questo con Garth.»

La detective sospira. «Cordelia, in realtà siamo già qui fuori dal condominio e presto saremo in garage. Vorremmo che lei venisse giù di sua spontanea volontà e ci permettesse di guardare nell'auto. Con noi c'è la polizia scientifica.»

«Cosa?» urla Cordelia, lasciando cadere l'asciugamano e afferrando i vestiti che aveva ieri sera per poterli rimettere in fretta. «Non potete farlo.»

«Possiamo. Il portinaio ci ha detto che ha registrato l'uscita dell'auto alle due di mattina di lunedì. È da domenica scorsa che nessuno, a parte lei, ha visto il suo fidanzato, lunedì infatti non si è presentato al lavoro.»

«Ma lui era qui lunedì mattina, ha lasciato la tazza nel lavandino... cioè, credo...» dice Cordelia protestando. «Domenica sera è andato al lavoro. Si è incontrato con Natalie, la sua collega, chiedete a lei, gliel'avete chiesto?»

«L'abbiamo fatto e lei dice che non l'ha visto né chiamato domenica sera.»

«Cosa?» urla Cordelia. «Ma lui aveva detto...»

La detective continua a interrompere Cordelia. «L'auto ha lasciato il garage alle due del mattino ed è rientrata due ore più tardi. Le chiedo di presentarsi in garage con le chiavi.

«Avete un mandato di perquisizione o qualsiasi documento serva per fare questa cosa?» sbraita Cordelia, oltremodo furiosa per il modo in cui è stata apostrofata e per il fatto di essere obbligata a fare ciò che la donna le dice.

«L'abbiamo Cordelia.» dice la detective Ashton ammorbidendo il tono. «L'abbiamo.»

Cordelia ora è vestita e sente le ginocchia molli.

Si siede sul bordo del letto. «Sto arrivando.» dice. Non ha alternativa.

Vogliono controllare l'auto, mamma. Mi stanno obbligando. L'hanno vista uscire dal garage lunedì mattina molto presto. Devi venire.

Arrivo subito.

Fino a qualche giorno fa la sua preoccupazione era che Garth la stesse tradendo, la stesse per lasciare o che lei dovesse decidere di lasciarlo.

Ma qualsiasi cosa sia successa a Garth, la situazione è molto più grave di quello che pensava. È ovvio ormai che c'è qualcosa sotto.

Cordelia trova le chiavi dove le lascia di solito, in una ciotola di vetro vicino alla porta d'ingresso. Per qualche motivo sono appiccicose, così prende una salviettina disinfettante e le pulisce prima di prendere l'ascensore che la conduce in garage. Lì i detective, due uomini in tuta bianca e il portinaio l'aspettano vicino alla sua auto.

Cordelia lancia un'occhiataccia a Lionel, il portinaio che si prende fin troppe confidenze e ogni volta che la incontra sente il bisogno di accoglierla con una sorta di sguardo lascivo e un complimento sul suo aspetto. È inquietante e bizzarro e Cordelia cerca sempre il modo di evitarlo.

«La polizia ha voluto vedere le registrazioni delle telecamere di sicurezza dell'ultima settimana e mi sono sentito in obbligo di dir loro quello che ho visto.» dice serio.

Cordelia lo ignora e si volta per guardare l'auto, parcheggiata nel solito posteggio, incluso nell'affitto dell'appartamento che hanno preso lei e Garth.

È lurida, coperta di macchie di fanghiglia lungo tutta la fiancata, le ruote incrostate in spessi grumi di terra, c'è anche un graffio sulla portiera dell'autista. Sembra che la sua auto sia stata guidata nella boscaglia, cosa che lei non farebbe mai.

Male, malissimo. Come è potuto succedere? Garth ha preso

l'auto senza dirmelo? Perché non l'ha pulita? Dove voleva andare? Qualcuno l'ha rubata e poi l'ha riportata qui? Che cosa sta succedendo?

«Non so cosa sia accaduto.» dice Cordelia indicando lo sporco e il graffio, mentre il panico le serra la gola. Non guida mai l'auto se non in città e anche quando piove non c'è fango in giro.

«Non lo sa?» chiede la detective Ashton, la mano protesa in attesa che Cordelia le porga le chiavi.

Cordelia si sente come se stesse guardando una serie poliziesca alla televisione, si aspetta che da un momento all'altro compaia un testimone che l'ha vista trascinare un corpo fuori dall'auto e in mezzo alla boscaglia.

È tutto assurdo.

«Devo procurarmi un avvocato?» chiede, perché a questo punto, non è forse qualcosa che occorre domandare?

«Non saltiamo subito alle conclusioni, non ancora perlomeno.» dice la detective con un sorrisino. Ma Cordelia si accorge che la donna questo salto l'ha già fatto. E tutta la sua vita sta per andare in fumo, di nuovo.

Porge le chiavi alla detective che le studia, poi le avvicina al volto e le annusa, una cosa così strana agli occhi di Cordelia che a stento trattiene l'impulso di scoppiare a ridere.

«Le ha pulite con qualche sorta di disinfettante?» chiede la detective.

La voglia di ridere evapora all'istante e Cordelia annuisce con il cuore che le sobbalza nel petto.

«Può tornare nel suo appartamento.» dice la detective e non sembra un consiglio, ma piuttosto un ordine.

Cordelia si volta e si dirige verso l'appartamento ad aspettare sua madre.

Non sa proprio cosa fare. Sono solo le 7 passate da poco e ancora quasi non c'è luce, ma i detective si sono svegliati presto proprio per parlare con lei. Quand'è che hanno scoperto dell'auto e perché non le hanno detto nulla ieri sera? Sembra che stiano facendo il gioco del gatto col topo con lei, che stiano evitando di rivelare delle informazioni. All'interno di questo scenario lei è di certo il topo e detesta sentirsi così. In realtà sanno dove si trova Garth? Sanno qualcosa ma non vogliono dirglielo?

E cosa credono che stia tenendo nascosto lei?

QUATTORDICI
GRACE

Venerdì

Quando arrivo al suo appartamento abbraccio mia figlia stretta e lei ricambia. Riesco a percepire quanto è magra anche attraverso la felpa. Cordelia smette di mangiare bene solo quando è infelice, ricorrendo al cibo spazzatura mentre lo stress le brucia dentro. Credo di essere fatta allo stesso modo, anche se io ricorrevo a qualcos'altro.

Mi spiega perché la polizia sta analizzando la sua auto e descrive le fiancate sporche.

«Forse si tratta solo di fango raccolto in strada.» suggerisco senza davvero crederci.

«No, mamma,» sospira, «sembra il tipo di sporco che deriva dall'aver guidato nella boscaglia.»

«Garth potrebbe averla presa senza dirtelo.»

«Sì, ma perché avrebbe dovuto?»

«E dove voleva andare?» chiedo.

«Non lo so.» dice lei. «Se ha una tresca, può essere solo con qualcuno che ha incontrato tramite il lavoro, sono sicura. Conosce davvero solo le persone che lavorano con lui. Non si è fatto altre amicizie da quando è qui e non mi ha mai menzionato nessun altro. Chiunque sia la persona con cui va a letto, magari sa qualcosa dell'auto.»

Faccio un respiro profondo. È ora che glielo riveli, perché non posso più tenerlo nascosto e perché sono le 8 della mattina e devo davvero andare al lavoro se voglio tenermelo questo posto. E ovviamente lo voglio. Ora più che mai.

«Sediamoci.» dico e lei obbedisce, avvolgendosi nella morbida coperta arancione che aveva appoggiato sul divano.

«Devo dirti una cosa.» continuo e la guardo mentre si rannicchia ancora di più, le braccia a cingere le ginocchia. Ha paura di ciò che le sto per dire e, ancora una volta, ciò mi ricorda che cosa ho fatto a questa giovane donna, questa giovane donna che amo con tutto il cuore. «In realtà sto lavorando nello studio di Garth.» Parlo velocemente.

Scuote la testa. «Cosa?»

«Io volevo... ok, quello che dirò ti sembrerà terribile, ma volevo capire che tipo di uomo fosse. Volevo solo capire se fosse una brava persona e se ti stesse trattando bene.»

«Ma tu non... non sapevi neanche della sua esistenza.» dice lei e si allontana da me, spostando il corpo lungo il divano.

«Io...» Non c'è nient'altro da fare che confessare tutto. «Ti seguo su Instagram. Non mi parlavi e avevo bisogno di sapere se stessi bene, e quando ho cominciato a vedere le foto di lui, avevo bisogno di sapere chi fosse, e così ho iniziato a seguirlo e a osservarlo ed ero preoccupata perché è molto più grande di te e a volte non sembra molto gentile nei tuoi confronti.» Le mie parole sono come un fiume in piena e parlo così rapidamente che mi sembra di essere un film che viene accelerato per arrivare subito alla conclusione. Non guardo Cordelia finché non ho finito e quando lo faccio, il suo viso è pallido e si sta mordendo il labbro.

«No, no, oh Dio, è così... Come hai potuto fare una cosa del genere? Come hai potuto spiarmi in questo modo? È davvero inquietante e bizzarro.» Si scrolla di dosso la coperta e si alza. «Devi andartene,» dice, «vattene subito. Mi occuperò di questa faccenda da sola.»

Mi tocco il petto mentre un dolore lancinante mi trafigge. Ho fatto un macello. Mi alzo in piedi, annuisco mentre dagli occhi affiorano lacrime. Non posso credere di aver bruciato questa occasione. Mi fissa, l'orrore sul suo volto è palese mentre vado a recuperare la mia borsa. Penso che non la rivedrò più, ma mentre arrivo alla porta d'ingresso, qualcosa dentro di me, forse Grace Enright, mi dice di non andarmene, di non accettare che le cose vadano così.

«C'è qualcos'altro che devi sapere.» dico, perché è necessario che glielo racconti.

«Santo Cielo non voglio sentire più nulla!» urla. «Vattene e lasciami in pace.»

«Qualcuno ti segue.» dico.

«Cosa? Cosa dici, sei pazza?» chiede lei e poi, prima che io possa rispondere, urla, «No, no, no, ti stai inventando delle cose in modo che io ti faccia rimanere qui e non posso, non posso proprio avere a che fare con te e tutta la tua...» fa dei cerchi con le mani, «tutto quanto.» Una smorfia appare mentre scuote la testa.

Non ascolterà mai nulla di quello che devo dirle. Dovrò sempre stare in guardia, anche quando cerco di aiutarla, anche quando ha un disperato bisogno di aiuto.

Non capisce quanto anche io sia disperata, quanto abbia il disperato bisogno di aiutarla. Non capisce cosa ho passato, non lo sa proprio.

«Sai, Cordelia,» dico, «capisco la tua rabbia ma voglio dirti che non puoi sapere cosa si prova a vedere che tua figlia, la figlia che hai amato fin dal momento in cui è stata concepita, ti rifiuta.»

«Con dei buoni motivi.» urla lei.

«Questo lo so.» le grido in risposta, con il cuore che batte all'impazzata ora. «Pensi che non lo sappia? Pensi che non mi sia torturata ogni singolo giorno degli ultimi sei anni pensando a ciò che ho fatto alla tua vita?»

«Hai ucciso mio padre.» mi urla contro di nuovo, le lacrime le scorrono sul volto mentre si allontana ancora e incrocia le braccia sul petto.

«Si è trattato di un incidente.» dico, abbassando il tono di voce perché non possiamo continuare a urlare l'una contro l'altra. La polizia è qui, in questo stesso palazzo. «E ho pagato per quell'incidente ogni singolo giorno per sei anni. E se pensi che tagliarmi fuori dalla tua vita sia la scelta migliore, allora dovrò farmene una ragione. Però voglio che pensi a questa cosa, Cordelia June,» dico usando il suo nome completo, «mi sono procurata un lavoro come assistente così da poter vedere con che tipo di persona avevi scelto di stare. Devo indossare una parrucca per andare al lavoro, così nessuno mi riconosce. Ho dovuto cambiare il cognome. Sai che tipo di persona sono. Non avrei fatto una cosa così estrema senza una buona ragione e ora sembra che sia accaduto qualcosa, qualcosa che potrebbe cambiarti la vita di nuovo e voglio solo che tu sia al sicuro, Dee Dee, protetta e al sicuro, così che tu possa vivere una vita tranquilla.»

«Hai cancellato ogni possibilità che questo accadesse nel momento in cui hai incendiato casa nostra con papà all'interno.» dice lei, le parole appena sussurrate, e poi si volta dall'altra parte, dirigendosi in camera da letto e chiudendo la porta con uno scatto deciso, quasi peggio che se l'avesse sbattuta. Mi chino per recuperare la borsa dal divano dove l'avevo poggiata. Forse è meglio che ora le lasci un po' di spazio per sé. È tutto quello che posso fare. Ho provato a parlarle dell'uomo che la sta seguendo, ma ora di sicuro non mi ascolterebbe.

Me ne vado sperando che mi chiami quando i detective la contatteranno per comunicarle quello che hanno trovato nell'auto.

Mentre mi dirigo verso la porta, qualcuno bussa, dei colpi bruschi sul legno, seguiti dal suono del campanello.

Mi fermo, non sapendo cosa fare, ma subito si apre la porta della camera da letto e Cordelia esce. Gli occhi arrossati mi suggeriscono che stava piangendo.

«Devo aprire?» le chiedo e lei annuisce, sembra molto più giovane in questo momento e vorrei poterle portare via tutto questo peso. So che è arrabbiata con me, sarà sempre arrabbiata con me per la morte di suo padre, ma non posso tornare indietro nel tempo. Posso solo cercare di aiutarla ora, in questo momento.

Apro la pesante porta e mi ritrovo davanti i due detective che ho visto ieri.

«E lei è?» chiede la donna senza neppure presentarsi.

Tiro indietro le spalle, irritata. «Grace... Morton.» dico, sapendo che non ha senso utilizzare Enright. «La madre di Cordelia.»

«Oh, certo, è stata rilasciata.» dice la detective, scambiandosi una veloce occhiata con il collega.

«Avete finito con la mia auto?» interrompe Cordelia.

«No.» dice la detective. «L'abbiamo fatta portare via, così che possa essere esaminata con maggiore scrupolo.»

«Cosa? Perché? E se ne avessi bisogno?»

La detective si volta verso il collega, che se ne sta in silenzio dietro di lei. Prende la busta in plastica che lui tiene in mano e torna a rivolgersi a noi, alzandola così che possiamo vedere con esattezza il contenuto, così da poter vedere il coltello.

«Lo riconosce?» chiede a Cordelia, il cui sguardo corre subito in cucina, dove sul ripiano si trova un ceppo per coltelli, uno dei quali manca. I coltelli sono in acciaio inox, si tratta di un servizio piuttosto comune che si può trovare ovunque. Di solito ce n'è uno con la lama seghettata e gli altri hanno la lama liscia. Cordelia si volta di nuovo e la vedo stringere i pugni. Il coltello nella busta in plastica che tiene in mano la detective ha la lama seghettata con delle macchie sbiadite di un marrone ruggine, il colore che ha il sangue quando secca. Potrebbe essere qualcos'altro ovviamente. Tutto è possibile. Eppure, non credo sia qualcos'altro. Penso che sia proprio quello che sembra.

Tengo stretto il laccetto della mia borsetta, sentendo il labbro superiore imperlato di sudore.

Che cosa hai fatto, tesoro mio? Penso mentre il terrore mi scorre nelle vene. *Che cosa hai fatto?*

CORDELIA

Venerdì

Cordelia sa che deve guardare ciò che la detective tiene in mano perché gli occhi di lei sono puntati proprio lì. Si trova qui nel suo appartamento, accanto a sua madre, mentre guarda la detective che tiene in mano una busta in plastica contenente un coltello seghettato, macchiato di qualcosa che sembra proprio sangue. Eppure, non riesce quasi a credere che tutto ciò stia davvero accadendo. Ad un certo punto si sente come se si stesse guardando da fuori, ha una felpa blu con cappuccio, larghi pantaloni abbinati e calzini neri, i capelli biondi sono raccolti in una coda. Riesce a vedersi per un istante, riesce a vedere il modo in cui fissa la busta in plastica. Improvvisamente un pensiero indistinto le attraversa la mente: *Non vorrei mai essere lei.*

«Sa da dove potrebbe venire questo coltello?» chiede la detective, anche se il suo sguardo si sposta verso la cucina, che può essere intravista dalla porta d'ingresso. Cordelia non risponde.

Sa che il coltello mancava, infatti aveva pensato di cercarlo bene nei vari cassetti della cucina, perché qualche volta – di rado – Garth svuota la lavastoviglie e ripone le cose nel posto sbagliato. Aveva pensato di chiedergli dove fosse finito solo qualche giorno fa, o settimane fa?

Il tempo sembra un elastico ora, si allunga e balza all'indietro all'improvviso.

Da quanto tempo è scomparso? Non ne ha idea.

«Possiamo entrare?» chiede la detective.

«Ehm... sì.» dice Cordelia, arretrando. Ha scelta? Come ieri non sa se può dire di no, anche se vorrebbe gridare la parola e correre in camera, mettersi a letto e sprofondare sotto le coperte finché tutta questa situazione non sarà finita.

«Aspetta un attimo.» dice sua madre. «Non penso sia una buona idea.»

«Oh, e perché?» chiede la detective Ashton, sembrando realmente curiosa.

«Ascolti, non so se avete mostrato a mia figlia il mandato di perquisizione per la sua auto e so che ieri vi ha dato il permesso di guardare nell'appartamento, ora però, non credo che abbia voglia di parlare con voi, almeno finché non chiarite una volta per tutte il motivo per cui la state interrogando.»

«Dunque.» dice il detective Jameson e Cordelia guarda sua madre alzare la testa per guardarlo negli occhi. «Come lei forse saprà, Ms Morton,» l'enfasi sulla parola «Ms» la rende un po' sibilante, «abbiamo l'auto di sua figlia che ha lasciato il condominio alle due della mattina di lunedì e ora abbiamo un coltello con tracce di qualcosa che sembra sangue, penso che lei sia d'accordo. Direi che c'è molto di cui parlare, specialmente visto che da qui si vede un ceppo per coltelli ed è evidente che uno dei coltelli manca, a meno che lei non sappia dove sia, ovvio.» chiede, rivolgendosi a Cordelia. «Non è nella lavastoviglie, vero?»

Cordelia non può fare a meno di scuotere la testa, perché sa che il coltello non è nella lavastoviglie.

Sua madre incrocia le braccia e tira indietro le spalle e a Cordelia sembra di riconoscere la Grace Morton che ha creato un'azienda partendo da un unico salone e arrivando a costruirne cinquanta in tutta l'Australia. A dire il vero, si era quasi scordata dell'esistenza di questa Grace dopo tutto quello che è successo. La rabbia nei confronti di sua madre e per il fatto che si sia trovata un lavoro nello studio di Garth, in modo da poter spiare lui e, di conseguenza Cordelia, è ancora lì, latente. Eppure, è più grande la paura verso ciò che la detective sta tenendo in mano, verso ciò che sembra indicare il coinvolgimento di Cordelia in qualcosa di losco.

Garth, dove sei? Che cosa sta succedendo? Perché sta accadendo tutto questo?

«Mia figlia non parlerà se non in presenza di un avvocato.» dice sua madre.

La detective Ashton assume un'espressione corrucciata. «Di sicuro non ce n'è bisogno, vogliamo solo avere una normale conversazione.»

Sua madre si volta e la guarda. «Cordelia, cosa vuoi fare?»

Cordelia tutt'a un tratto si sente molto, molto piccola e insicura. Non ha idea di quale sia la risposta corretta.

Sua madre, però, sembra convinta e spera di poter fare affidamento su di lei.

«Se decide di prendere un avvocato,» l'avverte la detective Ashton, «qualsiasi altra conversazione tra noi dovrà tenersi alla stazione di polizia.»

Cordelia arrischia una veloce occhiata a sua madre che annuisce in modo quasi impercettibile.

«Voglio un avvocato.» dice e la detective Ashton scuote la testa, abbassando leggermente le spalle. Anche il detective Jameson sembra deluso. È il segno che ha preso la decisione giusta, pensa Cordelia. L'avevano costretta, anche se in modo educato, a lasciare che ispezionassero l'appartamento e prendessero il telefono di Garth. Non permetterà che la forzino a intraprendere un'altra "conversazione". Non ora che sua madre è qui e sembra così sicura sul da farsi. Non lascia che si insinui il pensiero del perché sua madre sappia cosa fare in situazioni come questa. A prescindere da ciò che ha fatto sua madre in passato, Cordelia ora ha bisogno della sua tenacia.

«Allora, a meno che non vogliate arrestare ufficialmente mia figlia per qualcosa, penso che lei voglia che ve ne andiate.»

«Dovremo chiederle di venire alla stazione di polizia per un interrogatorio ufficiale.» dice la detective Ashton.

«Abbiamo bisogno di tempo per trovare un avvocato ed è venerdì, quindi lei non sarà nella posizione di parlare con voi fino alla settimana prossima.» dice sua madre e Cordelia vorrebbe tornare in camera sua e rannicchiarsi nel letto lasciando "i grandi" a occuparsi della faccenda. Solo cinque giorni fa si sentiva un'adulta in pieno possesso delle sue facoltà e ora si sente ridotta alla stregua di una bambina perché sua madre è qui e la polizia sembra accusarla di qualcosa.

«D'accordo. Tenga il mio biglietto da visita.» dice la detective Ashton. «Cordelia, abbiamo bisogno che venga il prima possibile.» Guarda sua madre invece che guardare Cordelia. «Vogliamo portare via quel ceppo per coltelli.» aggiunge, indicando la cucina.

«Non senza avere un mandato di perquisizione per l'appartamento.» dice sua madre e poi arretra, pronta a chiudere la porta.

«Dovremo chiedere a Cordelia di consegnarci il suo passaporto quando viene per l'interrogatorio.» dice il detective Jameson.

«D'accordo.» dice sua madre.

«Sarebbe un po' strano, no?» dice la detective.

«Che cosa?» sbotta sua madre, con palese irritazione nei confronti della detective Ashton.

«Veder spuntare il cadavere di un altro uomo connesso a una Morton.»

L'orrore di questa frase, di quello che sottintende, di quello che vorrebbe far intendere, sconvolge Cordelia conducendola in un vortice di paura e furia. «Che cosa ha detto?!» grida.

La detective sembra rendersi conto di essere stata del tutto inappropriata e alza le mani. «Niente, niente.» mormora.

«Allora forse non avrebbe dovuto dirlo.» esplode sua madre e chiude la porta, costringendo i detective ad arretrare.

«Che donna maleducata.» dice Grace.

«Cosa facciamo adesso, mamma?» chiede Cordelia, mentre viene travolta da un'isteria nervosa che le fa tremare tutto il corpo. «Cosa facciamo?»

«Adesso vado al lavoro e contatto Janine, nella speranza che ti trovi il miglior avvocato difensore di tutta Melbourne.»

Cordelia sente il corpo cedere e le spalle incurvarsi. Non riesce a capire cosa è successo alla sua vita e come sia possibile che tutto quanto sia andato in frantumi un'altra volta.

SEDICI

GRACE

Mi rendo conto di essere esausta. È ancora mattino presto e vorrei già tornare a letto, ma mia figlia mi guarda con una tale disperazione negli occhi, come se avessi in mano la soluzione a tutti i problemi. Non posso crollare proprio adesso. Almeno non mi sta più urlando contro, ma so che è ancora arrabbiata. Solo che la rabbia è stata surclassata dalla paura e dalla confusione.

«Che cosa faccio?» grida Cordelia, con il corpo curvato in avanti.

Afferro mia figlia per le spalle e la tengo stretta.

«Cordelia, voglio che tu mi ascolti ora, che mi ascolti davvero. Non ha senso farsi prendere dall'isteria, non ci porta da nessuna parte.

Faremo un passo alla volta e penseremo a un piano.»

Si divincola dal mio abbraccio e si volta, allontanandosi verso la cucina. «Che piano, mamma? Quale piano potremmo mai riuscire a escogitare? Quel coltello veniva dal mio ceppo portacoltelli.» dice, indicando la fessura vuota nel blocco. «Era da... non mi ricordo neppure da quanto tempo che non lo trovavo, non ci ho mai fatto attenzione. Pensavo che Garth l'avesse messo da qualche parte.»

Scuote la testa e inizia ad aprire e chiudere i cassetti.

«Forse è qui da qualche parte, forse quel coltello non viene dalla mia cucina, forse...» Apre un cassetto in basso nella cucina e afferra una serie di utensili, li raccoglie e li getta per terra, spingendoli da una parte all'altra, il cozzare degli oggetti metallici produce un gran fracasso in tutto l'appartamento.

«Smettila, smettila subito.» le intimo e lei si ferma bruscamente, lanciandomi uno sguardo pieno di disgusto che decido di ignorare.

Mi allontano dalla porta e mi siedo sul divano, tirando fuori il telefono per controllare che ore sono. Ho ancora dieci minuti a disposizione prima di dover uscire per andare al lavoro. Vorrei avere il tempo di parlare con mia figlia con la dovuta calma e attenzione, ma ora mantenere questo lavoro è più importante che mai. Natalie sa qualcosa; a dire il vero credo che ci sia più di una persona al lavoro che sa qualcosa su Garth. Ho bisogno di avere queste informazioni prima che le abbia la polizia.

Ma devo anche avere la certezza che Cordelia sia completamente estranea a tutta questa faccenda come afferma.

«Vieni e siediti qui per favore, così possiamo parlare, solo parlare.» dico e lei esce dalla cucina.

«C'è qualcosa che non mi stai dicendo, Cordelia?» le domando mentre si siede sul divano. Glielo chiedo in tono gentile, ma ripenso a ciò che ha detto l'uomo con la giacca in pelle.

«Niente di niente? Perché non importa di cosa si tratti – posso aiutarti o almeno ci posso provare. Possiamo affrontare insieme qualsiasi cosa.»

«No, mamma.» dice, scuotendo la testa. «Perché mai non dovrei raccontarti tutto?» Afferra un orribile cuscino arancione e lo stringe a sé.

Non dico ciò che vorrei davvero dire. *Posso fidarmi di te? Ho il diritto di chiedertelo? Che cosa nascondi?* Invece cerco di parlarle di nuovo dell'altro pericolo che sta correndo.

«So che non vuoi credermi, ma c'è *davvero* qualcuno che ti segue.» dico.

«Mamma, ti prego...» dice lei.

«Si tratta di un uomo.» dico. «Indossa una giacca in pelle ed è giovane, forse ha la tua stessa età e lui... mi ha detto delle cose su di te e su Garth.»

«Cosa? Che cosa ti ha detto esattamente? Quando gli hai parlato?» mi chiede.

«Mi ha detto che avrei dovuto chiederti del tuo uomo e di ciò che occorre che tu faccia ora.»

«Non capisco.» dice, alzandosi e iniziando a camminare avanti e indietro intorno al tavolino. «Perché mai ti ha rivolto la parola? Come facevi a sapere che mi stava seguendo.»

Non ha senso mentirle perché lo scoprirà comunque. «Non appena sono arrivata a Melbourne, volevo vederti. Volevo vederti anche solo per un istante e tu non avevi intenzione di parlarmi così io... sono venuta dove lavori e poi sono arrivata a questo condominio e io... insomma ti ho seguita.» deglutisco mentre pronuncio queste parole, rendendomi conto dell'effetto che devono avere su di lei. Non voglio che pensi che sono pazza.

«Quindi mi hai tampinata su Instagram e anche nella vita vera? Non c'è nessuno che mi segue, mamma. *Sei tu* l'unica a seguirmi.»

«Ho una foto.» dico, tirando fuori il telefono, ma lei non vuole più ascoltarmi.

«Questa cosa è così inquietante, non riesco neppure...» alza le braccia al cielo e si avvicina alla portafinestra in vetro che dà sul balcone, piegando le braccia sul petto. «Ti sei addirittura trovata un posto nello studio di Garth. Che diavolo ti è venuto in mente?» chiede e scuote la testa. «Tutto ciò è davvero folle.» mormora.

Apro la bocca per rispondere, ma non trovo parole che possano servire allo scopo. Forse perché in fondo ha ragione.

«Ascolta, credo che te ne debba andare. Posso sbrigare questa faccenda per conto mio.

Non avrei mai dovuto chiederti aiuto, né tanto meno fidarmi di te.

Vattene e basta, per favore.»

Ed eccoci di nuovo. Mi alzo e afferro la borsa. «So che sei arrabbiata e mi dispiace... per tutto, ma volevo solo assicurarmi che stessi bene, solo questo, e poi ho notato quell'uomo e due giorni fa, ero seduta su una panchina dall'altra parte della strada, di fronte al tuo palazzo, e lui mi si è seduto accanto e ha iniziato a parlarmi.»

«Ti ha parlato? Come faceva a sapere che tu mi conoscevi?»

Scuoto la testa. «Non lo so, è questo il problema... indossavo una parrucca.»

«La parrucca che mi hai detto che metti al lavoro?» chiede lei, mentre curiosità e preoccupazione prendono il sopravvento sulla terribile furia che prova nei miei confronti.

«Sì, io non... ascolta, volevo solo vederti e non volevo che mi riconoscessi. So che ho sbagliato, ma ho provato a parlarti per anni, Dee Dee, e tu non hai mai voluto, avevo bisogno di vederti.»

«Penso che tu sia... Non credo che ci sia qualcuno che mi segue. Non so perché ti inventi queste cose.» dice Cordelia scuotendo la testa e non pare più arrabbiata, sembra invece avere pietà me. Sprofonda nel divano, stringendo di nuovo il cuscino al petto. «Devi andartene, vattene e basta, per favore.»

Annuisco tristemente. Non posso fare più nulla. «Troverò il nominativo di un buon avvocato e te lo scriverò per messaggio.» dico.

«Posso trovarmelo da sola un avvocato.» dice senza guardarmi in faccia, ma fissando il cielo là fuori, dove un pallido sole tenta di fare capolino tra le dense nubi.

Risponderle, discutere con lei, non mi porterà da nessuna parte, così rimango in silenzio. Mi allontano da lei e faccio per andarmene aprendo la porta d'ingresso.

«Lascia che ti chieda una cosa, mamma.» dice e io mi fermo.

«Qualsiasi cosa.» dico, voltandomi verso di lei.

«Sai che cosa è successo a Garth? Cioè, hai detto che non ti piace, anche se non l'hai mai incontrato, hai ficcato il naso dovunque e ci hai spiati. Il tuo arrivo a Melbourne coincide con la sua scomparsa; quindi, sai dove si trova e cosa gli è accaduto?» Non mi guarda in faccia mentre parla, le parole e il tono sono pacati e neutrali come se stessimo parlando del tempo, eppure riesco a percepire quello che mi sta dicendo, ciò che mi sta davvero chiedendo.

Ho la bocca asciutta e deglutisco in fretta. «Perché mai mi chiedi una cosa del genere?» Mi ricordo questo aspetto di Cordelia fin da quando era un'adolescente: la capacità di toccarmi nel profondo, subito e senza nemmeno doverci riflettere troppo. Quando aveva quindici anni ha attraversato una fase in cui era polemica su qualsiasi cosa, dall'orario in cui doveva rientrare a casa, ai compiti, al modo in cui mi parlava. Litigavamo su tutto e ogni discussione portava urla da entrambe le parti e poi, all'improvviso, il suo tono di voce si abbassava e mi diceva, «Lascia che ti chieda una cosa.» e immancabilmente mi limitavo ad annuire e rimanevo in silenzio, così lei usava parole taglienti e perfide come, «Credi davvero di avere il diritto di dirmi cosa fare o non fare, visto che sei una madre quasi del tutto assente?» oppure, «Forse Sarah non ti piace solo perché non ci hai mai passato del tempo insieme, visto che passi tutto il tuo tempo al lavoro.» e io mi semplicemente giravo i tacchi e andavo via avvilita.

Alza le spalle. «Pura curiosità. E vorrei avere una risposta.»

«Certo che no.» rispondo, non permettendo che la domanda mi sminuisca. Al contrario, mi do il permesso di arrabbiarmi di nuovo.

Cordelia è una persona adulta, non una bambina, ed è lei a essere nei guai, ad aver bisogno del mio aiuto. Vorrei dirle proprio questo, ma so che sarebbe inutile, così prima che lei possa dire qualcos'altro o che io possa dire qualcosa di cui mi pentirei, lascio l'appartamento con il cuore che mi martella nel petto. Quando la porta si chiude alle mie spalle, verifico che intorno non ci sia nessuno che mi veda mettere la parrucca e la posiziono con attenzione sulla testa. Mi sento meglio indossandola, come se parte della pesantezza che mi porto appresso come Grace Morton sparisse. Sono tornata a essere Grace Enright.

Il riavvicinamento che avevo pianificato non c'è stato, e tutte le cose che speravo accadessero venendo qui non si sono realizzate. È andato tutto terribilmente storto e non so proprio cosa accadrà ora. E detesto sentirmi così. Lo detesto.

Lascio il condominio di Cordelia e cerco un taxi, ma non ne trovo. Provo con l'app di Uber ma l'auto più vicina è a venti minuti di strada. Mentre aspetto, do un'occhiata intorno, lo sguardo scorre avanti e indietro mentre cerco di individuare l'uomo con la giacca in pelle. Quando sono arrivata stamattina non l'ho visto, ma d'altra parte c'era la polizia e magari ha voluto starsene alla larga. Non sopporto l'idea che sia qui intorno mentre mia figlia è da sola nel suo appartamento. Perché non ha voluto vedere la foto? In realtà sa già tutto di lui? Detesto mettere in discussione l'integrità di mia figlia, ma devo essere onesta con me stessa. Se pensava che Garth la stesse tradendo, deve essere stato orribile per lei. So quanto è stato orribile per me e quello che ho fatto quando ho scoperto che Robert mi tradiva.

Inizio a camminare sapendo che mi ci vorranno almeno venti minuti per raggiungere il lavoro.

Amareggiata, decido di chiamare lo studio.

Risponde Tristan. «Harmer, Wright and Sing, come posso esserle utile?»

«Oh, Tristan,» dico, «sono Grace. Sono in terribile ritardo perché la mia auto ha avuto un guasto. Spero di riuscire ad arrivare il prima possibile.»

«Oh, Grace, pensavo che avresti chiamato per avvisare che eri ancora malata, ma che cosa terribile. Una settimana bella tosta. Non ti preoccupare, mi occupo io di fare da portavoce ai piani alti.»

«Grazie mille.»

«In ogni caso la polizia è di nuovo qui, sta interrogando tutti gli associati senior che lavorano con Garth – sai, l'avvocato che è scomparso.» sussurra al telefono.

«Oh.» dico, stringendo la mano in un pugno e ricordando a me stessa di procedere con cautela. Sono contenta che Tristan sia un po' pettegolo. Credo che stia morendo dalla voglia di parlare di queste cose, in particolare con qualcuno che non è davvero implicato nelle vicende e ha voglia di ascoltare.

«Pensi... pensi che vorranno parlare con tutti?» Ho bisogno di sapere se devo fare in modo di non arrivarci proprio al lavoro oggi, perché non voglio parlare con la polizia nel modo più assoluto. La detective Ashton mi riconoscerebbe subito.

Cordelia è arrabbiata con me e ha le sue buone ragioni, ma devo capire cos'altro riesco a scoprire e quindi ho bisogno di parlare con le persone che lavorano insieme a Garth. Però a questo punto potrei dover aspettare fino a lunedì.

«Non credo che parleranno con altre persone. Cioè, a me hanno fatto due domande, ma non è che abbia molto a che fare con Garth. Lui è un po' uno stronzo arrogante, sai. Tutti quanti sanno che ha una fidanzata ma è sempre in cerca di prede e pensa di essere così brillante, ma in realtà è così stupido da non capire dove è meglio non infilare il suo...» Tristan si interrompe come se all'improvviso si fosse reso conto di quello che stava per dire.

Sento una stretta allo stomaco e provo una lieve nausea.

«Sai cosa penso che sia successo?» continua sussurrando con tono drammatico.

«Cosa?» chiedo mentre cammino più rapida, il respiro affannato.

«Credo che la sua fidanzatina abbia scoperto che lui la stava tradendo e qualcosa... beh, non lo so, non sono un tipo geloso, io. Ma magari lei lo è e, sai, sua madre del resto era un po' matta.» Vorrei tanto poter afferrare Tristan dall'interno del telefono e dargli quattro schiaffi; invece, mi metto a camminare più veloce. Ma lui non ha idea di chi sia la persona con cui sta parlando; quindi, non posso biasimarlo per le cose che dice.

In effetti ero *davvero* un po' matta e ho fatto una cosa terrificante e sto ancora cercando di porvi rimedio.

«È ciò che pensa anche la polizia?» chiedo.

«Chi lo sa quello che pensano loro – quella detective Ashton è al limite della maleducazione nei confronti di chiunque. C'è da dire che è la cosa più esaltante che sia capitata qui negli ultimi mesi.»

«Mi pare un po' triste.» dico. «Mi chiedo cosa gli sia successo.»

«Non ne ho idea.» dice Tristan. «Oh stanno parlando di nuovo con Natalie... Mi spiace, Grace, devo andare.»

Ormai sono quasi allo studio e quando arrivo, rimango dall'altra parte della strada a guardare l'esterno dell'edificio e mi limito ad aspettare.

Tristan avrà detto a chiunque glielo abbia chiesto dei miei problemi con l'auto, dirò a tutti che si trattava della batteria scarica, un'evenienza così banale che nessuno penserà di metterla in discussione. È questo il vantaggio di un ruolo come quello dell'assistente. A nessuno importa dove sei o cosa fai, a meno che non abbiano bisogno di te.

Non posso entrare nell'edificio se ci sono ancora i detective. Anche con la parrucca in testa, sono sicura che la detective

Ashton mi riconoscerebbe e non riesco neppure a immaginare cosa potrebbe succedere a quel punto.

Nonostante l'autunno sia solo agli albori, in città fa davvero freddo, il vento è furioso e tagliente. Vorrei aver un cappotto adatto, ma non credevo che avrei dovuto rimanere fuori così a lungo.

Per quanto tempo si fermeranno? Per quanto tempo posso stare qui fuori?

Dopo circa mezz'ora, finalmente, li vedo uscire dall'edificio, entrambi al telefono. Attraversano la strada e io arretro ulteriormente schiacciandomi contro il muro e abbassando la testa.

Mi sorpassano senza nemmeno dare un'occhiata nella mia direzione e sento il detective Jameson dire, «Colpevole come il peccato. Ne sono sicuro.»

E la detective Ashton risponde, «Lo so, e la incastreremo, stanne certo.»

E poi spariscono all'orizzonte, io sfreccio attraverso la strada con lo stomaco in subbuglio, mentre continuo a deglutire per non vomitare.

Stanno parlando di Cordelia o di Natalie? Credo proprio che parlino di una delle due e mi chiedo, ancora una volta, se mia figlia mi stia nascondendo qualcosa e se riuscirò mai a scoprire di cosa si tratta.

Paradossalmente potrebbe essere più facile parlare con Natalie. Natalie non ha idea di chi io sia, per lei sono semplicemente un'assistente temporanea un po' ficcanaso. Nessuno si preoccupa di ciò che dice a una persona che potrebbe non incontrare mai più. I segreti si svelano con maggiore facilità a chi non si conosce, piuttosto che a chi ci sta a cuore.

Faccio un profondo respiro ed entro nell'edificio accolta dall'aria tiepida, è un gran sollievo non essere più nel tunnel ventoso della città. «Bene.» mormoro mentre entro in ascensore e cerco di sintonizzarmi su Grace Enright.

Sono pronta a scoprire la verità.

DICIASSETTE
CORDELIA

Quando la porta si chiude, Cordelia si sente all'improvviso molto sola all'interno dell'appartamento. Tutti i pensieri le si affollano nella testa minacciando di travolgerla completamente. Garth, la sua auto, il coltello, la madre che la segue, l'uomo che la segue – se deve credere alle storie di sua madre – sua madre che lavora per lo studio di Garth. Schiaccia la faccia contro il cuscino e si mette a gridare, forte e a lungo finché non ha più voce.

Si rannicchia sul divano, lasciandosi andare a lacrime di frustrazione, rabbia e paura. Non cerca neppure di smettere, si lascia solo sprofondare, stremata, nell'oblio del sonno.

Viene svegliata dal telefono che squilla con insistenza sul tavolino accanto a lei. Lo cerca a tentoni, finalmente le mani lo afferrano e, dopo aver fatto scorrere il dito sullo schermo, lo porta all'orecchio. «Sì.» dice ed è sconvolta da quanto suoni roca la sua voce, come se per giorni non l'avesse usata. È colpa delle urla e del pianto.

«Cordelia,» dice Jacinta, «volevo solo sapere come stai.» e Cordelia geme. Il lavoro è diventato tutt'a un tratto la cosa meno rilevante della sua vita. Scosta il telefono dall'orecchio e fissa lo schermo. È venerdì e di solito c'è una riunione del personale all'ora di pranzo. Una volta a settimana Jacinta vuole "fare il punto della situazione" con tutti quanti.

«Mi spiace, Jacinta, non sto proprio bene.» dice lei.

«In effetti, hai una voce orribile, Cordelia.» dice la sua superiore con un accenno di solidarietà nel tono e Cordelia è grata alla sua voce roca.

Non riesce a concepire l'idea di tornare al lavoro, l'idea che il suo mondo non sarà sempre un caos totale. Come è possibile che qualcosa migliori? Ha rinunciato all'ipotesi che Garth appaia all'improvviso con una spiegazione plausibile. Ormai sa troppe cose.

È ovvio che lui sia coinvolto in qualcosa con qualcuno.

«Beh, spero che ti riprenda presto. Se la settimana prossima stai ancora male, ti occorrerà un certificato medico.»

«Ok.» dice Cordelia, si vergogna perché si sente un nodo in gola e vorrebbe piangere.

«Brodo di pollo.» dice Jacinta. «Fa meraviglie anche contro i raffreddori più persistenti.» dopo di che la sua capa riaggancia.

Cordelia si rannicchia fino a formare una palla. Si sente come se avesse i postumi di una sbornia, ma sa che non è così. È raro che beva troppo e in tutta la vita si è sbronzata pochissime volte. Ma ha un mal di testa lancinante e la bocca asciutta.

Alzandosi dal divano si dirige in cucina e beve due bicchieri di acqua, si fa un caffè e una fetta di pane tostato.

Vorrebbe non aver mandato via sua madre e allo stesso tempo sa che è stata la cosa giusta da fare. Vorrebbe scriverle per sapere se ha scoperto qualcosa allo studio di Garth, ma allo stesso tempo non vuole più parlarle. Le cose che ha fatto sono una follia. C'è davvero un uomo che la segue o sua madre si è inventata tutto così che Cordelia non si arrabbiasse per il fatto che la stava spiando? C'è qualcosa a cui può credere di ciò che dice sua madre? Potrà mai fidarsi di lei?

È snervante sentirsi così dopo tutto quello che ha passato. Ha di nuovo diciassette anni, la sua vita è nel caos e non riesce a credere che stia accadendo davvero.

Decide che la risposta a ciò che sta facendo Garth, dove sia e con chi sia deve essere qui, in questo appartamento.

Deve solo riuscire a trovarla.

Il primo posto dove torna a cercare è il cassetto del comodino di Garth, lo svuota completamente e guarda anche sotto i cassetti.

La ricerca non porta a nulla se non ad altre due comunicazioni riguardanti le bollette non pagate. Da lì passa poi all'armadio, tira fuori tutto quanto e lo getta per terra, provando una certa soddisfazione nel creare tutto quel disordine, anche se sa che sarà lei a dover rimettere tutto a posto. Sul pavimento il mucchio delle camicie immacolate di Garth cresce, ben presto ricoperto da pantaloni e giacche dei completi blu marino. Controlla in ogni tasca senza trovare nulla. A Garth piace tenere i suoi completi in perfette condizioni, solo di rado infila il telefono in una delle tasche. Ha fazzoletti da taschino abbinati a ogni cravatta, un look che, per qualche ragione, irrita Cordelia, che li getta tutti fuori dal cassetto: i rossi vibranti, i gialli e i blu si uniscono al mucchio.

Tira fuori il cassetto dell'intimo e lo rovescia, ma rimane delusa vedendo cadere a terra solo biancheria intima.

Nel cassetto dei calzini, sul fondo, c'è una cartolina, si precipita a raccoglierla, per poi scoprire che si tratta solo dell'ultimo biglietto di auguri che lei gli aveva dato. *Grazie perché mi sei accanto ogni giorno e rendi la mia vita migliore da ogni punto di vista.* Cordelia si sente inorridire alla vista di quelle parole trite e ritrite, eppure l'anno scorso credeva davvero in quelle frasi.

Garth compie gli anni il primo di agosto e l'anno scorso lei l'aveva portato nel loro ristorante italiano preferito e gli aveva regalato un paio di gemelli d'argento con inciso GSB. Li aveva fatti fare appositamente per lui e le erano costati molto, ma lui li adorava e Cordelia si ricorda che mentre condividevano dei cannelloni e la pasta al nero di seppia, aveva vissuto un momento di pura gioia.

Quel periodo sembra così lontano nel tempo. Natalie era entrata a far parte dello studio circa un mese dopo e Garth era diventato all'improvviso freddo e distaccato.

Scuotendo la testa, Cordelia lascia andare il ricordo e sale su un piccolo sgabello per riuscire a raggiungere tutto ciò che si trova in cima all'armadio, apre le scatole che contengono la sua collezione di portafogli e gemelli, trovando il paio che lei gli aveva regalato lì, in mezzo agli altri. Il fatto che lui li abbia lasciati lì e sia scomparso all'improvviso la ferisce: è come se lui avesse voluto abbandonare qualsiasi cosa che potesse ricordargli Cordelia.

Non c'è molto da esaminare, ma è anche vero che Garth non ha portato con sé tutto ciò che aveva nel Regno Unito.

Quando si è trasferito qui aveva solo qualche valigia e qualche scatola. La sua intenzione era sempre stata quella di tornare a casa, una volta diventato socio dello studio legale, e Cordelia avrebbe dovuto seguirlo. Pensava che un giorno sarebbe tornata nel Regno Unito con l'anello al dito.

Rimane immobile per un istante, sbalordita di fronte a tutto ciò che un tempo credeva sarebbe stato il suo futuro. Pensava che sarebbe diventata una stilista e che avrebbe vestito gente ricca e famosa; pensava che avrebbe sposato un australiano e che avrebbero avuto due figli; pensava che avrebbe visto invecchiare i suoi genitori. Non è così ingenua da credere che si possa avere tutto ciò che si desidera per il proprio futuro, ma la sconvolge accorgersi che ogni cosa che abbia mai desiderato, le è sempre stata portata via.

Ed è tutta colpa di sua madre. Cordelia si concede un feroce minuto di rovente odio verso sua madre, prima di intimarsi di lasciar andare questo inutile sentimento.

Senza badare al caos che regna nella camera da letto, si sposta nella stanza degli ospiti. Qui ci sono una sedia e una scrivania che usano sia lei che Garth. Cordelia di solito appoggia sulla scrivania qualsiasi cosa ricevano tramite posta e ora rapida passa in rassegna le buste. La maggior parte è indirizzata a Garth e lei non ci presta mai troppa attenzione, dando per scontato che si tratti di roba che viene dal Regno Unito o pubblicità. Tutte le bollette arrivano via mail.

Ora invece si siede sulla sedia e inizia ad aprire tutto, incluse delle lettere scritte a mano dalla madre e dalla zia. Sua madre gli scrive lunghe lettere su una carta azzurrina e Cordelia esamina la prima.

Tesoro mio,

c'è un tempo terrificante in questo momento e ovviamente il tetto che perde non aiuta...

Getta via la lettera, consapevole che non dirà nient'altro di importante. Perché quella donna non usa la mail come tutti?

Una parte di Cordelia teme che Garth sarà arrabbiato con lei quando si rifarà vivo, ma decide di ignorare questa paura. Se lui tornerà a casa lei accoglierà la sua rabbia, l'accoglierà e poi la rispedirà al mittente.

Come si permette di farle tutto questo? Apre le bollette provenienti dal Regno Unito, le pubblicità di negozi di vestiti e di vini, una comunicazione del suo dentista che gli rammenta che è in ritardo con la visita periodica, un'altra lettera in cui sua madre Evangeline farnetica qualcosa sulla casa e su tutto ciò che occorre aggiustare e gli dice che in quanto suo unico figlio è necessario che torni nel Regno Unito e sistemi tutte le faccende. Evangeline spedisce a Garth una lettera come quella ogni mese e Cordelia sa che lui si sente molto in colpa per non essere là ad aiutare sua madre, ecco il motivo della chiamata quotidiana.

«Voglio solo riuscire a diventare socio dello studio e poi avrò la liquidità sufficiente ad aiutarla.» spiegava a Cordelia. Lei, però, non sa proprio come possa guadagnare abbastanza denaro da permettergli di sistemare la sua casa di famiglia.

Ci vorranno centinaia di migliaia di sterline per rimetterla in sesto.

La scrivania ha due cassetti e lei li apre, ma all'interno non c'è nulla tranne la cancelleria. Cordelia sospira e fissa la scrivania, tocca una maniglia in ottone a forma di mezzaluna, è posta al centro per dare alla scrivania un aspetto armonioso, si trova infatti in corrispondenza delle maniglie dei due cassetti laterali.

Anche se forse non ha solo uno scopo ornamentale... Con cautela tira la maniglia ed è incredula mentre estrae un cassetto largo e piatto.

C'è solo una cosa in quel cassetto, un'altra lettera da parte di Evangeline. Perché non è insieme alle altre?

Cordelia la tira fuori e la apre.

Tesoro mio,

solo un breve messaggio per ringraziarti dei soldi. So che ventimila sterline sono una somma ingente, ma tu trovi sempre una soluzione. Sono stati di enorme aiuto. Non puoi immaginare quanto sia meraviglioso avere di nuovo l'acqua calda che funziona bene. So che è molto faticoso dover dare una mano, ma è così carino da parte tua aver fatto del tuo meglio. Spero che tu possa contribuire anche a sistemare il tetto.

Con amore, mamma

Quindi Garth ha iniziato a inviare soldi a sua madre per

mettere a posto la casa. Si rammenta la conversazione sul giocatore di football che era costato a Garth "migliaia" di dollari. Forse Garth è entrato nel giro delle scommesse per procurare i soldi necessari alla madre. Anche se di sicuro lei non vorrebbe mai che lui lo facesse... ed è questo il motivo per cui Cordelia ha iniziato ad addossarsi tutte le spese?

Perché Garth non le ha detto nulla e da quanto tempo va avanti questa storia? Forse Garth è nei guai per via delle scommesse? Ha chiesto in prestito dei soldi a un malvivente?

Dovrà mostrare la lettera alla polizia.

Il suo telefono è sulla scrivania ed emette il segnale di un messaggio, Cordelia sobbalza e fa cadere la lettera.

Janine mi ha dato il nome di un avvocato, si chiama Nicholas Blake. Sembra sia molto bravo.

Cordelia non risponde. Sconforto e shock calano su di lei come una coperta ruvida di cui non riesce a liberarsi. Garth manda del denaro a sua madre e lascia che sia Cordelia a provvedere alle spese di entrambi. Pensa a quante volte lui le ha nominato il suo fondo fiduciario, quanta ostinazione nell'incoraggiarla a perdonare sua madre e vorrebbe vomitare. Lui sta con lei solo per i soldi? È possibile che lui sapesse dal giorno in cui si sono incontrati chi era lei e chi era sua madre?

No, lui mi ama. Mi amava?

Forse non riusciva più ad aspettare il momento in cui lei avrebbe ereditato il denaro e ha iniziato a giocare d'azzardo per aiutare sua madre. Cordelia si chiede se qualcun altro, qualcuno del suo studio legale, sappia qualcosa al riguardo.

Passa così tanto tempo con loro. Forse ne sanno più di lei.

E adesso che si fa? Cordelia riflette sulla possibilità di dirigersi sul posto di lavoro di Garth e pretendere che le rivelino tutto ciò che sanno.

Ma non lo farebbe mai. Sua madre ha fatto cose del genere,

cose come chiamare Tamara "puttana" davanti all'intero ufficio, cose che Cordelia aveva appreso durante il processo. Sua madre non ha più un'assistente e neppure un'azienda. Non ha più nulla se non il rimorso e un po' di soldi. Cordelia non vuole finire come lei.

Non si comporterà mai come sua madre. Sua madre era pazza e ancora oggi fa cose strane, ma mentre esce dalla stanza degli ospiti per andare a prendersi qualcosa da mangiare, si chiede se non abbia bisogno di qualcuno che stia dalla sua parte e se la senta di fare follie.

Tutta questa situazione è davvero assurda e la fa sentire come se davvero stesse ammattendo.

È così che si è sentita quando ha incendiato la casa? È questo che ha provato, questa disperazione fuori controllo?

Legge di nuovo il messaggio di sua madre sull'avvocato e risponde.

Grazie. Mi spiace per stamattina. Per favore vieni domani sera, così possiamo parlare.

Non ha appetito, così esce dalla cucina e torna a letto, si volta dall'altra parte e torna a dormire, perché è l'unica cosa che riesce a pensare di fare.

Che cosa diavolo è successo alla mia vita? Pensa, e poi non riesce a trattenere le lacrime quando si rende conto che si tratta dello stesso pensiero che ebbe sei anni fa, ed eccola lì di nuovo, nel caos e nella disperazione, senza alcuna idea di come fare a sistemare o cambiare le cose.

Il telefono emette di nuovo un suono e lei lo prende in mano con l'intenzione di dire a sua madre di smetterla di scriverle, ma questa volta il messaggio non è da parte di sua madre.

Ho bisogno di parlarti. So cosa sta accadendo.

È di Natalie.

Cordelia lascia cadere il telefono come se le avesse bruciato la mano e si copre la bocca.

Poi lo riprende e rilegge il messaggio. Non ha alternative. Ha mille domande, ma vuole guardare Natalie in faccia quando gliele porrà.

DICIOTTO
GRACE

Venerdì

Quando la porta dell'ascensore si apre sul piano dello studio legale, mi rendo conto di essere quasi in ritardo di due ore e spero che la scusa del guasto dell'auto non sia un problema.

«Grace.» dice Tristan quando mi vede, «ci sono voluti secoli, cosa è successo?»

«Lo so.» rispondo annuendo. «L'assistenza stradale ci ha messo anni ad arrivare ed ero lì al freddo ad aspettarli. È assurdo che faccia così freddo questo autunno. Ho proprio bisogno di un caffè.»

«Ma certo.» concorda e mi sorride, così mi allontano dirigendomi verso il mio ufficio.

Lascio cadere la borsa sulla scrivania, controllando in primo luogo il telefono per vedere se per caso Cordelia mi ha scritto. So che con ogni probabilità non ci sarà nulla, ma mi sento il cuore a pezzi quando la realtà me lo conferma.

Poi vado in bagno. Mentre mi sto lavando le mani, Natalie entra con in mano un fazzoletto e si tampona gli occhi. È evidente che sta piangendo e quando mi vede, sfreccia in una cabina.

«Tutto bene?» chiedo e mi aspetto che lei mi dica solo di sì, invece viene fuori, si soffia il naso e prende un altro fazzoletto.

«Si tratta di Garth, l'uomo scomparso?» chiedo.

Natalie annuisce e tira su col naso.

«La polizia ha fatto qualche ipotesi su cosa può essergli successo?»

Lei scuote la testa. «Credono... cioè continuavano a chiedere della sua relazione con la fidanzata.»

«Davvero?» dico, un leggero ronzio nelle orecchie. «Mi chiedo come mai. Tu la conosci?»

Annuisce piano, alza una mano scostando i capelli dietro le spalle e si gratta furtivamente il collo su cui appaiono segni rossi. «Quando sono stressata mi viene l'orticaria.» dice con un filo di voce.

«Capisco.» dico. «Si tratta di una situazione molto stressante.» Vorrei chiederle di nuovo se conosce Cordelia, ma so che non è il caso di fare pressione. Le persone ti dicono di tutto se credono che tu abbia voglia di ascoltare e se pensano che tu non sia della partita.

Natalie non deve sapere che di fatto sono molto coinvolta in questa partita e che farò di tutto perché la mia famiglia ne esca vincitrice.

«In realtà la sua fidanzata è molto dolce. Forse un po' troppo giovane per lui e, penso, molto ingenua.»

«Oh.» dico.

«Sì e non credo che abbia alcuna idea di come sia lui davvero.» dice scuotendo la testa.

«Lui la...» esito a finire la frase. Si chiederà il perché di questa domanda? Le farà venire dei dubbi sulla mia identità? Eppure, in fondo, sono l'assistente ficcanaso. E le persone saltano sempre alle conclusioni.

«Lui la tradisce?» chiedo, osservando il suo volto con attenzione.

«Come faccio a saperlo.» sbotta, stringendo i pugni.

«Devo tornare al lavoro.» Mi rendo conto di averla turbata. Beh, se va a letto con il fidanzato di mia figlia, deve essere turbata, deve soffrire.

«Ma se lui la tradisce,» dico, «di sicuro bisogna dirlo alla polizia, no?»

Natalie mi guarda con sospetto. «Non credo sia una cosa che ti riguarda.» dice lei. «E comunque non so molto della sua vita privata.» Si volta per andarsene, ma riesco a scorgere il rossore diffondersi sulle sue guance, poi vedo che si gratta compulsivamente il collo. È ovvio che mente.

Natalie prende rapidamente un altro fazzoletto e apre la porta, proprio mentre Kelsey sta entrando. Si scontra con la ragazza nel tentativo di sorpassarla.

«Che maleducata.» dice Kelsey

«Avrà solo avuto una giornataccia.» dico io.

«Tutti quanti hanno avuto una giornataccia.» dice e sembra quasi lieta. «Ho scritto una mail a mio padre per dirgli che lascio l'università, ma non mi ha nemmeno risposto perché è troppo preso da tutta questa faccenda.» dice lei facendo un cenno con la mano.

«Tu lo conoscevi Garth?» le chiedo e lei alza gli occhi al cielo.

«Conosco tutti. Lavoro qui da novembre dell'anno scorso.»

«E che cosa pensi di lui?» le domando con finta noncuranza, ma lei non ci casca.

«Non fai un po' troppe domande per essere una che lavora qui da così poco tempo, Grace? Hai già sentito quel vecchio proverbio, vero? Quello della curiosità che uccise il gatto.»

«Oh, beh.» dico arrossendo. Per essere così giovane, è davvero molto schietta. «Penso che chiunque voglia sapere cosa è successo.» Mi piego in avanti e mi guardo allo specchio mentre parlo, controllando il trucco e rifiutandomi di rispondere alla sua domanda inopportuna. «Ma immagino che tu avessi poco a che fare con Garth.» Alzo le spalle come se non me ne importasse niente.

«Questo non...» inizia a rispondere e poi scuote la testa. «Ho proprio bisogno di andare in bagno e sono certa che tu debba tornare a lavorare.» Entra in una delle cabine e quando sento che fa scattare la sicura sulla porta, so che non ricaverò più alcuna informazione da lei. È una tirocinante e la figlia di uno dei soci dello studio. È probabile che sappia molto più di quello che vuole dirmi rispetto a quanto sta accadendo. Ma mi rendo conto che oggi non otterrò più niente da lei.

Così ritorno nel mio ufficio. Mi metto al lavoro sapendo che per chiamare Janine dovrò aspettare fino alla pausa pranzo. Anche se Cordelia non vorrà più parlarmi, cosa che spero non si verifichi, devo comunque aiutarla a trovare un avvocato.

«Grace.» esclama quando risponde al telefono e percepisco una domanda nella sua intonazione.

«Sto bene,» dico, «ma mi serve il tuo aiuto per Cordelia.» Janine non è una a cui piacciono i convenevoli.

«Perché...»

«Sono a Melbourne, dove vive ora. Il suo fidanzato è scomparso. Hanno trovato un coltello nell'auto di Cordelia. Qualcuno ha visto la sua auto uscire dal condominio alle due di notte dell'ultimo giorno in cui lei l'ha visto.

In teoria lunedì, il giorno seguente, lui avrebbe dovuto lavorare fino a tardi, ma non è mai andato al lavoro e non è più tornato a casa.»

«Mmm.» dice Janine e so che sta prendendo nota mentre parlo.

«E da quanti giorni è scomparso?»

«Ormai sono cinque giorni.» dico.

«D'accordo.» dice Janine. «Lascia che me ne occupi. Cerco tra i miei contatti e ti mando qualche nominativo.»

«Ovviamente lei non gli ha fatto nulla.» dico.

«Certo che no.» conviene Janine. E ricordo il primo appuntamento con lei, avevo ancora i tremori e sudavo perché stavo smaltendo l'alcol. «Non volevo che accadesse.» le avevo detto. «È stato un incidente.»

«Certo che lo è stato.» aveva detto annuendo e poi aveva spinto gli occhiali in su, così da portarli più vicino agli occhi. «È stato senza dubbio un incidente. Ma ora mi deve dire tutto ciò che ha portato a quell'incidente.»

Ovviamente non le avevo detto tutto. Le avevo detto che avevo acceso le candele e poi mi ero addormentata. Non le ho mai accennato di aver trovato la lettera dell'amante di mio marito e di averla bruciata. Non è necessario che polizia e avvocati sappiano tutto. Nessuno ha mai davvero bisogno di sapere tutta quanta la storia.

Lavoro per tutto il resto della pausa pranzo per compensare il tempo perso e ricevo un messaggio da Janine proprio mentre mi alzo per farmi un'altra tazza di caffè.

Nicholas Blake – un avvocato penalista molto bravo, il migliore sul mercato. Ti costerà caro, ma è un vero maestro nel suo campo.

La ringrazio e mando a Cordelia il nominativo, non aspettandomi che risponda.

Dopo questa mattinata sono esausta. Il dramma della scomparsa di Garth, con i relativi interrogatori della polizia sembra infiltrarsi attraverso la porta chiusa del mio ufficio e riesco a sentire tutti quanti che bisbigliano – so che alcuni di loro sussurrano cose riguardanti mia figlia. E so senza ombra di dubbio che

Garth l'ha tradita ed è probabile che sia Natalie la donna con cui è andato a letto, come sospettava Cordelia.

Mentre cerco di andare avanti facendo fatica a concentrarmi, sono contenta che domani sia sabato. Sono nel bel mezzo dell'elaborazione di un foglio di calcolo, quando ricevo un messaggio da Cordelia.

Grazie. Mi spiace per stamattina. Per favore vieni domani sera, così possiamo parlare.

Vorrei piangere di gioia. Mi sta dando un'altra possibilità e gliene sono davvero grata. Forse ha capito che tutto ciò che sto facendo è per lei e la sua felicità.

A fine giornata mi preparo rapida per uscire dall'ufficio, desiderosa di rientrare in hotel e avere un po' di pace e godermi un bel bicchiere di vino.

Vorrei passare un po' di tempo con Cordelia già stasera, ma mi rendo conto che ha bisogno di un po' di spazio.

Mi sto per alzare con la borsa pronta, quando Kelsey passa davanti al mio ufficio, dà un'occhiata all'interno e poi entra.

«Vai a casa?» mi chiede.

«Sì,» dico, «e tu?»

«Mi vedo con il mio ragazzo.» dice con gli occhi che esaminano la scrivania.

«Beh...» dico, non avendo più la minima voglia di fare conversazione.

«Ehi,» esclama lei, «il mio orecchino. L'ho cercato dappertutto.» Si china e raccoglie l'orecchino dalla mia scrivania.

Me n'ero completamente dimenticata.

«L'ho trovato per terra... vicino al bagno» dico, fermandomi appena in tempo prima di svelare di averlo trovato nell'ufficio di Garth.

«Me li ha regalati mio padre – sarebbe stato furioso se ne avessi perso uno.» dice con un sorriso. «Grazie.»

«Da quanto tempo lo cercavi?» chiedo.

«Mmm.» dice. «Mesi, credo. Li ho indossati lo scorso Natale. Speravo che a un certo punto sarebbe saltato fuori.»

Annuisco, osservando il suo volto, cercando la verità. Ha solo diciannove anni – di sicuro non è possibile che lei e Garth abbiano una relazione, no?

E lei dice di avere un fidanzato.

«Buona serata.» cinguetta e poi si volta ed esce.

Mentre cammino nell'aria frizzante, penso a tutto ciò che so di Garth e mi rendo conto che è molto poco. Innanzitutto, cosa ci faceva l'orecchino di Kelsey nel suo ufficio?

Amareggiata dal non riuscire a trovare risposte, mi fermo davanti a un ristorante ed entro. Mi ordino un bicchiere di vino mentre sfoglio il menù.

Ordino una bistecca e delle patate al forno a una giovane cameriera di bell'aspetto e mi lascio andare a due bicchieri di vino prima di obbligarmi a smettere.

Nella mia stanza in hotel sono contenta di potermi togliere la parrucca e gli occhiali e tornare a essere solo Grace Morton, solo me stessa.

Domani sera vedrò mia figlia e speriamo di riuscire a trovare una soluzione insieme.

Mi concedo il lusso di un bel bagno e rimango a mollo per un'ora, mentre passo in rassegna tutto quello che so. Che cosa c'entrano il coltello e l'auto coperta di fango in questa faccenda? È possibile che Cordelia abbia scoperto che Garth la tradiva e gli abbia fatto del male? Scuoto la testa al pensiero. Cordelia è molto esile rispetto a Garth e avrebbe dovuto mettercela tutta per sopraffarlo... e non credo che sarebbe mai ricorsa alla violenza. Certo, io stessa non potevo prevedere cosa sarei diventata dopo aver scoperto la tresca del mio defunto marito. La gelosia è il più dannoso dei sentimenti e può portare a esiti davvero nefasti.

Senza riuscire a impedirmelo, asciugo la mano, prendo il

telefono dal piccolo sgabello rotondo accanto alla vasca da bagno e mando un messaggio a Cordelia.

Tutto ok?

Direi di no.

Vuoi che venga?

No, per favore no. Ci vediamo domani sera. Ho bisogno di un po' di tempo.

Non c'è nient'altro che io possa fare ora. Un bicchiere di vino è appoggiato accanto alla vasca da bagno, l'ho ordinato tramite il servizio in camera e ne faccio un gran sorso, lasciando che il sapore vellutato mi calmi.

Scorro qualche contenuto online sul telefono per qualche minuto prima di tornare su Instagram e dare un'occhiata al profilo di Tamara, ma non ha aggiunto nulla di nuovo. Non sembra nemmeno che abbia un lavoro, forse se ce l'ha non è abbastanza prestigioso da poter essere menzionato su Instagram. Lasciata la sua pagina, torno di nuovo sul profilo Instagram di Garth, chiedendomi se mi sia persa qualcosa che potrebbe essermi d'aiuto nel capire cosa sta succedendo.

Guardo ancora la foto in cui tiene in mano una pinta di birra, leggo il commento criptico di Natalie – *Spero ne sia valsa la pena* – e mi chiedo cosa intendesse.

Guardo la data in cui è stata postata la foto e vedo che era il 18 dicembre, vicino a Natale, ma non sembra una festa di Natale. Clicco sull'immagine e l'allargo, nella speranza di trovare qualcosa che mi suggerisca ciò di cui stava parlando Natalie.

Garth è seduto al tavolo di un pub, i muri rivestiti con pannelli di legno e un gruppo di persone alle sue spalle, la maggior parte immortalate in semi-movimento, quindi risultano sgranate.

Studio l'uomo con cui mia figlia sta da più di quattro anni, lui che ora è scomparso e di sicuro la stava tradendo. Il mio sguardo procede dai biondi capelli scompigliati al suo ampio sorriso, fino al volto ricoperto da una leggera barbetta. Poi do un'occhiata al suo braccio, non quello che tiene la birra, ma piuttosto il braccio e la mano che sono appoggiati sopra al tavolo. Vedo il dorso di una mano femminile, con lunghe unghie smaltate di rosso. La mano della donna poggia vicino al braccio di Garth, molto vicino, lo tocca proprio. È la mano di Natalie? Se non lo è, di chi è quella mano? Allargo ancora di più la foto e scorgo la punta di un orecchio, un orecchino e una ciocca di capelli. L'orecchino è molto particolare, un piccolo zaffiro attorniato da diamantini.

Si tratta solo di un'uscita di lavoro. Non significa nulla. Oppure sì.

Vorrei chiamare subito Cordelia ma mi impongo cautela finché non avrò la certezza, finché non avrò unito tutti i puntini. Mi impongo di aspettare.

Sabato

Cordelia si guarda intorno nella caffetteria dove diverse famiglie siedono insieme agli amici per fare due chiacchiere. L'atmosfera è quella tipica del sabato mattina, tutti quanti sono di buon umore e si godono le prime ore del fine settimana, sapendo di avere davanti a sé tutto il tempo per fare ciò che desiderano. C'è un piacevole tepore e l'aria è fragrante di caffè e prodotti da forno.

In realtà è già stata in questa caffetteria con Garth, quando era venuta a trovarlo al lavoro. Gli aveva chiesto molte volte di portarla a vedere il suo ufficio.

«Perché mai vorresti venire a vedere dove lavoro?» le aveva chiesto.

«Voglio solo vedere con chi lavori e dove lavori, così posso immaginarti meglio durante il giorno.» aveva detto lei, sorridendogli.

«Un po' bizzarro, ma va bene.» aveva risposto, così lei si era presa un giorno di pausa dall'università ed era andata a fare shopping, poi l'aveva raggiunto nel suo ufficio e lui l'aveva presentata a tutti quanti, aveva visto la sua scrivania e poi erano venuti qui per bere un caffè.

Ma tutto ciò era stato almeno due anni fa, molto prima che arrivasse Natalie. Sarebbe stata gelosa di Natalie anche allora?

Forse, ma tra lei e Garth allora le cose andavano bene e a entrambi piaceva l'idea di vivere nella stessa città, di essere tornati insieme. Si ricorda di quanto era stata orgogliosa di lui quando aveva visto la placca in ottone con il suo nome sulla porta dell'ufficio, si ricorda anche di quanto fosse compiaciuta di aver trovato un uomo così brillante, di bell'aspetto e gentile e poi si ricorda di aver pensato che nulla avrebbe mai potuto rovinare la loro relazione. Come sarebbe potuto accadere? Loro si amavano e lui la supportava e si prendeva cura di lei in ogni modo. Eppure, eccoci qui.

Lui è scomparso e lei ha un appuntamento con la donna che forse ha una tresca con lui.

Natalie e Charles vivono in un appartamento qui vicino, quindi è probabile che l'abbia scelto per questo.

L'attesa di questo incontro ha fatto passare a Cordelia una notte in bianco, nella testa tutte le parole che Natalie potrebbe volerle dire. Sarebbe stato molto meglio trovarsi ieri, ma Natalie non aveva voluto. Cordelia aveva subito risposto a Natalie, non appena aveva ricevuto il messaggio.

Dove e quando?

Domani mattina, al Westgate Coffee.

Perché non oggi? Posso venire io da te.

No, oggi no. Sono al lavoro. Domani alle 10.

Acconsentì perché non aveva alternativa.

La porta della caffetteria si apre portando con sé una folata di aria fresca e Cordelia alza lo sguardo dal menù che stava analizzando, anche se non ordinerà nulla da mangiare. È entrato un uomo con i capelli grigi e Cordelia si muove nervosamente sulla sedia, il pensiero corre all'uomo che sua madre afferma la stia seguendo e il cuore le batte all'impazzata mentre studia lo sconosciuto. Poi però nota che tiene la mano a una bambina. Si tratta solo di un nonno e della sua nipotina che trascorrono la mattinata insieme. E comunque sua madre aveva detto che l'uomo doveva avere l'età di Cordelia. Non c'è nessuno che la segue.

Guarda l'orologio. Natalie è in ritardo di cinque minuti.

Cordelia si è preparata a questo incontro come se si trattasse di un appuntamento galante, ha asciugato i capelli con il phon rendendoli perfettamente lisci e si è truccata con cura. Poi ha scelto un paio di pantaloni grigi e una camicetta di seta da indossare sotto il suo trench nero. Voleva avere a tutti i costi un aspetto professionale. Voleva sembrare più grande e dare l'impressione di poter gestire qualsiasi cosa Natalie avrebbe voluto dirle. In verità si sentiva come una bambina che gioca a travestirsi.

È una tipica caffetteria del centro – pareti di un bianco brillante, parquet macchiato per terra, sedie e tavoli in legno e personale giovane al bancone a servire e a preparare caffè. Sulle pareti sono affissi poster di gattini e Cordelia trova rassicurante guardarli, osserva in particolare un poster in bianco e nero in cui il gattino gioca con una paperella di gomma. Lei voleva un gatto, ma a Garth piacciono i cani e sarebbe stato ingiusto lasciare un cane da solo nell'appartamento con i "genitori" che devono stare al lavoro tutto il giorno.

Il caffè di Cordelia è troppo amaro, ma lo zucchero si trova dall'altra parte del bancone e lei non ha la forza di alzarsi per andare a prenderlo. Si limita a sorseggiarlo mentre guarda il telefono. Dovevano incontrarsi alle 10 e Natalie è già in ritardo di dieci minuti.

Finalmente la vede entrare nella caffetteria. La donna è bellissima come sempre e Cordelia si rende subito conto di essersi vestita in modo inappropriato. Natalie ha i chiarissimi capelli biondi raccolti in una coda di cavallo e indossa dei jeans blu attillati e un morbido golf blu lavorato a maglia. Cordelia si sente una stupida per essersi vestita in modo troppo sofisticato. Natalie la scorge subito, le fa un cenno con la mano e poi va a ordinarsi il caffè.

«Non ho proprio voglia che arrivi l'inverno.» dice Natalie mentre si siede di fronte a Cordelia che annuisce, trovando però il saluto un po' strano, troppo cordiale, troppo banale visto ciò di cui devono parlare.

«Ti ascolto.» dice Cordelia, mentre vede un rossore salire dal collo alle guance di Natalie, che poi inizia a grattarsi il collo.

«È venuta la polizia al lavoro.» esordisce Natalie. «Hanno interrogato tutti quanti e nessuno sa dove sia Garth.»

Cordelia si appoggia allo schienale e fissa Natalie. «Pensavo che mi avessi detto di sapere cosa è successo a Garth. È l'unica ragione per cui sono qui – mi hai detto che sapevi quello che è successo e che me l'avresti raccontato. Perché mi hai portata qui se non sai nulla? Lo sapevo già che la polizia ha interrogato le persone che lavorano nello studio, perché è ovvio che l'avrebbero fatto.» Cordelia percepisce una sfumatura rabbiosa nelle proprie parole. Vorrebbe sporgersi sul tavolo e schiaffeggiare Natalie, invece stringe le mani attorno alla tazza di quel terribile caffè.

Il volto di Natalie prende ancora più colore e si guarda attorno nella caffetteria, gli occhi verdi che corrono da una parte all'altra. «Volevo dirtelo io, di persona, perché verrà fuori e in ogni caso dovresti saperlo. Solo non riuscivo a capire come portarti qui.»

Cordelia sente un calore crescere dentro di sé e serra i pugni conficcando le corte unghie nei palmi.

«Lo sapevo.» sussurra.

«Non sai quello che sto per dire.»

«Sì, lo so.» ringhia Cordelia. «Vai a letto con Garth. Andavi a letto con Garth e io lo sapevo. Tutte le volte che vi ho visti insieme capivo che stava accadendo, ma ovviamente lui negava.» Cordelia sente un sapore acido in bocca. Il vero orrore di ciò che prima era solo un sospetto la consuma, così chiude gli occhi per un secondo immaginandosi di afferrare Natalie per i bei capelli biondi e di strapparglieli via dalla testa.

Oddio, quanta violenza Cordelia, sembri proprio tua madre. Le pare di sentire nella testa il tono lievemente canzonatorio di Garth. L'immagine scompare non appena riapre gli occhi.

Una cameriera con jeans e maglietta bianca compare con il caffè di Natalie e lo appoggia sul tavolo con un rapido sorriso.

«Grazie.» dice Natalie sollevando la tazza e facendo un sorso rapido e abbondante, Cordelia nota che le brucia la gola mentre deglutisce.

«È successo solo una volta.» dice Natalie, evitando di guardarla negli occhi. «Durante il ritiro aziendale. Eravamo entrambi ubriachi ed è successo solo una volta. Ma ho dovuto dirlo alla polizia perché stavano chiedendo a tutti ogni interazione avuta con Garth. Mi sono sentita in obbligo di dirlo.»

Cordelia ritorna con la mente al ritiro aziendale che si era tenuto quattro mesi fa, in primavera. Lo studio aveva prenotato un bell'hotel storico in campagna e ci aveva portato tutto il personale per fare team-building e quelle altre cose che si fanno in questi ritiri. Ricorda che Garth si era lamentato di doverci andare: «Detesto profondamente tutti questi esercizi sulla fiducia – non è che mi rendano un avvocato migliore. Il cibo poi è sempre tremendo e se protesti tutti ti fanno sentire un cretino.»

«Povero tesoro mio, ti mancherò?» gli aveva chiesto lei.

«Lo sai che mi mancherai.» aveva risposto. Le era sembrato diverso una volta tornato? Non particolarmente, ma del resto a Cordelia non interessava capire se fosse diverso, le interessava solo che fosse Garth. Avevano fatto sesso la sera in cui era rientrato? Pensa di sì e non può fare a meno di muoversi sulla sedia in legno della caffetteria per il senso di disgusto che la assale. Come ha potuto? Natalie la fissa, il volto ancora in fiamme e uno sguardo negli occhi che sembra cercare il perdono. Beh, Cordelia non ha la minima intenzione di perdonarla.

«E quindi hai dovuto dirmelo. Sei orgogliosa di te, Natalie? Sei orgogliosa di quello che hai fatto? Sai dove è Garth? Sai cosa gli è successo o sei venuta qui solo per lenire il tuo senso di colpa?» digrigna i denti, le parole rivolte alla donna che le siede di fronte escono dalla bocca come un sibilo.

Natalie fa un altro sorso del suo caffè scuotendo la testa. «No, voglio chiarire. Per favore lascia che ti spieghi. È successo una sola volta e subito dopo mi sono resa conto che non sarebbe accaduto mai più. Però, Cordelia, devi sapere che non sono l'unica donna dello studio con cui lui è andato a letto. Lui flirta con tutte. Sappiamo tutti che sta insieme a te, eppure fa il cascamorto con tutte le donne dell'azienda, con tutte le donne che incontra, persino le clienti.»

Cordelia sente che le viene da vomitare. Vorrebbe mettere una mano sulla bocca di Natalie per impedire a tutte queste orribili verità di fuoriuscire.

«E qualche volta quando parla di te, dice che sei la sua...» Natalie abbassa lo sguardo sulla sua tazza di caffè mezza vuota.

Cordelia prende in mano la sua, si scola l'ultimo sorso sentendo i granuli depositarsi sulla lingua. Scuro e amaro, come il rancore nei confronti di questa donna e ora nei confronti di Garth.

«La sua cosa?»

Natalie chiude gli occhi come se non potesse sostenere l'idea di pronunciare quelle parole. «Dice che sei la sua piccola carta di credito.»

«Oh mio Dio.» dice Cordelia, sentendo il bruciore fisico di quelle parole sulla pelle. Si guarda intorno nella caffetteria, una madre tiene in grembo il suo bambino e lo aiuta con delicatezza a portare alla bocca il cucchiaino colmo di schiuma del cappuccino. Che ironia, Cordelia pensava che non mancasse molto al momento in cui lei e Garth si sarebbero sposati e avrebbero avuto dei bambini anche loro. Non vedeva l'ora di formare una famiglia, una vera famiglia, e si sarebbe comportata in modo completamente diverso da sua madre. Ma ora è di nuovo tutto a brandelli, tutta la sua vita è stata fatta a brandelli.

«Non ce la faccio.» dice Cordelia, sporgendosi in avanti e lasciando cadere la testa tra le mani. Si sente come se fosse aggredita dalle parole, come se la stessero martoriando con tutto ciò che Garth, un uomo che pensava di conoscere, ha fatto. Vuole fuggire, alzarsi e fuggire, ma sa che deve ascoltare tutto quello che Natalie ha da dirle. Alza la testa sentendo la furia montare dentro di sé. In un certo senso Natalie se la starà anche spassando. Sta cercando di sembrare gentile e premurosa, ma di sicuro la diverte sapere che Cordelia ha scelto di innamorarsi di un uomo tanto orribile.

«E come mai sei stata così gentile da informarmi di tutto ciò Natalie?» chiede Cordelia. «È solo perché ci sei andata a letto una volta o ci sono altre ragioni?»

Natalie spinge la sedia indietro e si alza. «A essere onesta, l'ho fatto perché pensavo che noi fossimo abbastanza in buoni rapporti e perché detestavo il modo in cui parlava di te e avrei sempre voluto dire qualcosa a riguardo. La polizia è stata allo studio e volevo evitarti la brutta sorpresa di scoprire all'improvviso tutte le cose che Garth ha detto e quello che ha fatto in questi mesi.»

«Quello che *tu* hai fatto con lui.» dice Cordelia e Natalie fa un cenno con la testa.

«Non credo di essere stata l'unica.» dice.

«Chi altro?» chiede Cordelia alzando la voce, le persone nella caffetteria si voltano a guardare.

«Non lo so, non lo so... almeno, non ne ho la certezza.» dice Natalie.

«Ascolta, volevo dirtelo perché sei una brava ragazza.

Sei dolce e lui se ne è approfittato. Si approfitta di chiunque glielo lasci fare.»

«Con chi altro è andato a letto?» chiede di nuovo.

«Non posso dire nulla. Al lavoro circolano un sacco di voci su come Garth si rapporta alle donne.»

«Voci che avresti tenuto per te, che avresti voluto tenere per te insieme all'indiscrezione che ti riguardava, se lui non fosse scomparso.» esclama Cordelia.

«Hai ragione e mi spiace. Tutto ciò che posso dirti è che mi dispiace.»

Abbassa lo sguardo su Cordelia con un'espressione smarrita e addolorata. La pietà nei suoi occhi. Una minuscola, piccolissima parte di Cordelia sa che in realtà Natalie sta facendo ciò che ritiene giusto, ma al momento neppure questo è d'aiuto. Non le impedisce di voler gridare, non le impedisce di provare, in questo momento, un profondo odio.

Natalie prosegue. «Volevo solo che fossi preparata, ecco tutto. Mi rendo conto che è stata un'idea stupida. Avrei dovuto lasciare che fosse la polizia a dirti tutto e basta. Ora me ne vado. Mi spiace per quello che è successo durante il ritiro. Non ero in me e non lo rifarei mai.»

«E cosa accadrebbe se lo dicessi a Charles?» chiede Cordelia alzando lo sguardo. «Cosa accadrebbe se chiamassi e dicessi, "Ehi, lo sapevi che Natalie e Garth sono andati a letto insieme al ritiro aziendale?"»

Natalie si afferra il maglione, scuotendo la testa. «A Charles l'ho detto subito dopo. Mi sentivo così in colpa che gliel'ho confessato subito e mi ha perdonata.

Ma fai quello che vuoi, Cordelia. Volevo solo proteggerti dall'orribile persona che è Garth, perdonami.»

Natalie si volta per andarsene.

«Stai mentendo per conto suo, lui si nasconde e tu menti per conto suo?» tuona Cordelia.

«No, ovvio che no.» dice Natalie scuotendo la testa. «Mi spiace Cordelia, mi spiace davvero.» e se ne va, lasciando Cordelia sprofondare nella propria miseria.

Vuole alzarsi e muoversi, vuole uscire dalla caffetteria con quel caldo soffocante e tutta quella gente che non ha nulla di cui preoccuparsi a parte il tipo di torta da ordinare. Le gambe, però, non le obbediscono. Sente il corpo pesante mentre la consapevolezza di chi è Garth e di ciò che ha fatto si deposita dentro di lei.

Il fragore e il chiacchiericcio della caffetteria svaniscono, lei cerca di trovare le parole per descrivere come si sente, anche solo per poterlo spiegare a sé stessa. Devastata? Sì, sembra così. Umiliata? Certo. Impaurita? Anche questo.

Lui l'ha tradita, lui l'ha usata per pagare le spese mentre inviava soldi a sua madre e ha perso dei soldi giocando d'azzardo, forse anche più delle migliaia di dollari che menzionava parlando del giocatore di football.

Cosa? Come è possibile tutto ciò? Come ho potuto lasciare che mi accadesse?

Lui sapeva che prima o poi la faccenda sarebbe venuta fuori ed è semplicemente scappato? Durante la ricerca all'interno dell'appartamento, non ha visto il passaporto di Garth. Si appoggia allo schienale della sedia e scuote la testa. Non ha visto il suo passaporto. Perché non l'ha cercato? Perché la polizia non ha chiesto dove fosse? Lo saprebbero se fosse salito su un aereo? È probabile. Le stesse domande che si è fatta per giorni e giorni continuano a ronzarle in testa: *Fuggirebbe da me, dal lavoro, da sua madre senza dire nulla? Con chi mi tradisce? Chi è lui? Chi è lui in realtà?*

Se lo immagina ora, su una spiaggia da qualche parte che guarda il blu perfetto dell'oceano mentre si rilassa sotto il sole cocente. È probabile che abbia un cocktail in mano e una bella donna accanto a lui, e forse si sta facendo beffe di Cordelia e della polizia.

Rabbia, furia, collera? Sì, anche queste parole funzionano.

Tira fuori il telefono dalla borsa con l'intento di chiamare sua madre. Natalie saprà che la madre di Cordelia lavora nello studio di Garth? Hanno mai scambiato qualche parola?

Sa che sua madre probabilmente è lì che aspetta solo di essere contattata dalla figlia, e così si rende conto di provare anche qualcos'altro. Gratitudine.

È grata di avere sua madre su cui contare, nonostante tutte le cose... bizzarre che lei ha fatto. Sua madre capirà tutti i sentimenti che prova perché, a prescindere che fosse vero o meno, Grace credeva che suo marito la tradisse. E Cordelia sa anche che se ora avesse la possibilità di uccidere Garth, lo farebbe. Lo farebbe di sicuro.

Decide di non chiamarla e di riporre il telefono nella borsa. Non è pronta a parlare con sua madre, non ancora. La vedrà stasera in ogni caso.

Riesce in qualche modo ad alzarsi ed esce dalla caffetteria, una folata di vento la colpisce dritta sul volto, facendola trasalire.

Inizia a camminare, cammina e basta mentre un turbinio di pensieri le affolla la testa. Cammina per due isolati, poi tre e poi quattro.

Si solleva il vento e lei inizia a sudare, sentendo le vesciche formarsi sui talloni perché indossa scarpe completamente inadatte alle lunghe camminate. Sarebbe meglio rientrare a casa, così si ferma, sente il corpo cedere lievemente mentre si guarda intorno per capire dove è finita.

Si trova proprio vicino al suo ufficio e non ha alcuna voglia di essere beccata in giro, anche se è sabato. Jacinta spesso va a lavorare durante il fine settimana e poi fa in modo che tutti lo sappiano mandando mail di sabato.

Voltandosi di scatto, Cordelia coglie con la coda dell'occhio un uomo con una giacca di pelle nera e si ferma, lo guarda e lui cambia all'improvviso direzione muovendosi nel verso opposto, come se lei l'avesse sorpreso a seguirla. L'ha solo immaginato? È lui l'uomo di cui parlava sua madre? L'ha seguita per tutto questo tempo? Vuole vederlo meglio in faccia, così allunga il passo per raggiungerlo, gli darà un colpetto sulla spalla e poi gli dirà che l'aveva scambiato per un'altra persona. Spostandosi rapida, cerca di raggiungerlo ma più lei va veloce, più lui accelera il passo. «Ehi.» lo chiama, cercando di ignorare i talloni che le bruciano da morire.

Il centro città è pieno di persone, molte delle quali si fermano per guardarla, lei però le ignora. L'uomo cammina veloce ora, sta quasi scappando da lei e anche Cordelia accelera.

«Ehi.» lo chiama di nuovo.

Lui prende una strada laterale che Cordelia sa essere senza uscita, perché al termine del vicolo c'è una caffetteria che si chiama proprio Caffetteria Fine della Strada.

«A-ha.» esclama trionfante. Ora lo raggiunge di sicuro.

Continua imperterrita e intravede ancora la giacca di pelle, anche se ora l'uomo sembra più basso. Corre verso di lui mentre si ferma vicino alla caffetteria e gli dà un colpetto sulla spalla.

«Ehi.» dice e l'uomo si volta. «Ehi. Ciao» dice. «Non parlo bene, grazie.» Ha una barba marrone ben curata e le sorride.

Cordelia si ferma e non riesce a fare altro che aprire e chiudere la bocca come una stupida.

È l'uomo sbagliato. Lui è più basso e più vecchio ed è abbastanza sicura che l'altro uomo non avesse la barba, anche se non è riuscita a vederlo bene. «Mi scusi.» dice e si ritrae guardandosi intorno. L'uomo con la giacca nera in pelle non c'è più.

È semplicemente scomparso, come se non fosse mai esistito. Se l'è immaginato?

Non sto impazzendo. Non sto impazzendo.

Cordelia tira fuori il telefono dalla tasca e chiama un Uber.

I talloni le bruciano moltissimo, è madida di sudore e il

trucco pesante che si era messa per incontrare Natalie le si sta incrostando sul viso.

Cammina lenta verso la strada principale per aspettare Jack, l'autista Uber che arriverà tra due minuti. Appoggiandosi al muro, chiude gli occhi e lascia che il corpo riposi. È esausta, davvero esausta e l'unica cosa sensata che può fare ora è dormirci su, per il resto della giornata.

Sua madre le farà visita stasera e forse saprà cosa fare.

Il telefono le vibra in mano e risponde alla chiamata, nel caso si trattasse dell'autista Uber.

«Sì?»

«Buongiorno Cordelia, è la detective Ashton che parla. Volevo solo essere sicura che lunedì si presenterà alla stazione di polizia.»

«No, non ho ancora un avvocato.» dice lei. «Non possiamo aspettare?»

«Temo che lei debba venire il prima possibile. Le do tempo fino a martedì per venire a sostenere un interrogatorio ufficiale.»

Cordelia sente lo stomaco rivoltarsi mentre percepisce il tono minaccioso nella voce della detective e si copre la bocca. Ha paura che vomiterà proprio qui per strada, davanti a tutte queste persone che si stanno godendo un sabato come tanti.

«Ok.» dice, togliendo la mano dalla bocca e terminando la chiamata senza aspettare una risposta da parte della detective.

Da adesso in poi, le cose non possono che peggiorare, se lo sente.

VENTI

GRACE

Avrei preferito vederla stamattina Cordelia. Devo mostrarle la foto sul profilo Instagram di Garth, devo chiederle se ha mai incontrato Kelsey, se sa qualcosa di Garth e della giovane donna.

Le ho mandato qualche messaggio oggi pomeriggio, chiedendole come stesse, ma non ha mai risposto, mi ha solo inviato un messaggio che diceva:

Per favore lasciami in pace per il resto della giornata. Ci vediamo stasera.

Alle 18.30 faccio il mio ingresso nel suo condominio, pronta per qualsiasi cosa abbia da dire, pronta a confrontarmi con lei su ciò che so e farmi finalmente rivelare tutto ciò che sa.

Non so se Cordelia abbia chiamato l'avvocato suggerito da Janine. Non so nulla. Ed è per questo che sento che la situazione mi sta sfuggendo di mano.

Ho con me del cibo tailandese d'asporto, ho scelto un mix di piatti vegetariani. So che Cordelia adora il curry di verdure con tofu, a me invece piacciono le verdure saltate con peperoncino e aglio. Ho aggiunto anche qualche porzione di verdure miste, così ha un po' di cibo pronto per il week end. So che non si sta nutrendo come dovrebbe.

Quando apre la porta d'ingresso, sembra così fragile, così affranta, che non riesco a evitare di trasalire per lo shock. Di sicuro stava piangendo.

«Oh tesoro mio.» dico, avvicinandomi a lei, ma si allontana dirigendosi verso la cucina, dove prende qualche piatto per il cibo che ho portato. Noto che la bottiglia mezza vuota di vino rosso è ancora sul ripiano e il desiderio di bere qualcosa è così forte che devo davvero aggrapparmi al piano di lavoro e stringerlo per qualche secondo.

«Tutto bene?» mi chiede.

«Sì, solo che... è dalla colazione che non tocco cibo e mi viene un po' di nausea quando non mangio.» dico.

«Io non ho proprio mangiato.» dice scuotendo la testa. «Che coppia che siamo.»

«Lo so.» concordo con una risatina e sono lieta di vedere un sorriso anche sul suo volto.

Ci serviamo prendendo il cibo dai contenitori, riempiendo al massimo i nostri piatti e portandoli sul tavolo in vetro della sala da pranzo, poi ci sediamo e mangiamo in silenzio per qualche minuto.

«Vuoi qualcosa da bere?» chiede Cordelia.

So cosa vorrei rispondere, ma so anche che è la risposta sbagliata. «Va bene quello che bevi tu.» dico e lei porta a tavola una bottiglia di acqua minerale e due bicchieri.

«Ho incontrato Natalie stamattina.» dice lei.

Smetto di mangiare per qualche secondo, l'ultimo boccone di broccoli si rifiuta di andare giù finché non lo accompagno con dell'acqua.

«Oh.» dico.

«Sì, e... mi ha detto alcune cose, solo...»

«Ti ascolto.» dico finendo il bicchiere d'acqua e versandomene ancora.

Mentre lei mi parla di Garth e Natalie che sono stati a letto insieme, io mi metto a giocare con il cibo che ho nel piatto spostandolo di qua e di là.

Cordelia mangia meccanicamente mentre mi racconta la storia entrando nei dettagli, compreso il fatto che Garth sta mandando soldi a sua madre e sta facendo pagare a Cordelia l'affitto e che lui l'ha chiamata la sua "piccola carta di credito", una frase che mi fa ribollire il sangue.

Quando ha svuotato il piatto, va in cucina per riempirlo di nuovo. Sono contenta che mangi, ma vedo che in realtà non ha più fame, sta solo cercando di riempire il vuoto creato dentro di lei dalla certezza che Garth l'ha tradita con Natalie, e che probabilmente è andato a letto anche con altre donne. Ricordo questa sensazione, lo sgomento, l'orrore, le domande. Io l'affogavo nell'alcol, spero che lei non ricorra mai a questa opzione.

«Questo è quanto. Pensavo che mi stesse tradendo e infatti era così, anzi è addirittura peggio di così, e ora è scomparso e la polizia pensa che io sia coinvolta in questa cosa e quella detective mi ha intimato di presentarmi da loro entro martedì e... io non... non so cosa fare ora.»

Rimaniamo in silenzio mentre lei mangia e io fatico a pensare a qualcosa da dire, a che cosa fare nel concreto per aiutarla.

«Ieri ho parlato a Natalie.» le dico ora, perché è importante che lo sappia.

«Cosa? Perché non me lo hai detto prima?»

«Volevo dirtelo, ovviamente, ma la maggior parte delle cose che mi ha raccontato sono le stesse che ha detto a te. Ovviamente non mi ha detto di essere stata a letto con lui, anche se le ho dato la possibilità di confessarlo. Ha solo continuato a dire che non era un bravo ragazzo.»

«Non so neppure quand'è che trova il tempo per tradirmi. È così preso dal lavoro e dal tentativo di diventare socio dello studio. Era così preso.» dice lei, cacciando indietro le lacrime.

«Penso che le persone trovino sempre il tempo per le cose che vogliono fare, soprattutto per le cose che sanno essere sbagliate e che tengono nascoste a chi gli sta intorno.»

«Ma lui mi ama... mi amava.» dice lei. «Pensavo mi amasse. Pensavo che non ci fossero segreti tra noi. Gli ho raccontato tutto della mia vita, di te, dell'incendio. Gli ho detto tutto. Perché mai lui avrebbe dovuto nascondermi qualcosa?»

«Penso...» dico, chiedendomi se sia il caso di tirar fuori la questione proprio ora, chiedendomi se sia il caso che lei lo sappia.

«Pensi?»

«Penso che sia andato a letto anche con una giovane donna di nome Kelsey – è tirocinante presso lo studio. Suo padre è uno dei soci. Ha solo diciannove anni.»

«Cosa? Come fai a saperlo?»

Le spiego di essere stata nell'ufficio di Garth e aver trovato l'orecchino e poi le mostro la foto su Instagram.

«Questo non prova nulla, era un evento di lavoro, era...» scuote la testa. «Non penso sia possibile. Garth non lo farebbe... non lo farebbe. No, non ci credo.» Si sporge in avanti e arraffa altro cibo, cacciandoselo in bocca, cacciando via l'idea di Garth insieme a una ragazzina e so che non è più il caso di calcare la mano sulla mia ipotesi.

Chiudo gli occhi, evocando Grace Enright, la donna di cui non ci si può prendere gioco, a cui non si può mentire, che non si può manipolare e ferire. Capisco la confusione e la disperazione di Cordelia.

«Non ho risposte, tesoro mio. Ma sono qui per aiutarti. Dimmi cosa vorresti fare.»

«Non lo so.» dice con un filo di voce, mentre ancora mastica. «Vorrei solo andarmene, solo prendere le mie cose e andarmene, ma sono invischiata in questa faccenda ora e sento che lui è scappato, ma non so perché c'è del fango sulla mia auto ed è stato trovato un coltello all'interno... è tutto così strano e tu dici che qualcuno mi sta seguendo e che ti ha anche parlato.»

«L'ha fatto,» dico «e sì, ti segue.»

Si appoggia allo schienale della sedia, mette le mani sulla pancia perché ovviamente l'abbuffata non le ha fatto bene. «Oggi pensavo che qualcuno mi stesse seguendo. Stavo camminando e poi mi sono voltata e pensavo di aver visto qualcuno, l'ho rincorso ma... si trattava solo di un tizio che non parlava nemmeno bene la lingua.»

«Devo mostrarti le foto che ho fatto a quell'uomo.» dico.

«Ma perché, e cosa c'entra con la scomparsa di Garth?» Si alza e porta in cucina i nostri piatti vuoti, li lascia sul ripiano e inizia a camminare avanti e indietro, passandosi le mani tra i capelli.

«Dobbiamo riflettere con calma sulla questione, Cordelia. Non dobbiamo farci prendere dal panico, dobbiamo solo riflettere.» Vorrei che interrompesse quella camminata furiosa. Mi fa venire la nausea.

Si ferma e mi guarda; il disprezzo le attraversa il volto come un lampo per poi sparire subito. «Non è da molto che sei uscita dalla clinica. Cosa sono... tre mesi?

E ora il mio fidanzato è scomparso e qualcuno mi segue e tu? Che cos'altro hai fatto, mamma? Hai rovinato la vita a qualcun altro?» sbotta. Ricordo questo aspetto di lei, cambia umore alla velocità della luce. L'ultima volta che l'ho vista però, era un'adolescente e si comportava come tale. Ora è adulta ma si comporta come se fosse ancora una ragazzina.

Alza le mani in segno di resa. «No, Cordelia, non ho creato scompiglio nella vita di nessuno.» dico, anche se penso a Melody, la ragazza che lavorava per Ava e voleva distruggerle la vita, e alle persone che saranno rimaste a piangere la sua morte.

E poi penso ad Ava che non sa nemmeno di essere mia

figlia. Ma Ava non mi avrebbe fatta seguire, anche se avesse sospettato che fossi in qualche modo coinvolta in ciò che è accaduto a Melody. E, in ogni caso, cos'ha a che fare con Cordelia tutto ciò? Ava non sapeva chi fossi davvero e Melody poteva aver scoperto che avevo una figlia, ma ormai Melody non c'è più.

«Andava tutto bene finché non sei uscita dalla clinica, sai – la mia vita andava bene.» grida, avvicinandosi con la furia che la rende paonazza in volto.

Anche la mia rabbia torna ad affiorare. «Sappiamo entrambe che non è così.» le urlo contro. «I tradimenti di Garth non hanno nulla a che vedere con me.»

«Magari sono diventata paranoica e l'ho indotto a farlo. Magari il fatto che tu sia uscita mi ha fatto... diventare pazza e lui...»

«Cordelia, smettila.» sentenzio. «Questa faccenda non ha nulla a che fare con me. Lui ti ha tradita con Natalie e forse con... altre. È chiaro che ha qualche problema nell'impegnarsi con una persona. Non ha niente a che fare con me e credimi quando ti dico che non ha nulla a che fare neppure con te.»

Scoppia in lacrime, le spalle sussultano mentre sprofonda nel divano. «Dove è?» singhiozza. «Perché mi ha lasciata? Cosa ho che non va?»

Le siedo accanto e la tengo stretta finché non si calma.

«Scusami.» dice. «È logico che questa storia non ha nulla a che fare con te, lo so. Stai solo cercando di aiutarmi.»

«È proprio così, e ti aiuterò. Te lo prometto. Hai chiamato l'avvocato?»

«No, non l'ho fatto...Non so, pensavo che forse sarebbe passato tutto.»

«Ok, allora questa è la prima cosa da fare.»

«Non posso ora, sono quasi le otto di sera ed è sabato. Di sicuro sarà con la sua famiglia o una cosa del genere.»

«Tu chiama e lascia un messaggio, così si farà risentire lunedì.»

«Ok.» concorda alzandosi e andando a prendere il telefono che aveva lasciato in camera da letto. Sento che fa la chiamata e poi sento che parla più a lungo di quanto mi aspettassi. La tentazione di mettermi davanti alla porta della sua camera e ascoltare ciò che dice è forte, ma mi tengo occupata sistemando e pulendo i ripiani della cucina. Una passata con la spugna e le macchie di salsa versata spariscono e il marmo bianco è di nuovo perfettamente pulito. Se solo fosse così facile aggiustare la vita. La mia mente divaga e penso al ceppo di coltelli con una fessura vuota, visualizzo le macchie rosso-ruggine sulla lama del coltello che il detective teneva in mano e mi sento rabbrividire al pensiero.

Dopo dieci minuti, Cordelia esce dalla stanza. «Ho un appuntamento con lui lunedì mattina alle 9. Mi ha risposto e addirittura si aspettava una mia chiamata. Mi ha anche detto di riferire alla polizia che lui è il mio avvocato se provano a mettersi in contatto con me e di non dire nient'altro se non in sua presenza.»

«Ok.» sospiro con sollievo. Ora si farà carico della faccenda una persona con più competenze di me. Spero che si assicuri che Cordelia non venga accusata di nulla. Finisco di pulire il ripiano della cucina odiando Garth con tutta me stessa per qualche minuto. Come ha potuto fare una cosa del genere a questa giovane donna?

Perché ha voluto ferirla in questo modo? Perché Robert mi ha ferita? Aveva mille motivi, ma nessuno di questi giustificava il modo in cui si è comportato. Tradire non è mai giustificabile.

Fottiti, Garth

«Bene,» dico mentre guardo la cucina pulita, «che ne dici di una tazza di tè?»

Cordelia annuisce e prende una vaschetta di gelato dal freezer. «Ne vuoi un po'?»

«No.» dico, scuotendo la testa. «Dobbiamo parlare dell'uomo che ti sta seguendo. Devi vedere le foto che ho fatto.»

«Ok.» dice, sedendosi e guardando il mio telefono aperto sulla galleria delle immagini. Rimane in silenzio mentre faccio scorrere tutte le foto che ho fatto.

Quando ho finito, mi guarda e poi scuote la testa.

«Chi è quello, mamma?» chiede.

«Lo chiedo a te. È l'uomo che ti segue da tempo. È l'uomo che mi ha parlato di qualcosa che avresti dovuto fare. Non sai chi è? Non lo riconosci proprio?»

Cordelia sospira e per un attimo mi sento come una bambina che sta infastidendo il proprio genitore. «Quello è un tizio qualunque, mamma. Non so chi sia. Non mi sta seguendo. È solo qualcuno a cui hai scattato delle foto per strada.» Mentre parla mi guarda, nei suoi occhi non c'è rabbia, ma qualcos'altro. Mi ci vuole qualche istante per rendermi conto di cosa si tratta. È pietà, compassione. Mia figlia è dispiaciuta per me. Pensa che me lo sia inventata, che si tratti solo di qualche strana fantasia.

«Non è nessuno, mamma.» ripete. «Non c'è nessuno che mi segue.

E non penso che qualcuno ti abbia realmente detto quelle cose. Credo che tu pensi che l'abbia fatto ma...» scuote di nuovo la testa.

È allora che mi rendo conto che la mia bambina, mia figlia, questa giovane donna che dovrebbe conoscermi meglio di chiunque altro, pensa che sono pazza. Pensa davvero che sono pazza.

VENTUNO
CORDELIA

Si sente come Alice nel Paese delle Meraviglie, come se fosse caduta attraverso lo specchio in un'altra dimensione o fosse tornata nel passato, quando sua madre passava le sere a bere e a farfugliare cose su presunte tresche. Sembra così normale, così in forma. Com'è che si è messa a fare foto di un tizio qualunque per strada e si è inventata tutta questa storia? E anche la faccenda di Garth e la giovane tirocinante sarà falsa. Garth ha trentatré anni e la ragazza diciannove. Qualsiasi cosa abbia fatto, non è possibile che sia andato a letto con una donna così giovane.

«Forse Garth è semplicemente scappato.» lancia questa ipotesi nella speranza che sua madre analizzi la situazione con uno sguardo lucido, anziché inventarsi cose.

«Se fosse così, perché la polizia investiga su di te?

Perché c'era un coltello macchiato di sangue nella tua auto?» chiede sua madre, e Cordelia coglie un'espressione sul suo volto che però scompare subito.

Sua madre non si fida di lei. Pensa che le stia nascondendo qualcosa.

Ed eccole lì sedute madre e figlia, entrambe convinte che l'altra stia mentendo o sia pazza.

Cordelia chiude gli occhi. Le sembra che lei e sua madre abbiano discusso della faccenda per ore e ore, ma in realtà quando guarda il telefono vede che sono da poco passate le 21. Lo scorso sabato, a quest'ora era con Garth. Sorseggiavano dei cocktail in un baretto prima di cenare al loro ristorante preferito.

«Ma è molto caro,» aveva detto a Garth quando lui le aveva annunciato di aver prenotato lì, «non lo teniamo per le occasioni speciali?»

«Penso che ogni giorno sia speciale.» le aveva detto dandole un bacio. Anche se lei l'aveva accusato di tradirla e non riusciva ad abbandonare questa idea, stava comunque cercando di fare in modo che le cose funzionassero e lui anche. E ora ricorda di aver pensato che forse, a modo suo, stava cercando di farsi perdonare.

Voleva discuterne con lui, ma poi aveva deciso di godersi una serata fuori senza pensieri. Continuava comunque a farsi domande rispetto a ciò che sapeva o non sapeva con certezza.

Al ristorante ordinarono entrambi i gamberi come piatto principale e poi presero una bottiglia di vino da condividere. Cordelia si era già concessa un cocktail e di rado beveva più di così, ma si sentiva poco sicura di sé, della propria relazione, del proprio futuro e così bevve anche due bicchieri di vino. Quando arrivò il conto, era molto più che brilla e non si rese conto che la carta di Garth era stata rifiutata e aveva dovuto usarne un'altra. L'aveva realizzato solo il mattino seguente.

«È stato strepitoso.» disse lui mentre uscivano dal ristorante e la sorreggeva, tenendola sottobraccio.

«Grazie per la cena, gentile signore.» disse con un risolino e lui rise con lei.

«Ti amo, Cordy, ricordatelo. So che alcune cose ti turbano, ma io ti amo. Ti puoi fidare di me, davvero.»

Queste parole se le ricorda benissimo.

Ma stavi mentendo. Hai sempre mentito? Mi hai mentito dal momento in cui ci siamo conosciuti?

Lo scorso sabato sera sapeva già cosa gli sarebbe successo o ciò che avrebbe avuto intenzione di fare? Doveva saperlo per forza. Era un'ultima cena, ecco cos'era. Vorrebbe accasciarsi e piangere, ma si rende conto che sua madre la sta guardando.

«Sto dicendo la verità, Cordelia.» dice sua madre.

«So che pensi che sia così, mamma.» dice Cordelia con dolcezza.

Stai attenta, Cordelia sente questa frase risuonarle nella testa e si tocca il petto. Qualcuno le aveva rivolto la parola, proprio fuori dal posto in cui lavora. Le aveva detto di stare attenta. Sapeva il suo nome. Chi era?

È probabile che si trattasse solo di qualcuno dell'ufficio che lei non era riuscita a identificare. In realtà non c'è nessuno che la segue. È un'ipotesi assurda.

Cordelia guarda sua madre che osserva le luci della città, fuori dalla finestra.

Chi sei? Chi sei ora? Pensa, ma non ha idea di come porre queste domande. Ha bisogno che sua madre l'aiuti, ma potrà veramente esserle d'aiuto? O sua madre è qui solo per peggiorare le cose?

VENTIDUE

GRACE

«Penso sia il caso di chiudere qui la serata.» dice Cordelia e so che vuole che me ne vada, ma penso ancora che si possa trovare una soluzione, che se ci fidassimo l'una dell'altra, potremmo capire cosa sta accadendo.

«Magari sua madre sa qualcosa.» dico.

«Se sapesse qualcosa l'avrebbe riferito alla polizia.»

Cordelia sospira e scuote la testa.

«Sappiamo che ha spedito a sua madre molti soldi e che forse è entrato nel giro delle scommesse nella speranza di incrementare quel denaro.»

«E sappiamo che ora è scomparso,» aggiunge Cordelia, «ma sapere tutte queste cose non ci è d'aiuto.»

«Secondo te sua madre potrebbe dirci l'esatta cifra che le ha mandato? È possibile che abbia chiesto in prestito del denaro alle persone sbagliate?» le chiedo anche se non credo sia così. Di sicuro Garth non è così stupido.

«Potrei chiamarla.» dice Cordelia e nella sua voce percepisco una certa speranza all'idea che anche Evangeline potrebbe nascondere qualche segreto, segreti che potrebbero aiutarci a ritrovare Garth e liberare mia figlia da tutta questa situazione terrificante.

«Magari è al corrente di qualcosa e lo sta nascondendo a noi e anche alla polizia. Magari sa dove si trova Garth.» Improvvisamente sembra entusiasta, come se avesse la soluzione in tasca, e prima che possa dirle che le cose non stanno così o lo sapremmo, lei sta già chiamando Evangeline. Cordelia tocca lo schermo mettendo la chiamata in vivavoce, in modo che io possa ascoltare la conversazione.

«Cordelia.» risponde la donna, la voce che rimbomba nella stanza, tagliente e fredda.

«Ciao Evangeline, io volevo solo... sto cercando di capire dove può essere Garth e so che ti ha mandato dei soldi per sistemare le tubature e forse il tetto e io volevo... Sai dove ha trovato quei soldi, perché in realtà non guadagna abbastanza da...»

La voce di Cordelia sfuma nel silenzio e riesco a percepire che si sta pentendo di aver chiamato la madre di Garth. Si morde il labbro mentre aspetta che la donna risponda.

«Ciò che mio figlio ha fatto per me o per la nostra casa non è affar tuo.» dice con disprezzo la donna. «Mio figlio è un bravo ragazzo, un uomo buono e qualsiasi cosa abbia fatto, l'ha fatta per salvare la nostra casa di famiglia. E ciò non ti riguarda nel modo più assoluto.

Tu hai il tuo piccolo fondo fiduciario, ma Garth deve lavorare per guadagnare i suoi soldi. Non sai niente di quello che abbiamo passato come famiglia, niente.»

«Evangeline, sto solo cercando di capire cosa gli è successo.» dice Cordelia e la sua voce è così intrisa di tristezza che non posso fare a meno di posarle una mano sulla spalla, cercando di offrirle un po' di conforto, ma lei se la scrolla di dosso.

«Io so cosa gli è successo e anche tu, Cordelia Morton.» ringhia Evangeline. «Hai fatto qualcosa a mio figlio e pagherai per questo. So quello che la polizia ha trovato nella tua auto.

Dov'è mio figlio, Cordelia? Non la passerai liscia, sai. La polizia ti incastrerà.»

«Non gli ho fatto niente.» protesta Cordelia. «Lo amo quanto lo ami tu e voglio solo che torni a casa sano e salvo.»

«Amore!» strilla Evangeline. «Tu non sai cosa è l'amore.

Sei stata cresciuta da una criminale. Non hai idea del significato della parola "amare" e non hai mai amato abbastanza mio figlio, non l'hai mai supportato abbastanza. Non permetterti di parlarmi di amore.»

Apro la bocca per dire qualcosa ma Cordelia scuote la testa guardandomi. È chiaro che non vuole far sapere alla donna che sono qui.

«Evangeline, se sai qualcosa me lo devi dire subito.» dice Cordelia.

«Non ti dirò niente, niente.» ringhia Evangeline. «E tu pagherai per ciò che è successo a mio figlio, pagherai con la vita, puoi starne certa.» Termina la chiamata, Cordelia e io rimaniamo a fissarci l'una con l'altra, più confuse che mai.

«L'uomo che ti sta seguendo...» non finisco la frase perché non serve a nulla. Ha visto le foto e comunque non si fida di me. Mia figlia non si fida di me. E io non la biasimo. Non posso biasimarla.

«Forse è meglio che me ne vada ora.» dico e Cordelia annuisce.

«Sì.» dice. «Forse è meglio.»

VENTITRÉ

CORDELIA

Giace immobile a letto, sperando che il sonno in qualche modo arrivi e si impossessi di lei. L'appartamento è un disastro con tutti i cassetti rovesciati e roba ovunque.

Eppure, non ha trovato nulla che possa aiutarla a capire dove sia Garth.

Cordelia chiude gli occhi e scuote la testa. Si sente completamente sola. Non avrebbe mai voluto tornare a fidarsi di sua madre e ora deve per forza farlo, perché non ha nessun altro. Mentre il corpo finalmente si arrende al sonno, si chiede se si sentirà mai di nuovo al sicuro o se è condannata a vivere questo ciclo infinito di costruzione e distruzione della propria serenità.

E se davvero è la sua condanna, di chi è la colpa? Perché non può essere solo di sua madre. Forse è tutta colpa sua in realtà. È colpa sua aver scelto un uomo come Garth perché desiderava, con tutta sé stessa, stare con qualcuno che la capisse. Ma Garth la capiva davvero o era solo alla ricerca di un'opportunità da sfruttare?

È possibile, ma non è certo qualcosa a cui vuole credere. In ogni caso non sa proprio a cosa credere ormai. Non lo sa, non lo sa proprio.

Domenica

Mi sveglio il mattino dopo e cerco di capire cosa posso fare per essere d'aiuto a mia figlia.

Mi rimangono due giorni di lavoro presso lo studio, poi l'assistente amministrativa di ruolo tornerà dalle vacanze. Avrei voluto avere più tempo per poter passare in rassegna l'ufficio di Garth. Sono sicura che là avrei trovato qualcosa, qualcosa di tangibile che Cordelia avrebbe potuto portare alla polizia. La polizia ha ispezionato l'appartamento e non ha trovato nulla, se non il telefono di Garth, ha ispezionato anche l'auto di Cordelia trovando il coltello.

Avranno cercato anche nel suo ufficio? Non penso che una squadra di avvocati l'avrebbe permesso in assenza di un mandato di perquisizione.

Devo entrare nel suo ufficio quando non c'è troppa gente in giro. È domenica, ma so che molti avvocati lavorano il fine settimana. Lo studio sarà aperto.

Con determinazione, getto via le coperte e mi infilo sotto la doccia. Intanto mi preparo una buona scusa nel caso qualcuno dovesse chiedermi perché sono lì durante il week end.

Credo di aver fatto un errore in una delle schede con gli orari, mi sembra quasi di sentirmi mentre pronuncio queste parole, *e so che non riuscirò a rilassarmi finché non faccio un controllo.* È abbastanza? Qualcuno si insospettirà?

Credo di no. Le persone, in genere, si muovono nel mondo chiusi in una splendida bolla protettiva, credono di essere brave persone a cui capiteranno solo cose belle, per questo raramente sospettano che qualcuno compia qualcosa di malvagio, figuriamoci un'insignificante assistente amministrativa. Mi crederanno sicuramente, che motivo avrei di mentire?

Da ragazza in quel tipo di bolla non ci sono mai stata, ma dopo aver incontrato e sposato Robert e dopo che la mia azienda crebbe e cominciai ad avere successo, penso di aver formato anch'io quella bolla attorno a me.

Quando poi scoppiò e la mia vita intera venne stravolta, una delle promesse che mi feci era che non avrei mai più permesso a me stessa di abbassare la guardia. Avrei sempre sospettato di chiunque intorno a me. Ciò mi rende diversa dalla maggioranza delle persone, forse peggiore, ma ora come ora rappresenta un vantaggio.

Attraversando il centro in Uber arrivo all'ufficio di Garth in un attimo, perché la domenica c'è molto meno traffico. È una giornata piacevole, in effetti. Il sole splende e l'aria è calda come se a Melbourne fosse tornata l'estate.

Le porte dello studio dove lavora Garth si aprono, per fortuna. Ovviamente al settimo piano la reception è incustodita e nella maggior parte degli uffici regna l'oscurità, solo dall'ufficio di Max Blum proviene una luce.

All'inizio non so se andare a salutarlo o se cercare di sgattaiolare nell'ufficio di Garth cercando di non farmi vedere.

Opto per la seconda alternativa, ma mentre cammino lungo il corridoio la porta di Max si apre e lui esce.

«Grace?» dice lui.

«Sì, buongiorno.» rispondo, e gli propino la scusa che mi ero preparata. Non ascolta quasi la mia spiegazione, è evidente che ha qualcos'altro per la testa.

«Come mai lavori durante il fine settimana?» gli domando prima che possa chiedermi altro.

«Beh,» dice con un'alzata di spalle, «ci manca un uomo e siamo molto indietro, quindi ero costretto a venire. Mia moglie ovviamente è nera di rabbia, ma non potevo fare altrimenti.»

«Hai qualche novità su... Garth, si chiama così, no?» chiedo con tono volutamente esitante, così che lui pensi che sto cercando di ricordarmi il nome dell'avvocato scomparso. Dopo tutto non è qualcosa che mi deve riguardare.

«Eh no.» dice con un'altra alzata di spalle. «Vado a prendermi un caffè nella speranza che mi aiuti ad andare avanti. Posso portarti qualcosa?»

«Oh no, grazie. Starò solo qualche minuto. Spero che per te sia una giornata produttiva.»

Scuote la testa. «Produttiva per quanto possa esserlo una domenica.» dice lui dirigendosi verso l'ascensore.

Do un'occhiata intorno, ma non mi pare che ci sia qualcun altro. So che devo fare in fretta.

Sfreccio nell'ufficio di Garth, uso la torcia del telefono per illuminare l'ambiente, in modo che Max non veda luci accese quando torna. Poi inizio a ispezionare la scrivania, un cassetto alla volta. Parto con il cassetto in fondo, togliendolo del tutto e cercando lì sotto, visto che mi ricordo di aver trovato proprio lì la lettera di Tamara a Robert che confermava ciò che avevo sempre saputo, ovvero che la mia assistente e mio marito avevano una tresca.

Non c'è niente, così continuo con i cassetti successivi, ma

non trovo nulla di diverso dalla cancelleria e dagli appunti sui vari casi.

Sfoglio il quaderno sulla sua scrivania ma le restanti pagine sono vuote, poi controllo la libreria a muro, colma di volumi di giurisprudenza. Non sembra che ci sia nulla di utile là dentro, ma devo esserne sicura. Inizio a spostare i libri, tirandone fuori uno e poi spingendo avanti e indietro gli altri, così da poter vedere dietro.

Sento il "ding" dell'ascensore che si apre e inizio a sudare freddo per il panico. Non posso essere beccata qui.

Poi sento delle voci.

«Dannazione, è proprio ingiusto da parte sua,» dice una donna che riconosco essere Natalie, «questo è l'ultimo posto dove vorrei essere, ma è svanito nel nulla così all'improvviso e tutti quanti devono fare il doppio del lavoro.»

«Lascia stare, Natalie.» sento che risponde Max. «Sono stanco di parlare di quella testa di cazzo, finiamo il lavoro e torniamocene a casa.»

Rimango immobile con il cuore che batte all'impazzata.

«Vado a vedere se ha quel documento nel suo schedario.» sento che dice Natalie e le gambe quasi mi cedono. Se mi becca qui, non c'è modo che io possa cavarmela.

«Ce l'ho già qui.» dice Max e grazie al cielo, Natalie non entra nell'ufficio. Non ci vorrà molto prima che mi becchino e mi sposto dalla libreria allo schedario, passando in rassegna i documenti il più silenziosamente possibile.

Quando arrivo all'ultimo cassetto, ho perso ogni speranza. Non credo che troverò qualcosa e ora è meglio che esca da qui il prima possibile. Devo andare nel mio ufficio, accendere il computer e rimanere seduta lì, così potrò dire a Max, e ora anche a Natalie, che ho risolto il problema.

Faccio scorrere la mano lungo il cassetto e tasto qualcosa, una busta, che tiro fuori e guardo.

Il nome *Cordelia Morton* campeggia sul davanti insieme

all'indirizzo del loro appartamento. È una busta imbottita e, tastandola, sento che c'è dentro qualcosa di piccolo e duro. La busta è sigillata e non ho il tempo di guardarla bene.

Richiudo piano il cassetto e infilo la busta nella borsa, poi rimango incollata alla porta dell'ufficio, aprendola con una lentezza straziante, mentre controllo il corridoio.

Non c'è nessuno e mi precipito fuori, chiudendo piano la porta e dirigendomi più veloce che posso verso il mio ufficio. Sono madida di sudore e indossare la parrucca non è d'aiuto; sento il trucco che cola, ma riesco a raggiungere il mio ufficio, mi siedo dietro la scrivania e schiaccio il tasto di accensione del computer.

Tiro fuori il foglio orario del venerdì e lo scruto. Non ci sono errori, ma d'altra parte io non commetto errori.

«Oh Grace.» dice Natalie e faccio un salto, colpendo la borsa che si rovescia, la busta fuoriesce atterrando sul tappeto.

Con gli occhi pieni di orrore la guardo, è girata al contrario per fortuna e non ci son scritte sul retro.

«Scusami,» dice lei. «ti ho spaventata.»

«Ero solo concentrata.» dico con un sorrisino, mentre mi piego per riporre tutto quanto nella borsa. «Stavo per andarmene.»

«Oh.» dice lei con fare deluso. «Stavo per chiederti se saresti così gentile da fare qualche fotocopia per noi. So che è il fine settimana ma...»

«Con piacere.» dico. «Sono qui per dare una mano.»

Mi alzo, lei mi consegna la spessa pila di fogli che ha in mano e se ne va. Metto la borsa a tracolla, mi dirigo verso la sala fotocopie e faccio quanto mi è stato richiesto, con la sensazione che la busta si stia come surriscaldando all'interno della borsa.

Ci vogliono venti minuti e quando ho finito porto i fogli nell'ufficio di Max.

«Occorre qualcos'altro?» chiedo e Natalie sta per aprire bocca per chiedermi di fare altro lavoro, ma Max vede che ho con me la borsa e scuote la testa. «No, Grace, grazie molte. Spero che non ti ci sia voluto troppo tempo.»

«No, affatto. Esco a pranzo con un'amica in centro, quindi avevo tutto il tempo.» Voglio essere sicura che non mi facciano altre richieste.

«Grazie, è stato gentile da parte tua, buon pranzo.» dice e io annuisco e sorrido chiudendo la porta, prima che Natalie abbia la possibilità di dire altro.

Una volta in ascensore, scrivo a Cordelia.

Ho trovato qualcosa.

Risponde subito.

Cosa?

È una busta imbottita ma è indirizzata a te.

Stai venendo qui ora?

Sì.

Domenica

Sta pulendo le finestre in salotto quando suona il citofono, avvisandola dell'arrivo di sua madre. Sono ore che è in piedi a pulire, non era riuscita a rimanere sdraiata a letto mentre metteva in discussione tutto ciò che Garth le aveva detto, ogni ricordo della loro relazione, ogni momento bello o brutto che fosse. Che cosa era vero? Che cosa era, invece, una menzogna? Che cosa dirà alla polizia? Cosa avranno scoperto del coltello? Mentre puliva ha passato in rassegna tutta la cucina, svuotando i cassetti degli utensili e controllando tutto con attenzione. Il coltello che la polizia ha trovato proviene davvero dal suo ceppo di coltelli. Ed è stata lei l'ultima persona ad averlo usato, ne è sicura. Perlopiù è lei che cucina quando mangiano a casa.

Lasciando cadere lo straccio, si affretta a far entrare sua madre e apre la porta d'ingresso, aspettandola mentre sale in ascensore.

È sudata per tutto il lavoro fatto, indossa una vecchia maglietta nera che apparteneva a Garth, un paio di pantaloni della tuta e dei calzini. I capelli sono raccolti in una coda e non si è nemmeno preoccupata di spazzolarli stamattina.

Quando sua madre compare, Cordelia si rende conto che anche lei ha avuto una mattinata difficile. I capelli ramati di solito in ordine, oggi invece sono scompigliati, con ciocche che escono dallo chignon e anche lei sembra essere accaldata e a disagio.

«Questa mattina sono stata nel suo ufficio. Sapevo che era necessario esaminarlo di nuovo.» esordisce lei prima che Cordelia possa dire qualcosa.

«Ma la polizia non aveva già fatto un'ispezione lì dentro?»

«Credo di no. Cioè avrebbero dovuto avere un mandato e per ora mi pare che si siano concentrati su di te.» dice lei e Cordelia annuisce.

«Ho bisogno di un po' d'acqua.» dice sua madre e va in cucina, dove si scola due bicchieri uno dopo l'altro.

«Sediamoci e raccontami cosa hai trovato.» dice Cordelia e siedono sul divano bianco in pelle, una accanto all'altra.

Sua madre estrae una piccola busta imbottita e la porge a Cordelia.

«Non l'hai aperta?» chiede mentre la scruta e sua madre scuote la testa.

«Io... pensavo di lasciar fare a te. Vuoi che rimanga qui?»

«Certo.» dice Cordelia. Non può farlo da sola. Il cuore le batte forte nel petto, mentre fa scorrere le dita sul proprio nome scritto sopra la busta: è la calligrafia di Garth. Strappa l'estremità della busta e la rovescia. Ne esce un piccolo cellulare nero insieme a un pezzetto di carta con una frase stampata sopra:

SE CHIAMI LA POLIZIA, GARTH MUORE.

«Oh.» sussulta Cordelia.

Non c'è nient'altro nella busta.

Cordelia raccoglie il telefono e schiaccia il pulsante a lato senza però aspettarsi che si accenda; invece, lo schermo si illumina con la batteria al cinquantacinque percento.

Si tratta di un telefono un po' datato, ma pur sempre uno smartphone, così fa scorrere il dito sullo schermo, aspettandosi che sia bloccato; invece, compaiono tutte le solite app che al giorno d'oggi tutti i telefoni hanno.

Ci sono anche le notifiche di cinque messaggi. Cordelia scuote la testa mentre lei e sua madre fissano il telefono in silenzio.

«Sicura che vuoi che rimanga qui?» chiede sua madre.

«Sono...» Cordelia non sa proprio cosa dire. Forse questi messaggi sono privati e non vorrebbe che sua madre li vedesse, ma perché sono su questo telefono invece di essere stati mandati direttamente a lei? «Rimani, sì. È tutto così strano, ho bisogno che tu stia qui.» dice lei.

Sua madre annuisce e Cordelia apre l'app dei messaggi, tenendo il telefono vicino a sua madre, così che entrambe possano leggere cosa c'è scritto.

Il primo messaggio è di martedì scorso, il primo giorno in cui aveva iniziato a preoccuparsi per Garth perché non era proprio tornato a casa e non aveva mandato messaggi.

Ciao Cordy,

Ti scrivo da un nuovo telefono, quindi non riconoscerai il numero. Ho lasciato il mio telefono a casa perché sto attraversando un momento delicato. Voglio che tu sappia che ti amo Cordy, ti amo davvero ma ho fatto alcuni errori importanti, errori davvero giganteschi.
Ho un problema. Ho fatto qualcosa, qualcosa di orribile, qualcosa di stupido. Ho preso in prestito dei soldi per aiutare mia mamma. Era solo per aiutarla, te lo giuro.
Hai visto la casa della mia famiglia e sai quanto aveva bisogno di essere sistemata. Non potevo dirle di venderla

*e basta, non potevo, non dopo che l'ho lasciata da sola nel
Regno Unito. C'è mia sorella là, è vero, ma loro non sono
in buoni rapporti e lei non chiederebbe mai aiuto a mia
sorella. Prima che morisse, promisi a mio padre che mi
sarei preso cura di lei e non potevo lasciarla lì a soffrire.
La banca non mi prestava i soldi perché sono in
Australia da troppo poco tempo e non ho beni, i soldi che
guadagno vanno nell'affitto e... Non sapevo proprio cosa
fare o come aiutarla, così ho preso in prestito dei soldi da
alcune persone che ora li rivogliono indietro.
Persone che non sono brave persone. So che non hai
ancora accesso al tuo fondo fiduciario e che mi avresti
aiutato se lo avessi avuto a disposizione. Queste persone,
però, vogliono i loro soldi ora, li vogliono adesso o mi
faranno del male.
Per favore non essere arrabbiata con mia madre. Aveva
bisogno dei soldi.
Quella vecchia casa sta cadendo a pezzi, come sai, ma lei
sarebbe stata devastata all'idea di doverla vendere, dato
che è la casa della nostra famiglia da generazioni. Avevo
sperato che un giorno tu e io avremmo cresciuto i nostri
figli laggiù.*

«Oh.» dice Cordelia, un nodo in gola mentre legge queste
parole. Si alza di scatto con il telefono in mano e prende un
fazzoletto.

«Sei sicura che vuoi che lo legga?» chiede sua madre e
Cordelia annuisce.

Si impone di tornare con gli occhi sul telefono e si rimette a
leggere.

*Devo a queste persone tre milioni di dollari. Non so cosa
mi è preso. Ho rovinato tutto e mi dispiace tanto,
davvero.*

*Devo restituire questi soldi, Cordy, o potrei rimetterci la
vita. Ho dovuto darmi alla fuga per salvarmi.
So che ti sto per chiedere qualcosa di così enorme che
potresti non essere in grado di farlo, ma devi chiedere a
tua madre dei soldi per estinguere questo debito. Lei li
ha, ne sono certo. So che non vuoi più parlarle, ma solo
tu mi puoi aiutare, Cordy.
Se non restituisco i soldi, mi uccideranno. Ne sono certo.
Ti amo, sappi che ti amo.
Ti scrivo di nuovo domani, così avrai avuto il tempo per
rifletterci. Ti penso ogni minuto del giorno e tutto ciò che
voglio è tornare da te e alle nostre vite. Se puoi fare
questa cosa, se tu e tua madre potete fare questa cosa per
me, passerò il resto della mia vita a farmi perdonare da te
e a sdebitarmi con lei. Te lo prometto.*

Cordelia appoggia il telefono sul tavolino e si copre gli occhi
colpita da un feroce mal di testa.

«Non ce la faccio.» dice e sente la mano di sua madre
appoggiarsi lieve sulla spalla.

«Ce la fai.» dice lei con dolcezza. «Dobbiamo leggerli tutti,
così sappiamo cosa è accaduto.»

Cordelia riprende in mano il telefono e con un bel respiro,
scorre fino al messaggio successivo che era stato inviato
mercoledì.

*Non hai risposto e va bene. Immagino tu sia sconvolta. Io
lo sarei al tuo posto. Nessuno sa di questa faccenda a
parte te, Cordy, nessuno. Ho dovuto allontanarmi da
tutti, anche da mia madre. Sto cercando di trovare un
modo per risolvere la situazione, ma non c'è nulla che io
possa fare se non sperare che tu riesca a trovare in fondo
al cuore la forza di perdonarmi per quello che ho fatto e
aiutarmi. So che questo significa anche che dovrai perdo-*

*nare tua madre, una cosa che non avresti mai voluto fare
e so che ti sto mettendo in una posizione difficile chie-
dendoti di parlare con lei. Nelle ultime settimane mi hai
accusato di tradirti quando ti dicevo che stavo lavorando
e mi hai detto che sembravo distante, ma non ti ho mai
tradita, te lo giuro. Avevo solo paura per la mia vita.
Cercavo di capire come mettere insieme abbastanza
denaro per poter pagare il mio debito. Ho persino provato
a giocare d'azzardo. Ma non c'è alcuna possibilità che io
riesca a raccogliere i soldi che mi servono, proprio
nessuna possibilità. Non ho beni al momento, solo una
casa nel Regno Unito che sta cadendo a pezzi e che
comunque appartiene a mia madre. Spero che risponde-
rai. Ti prego fammi sapere se mi puoi aiutare. Voglio
tornare a casa da te più di qualunque altra cosa.*

«Dunque mente persino quando mi sta supplicando di
aiutarlo.» dice Cordelia.

«Non capisco. Perché mai non ha mandato i messaggi direttamente al mio numero? Perché usare questo telefono e se
doveva venirmi recapitato, perché non è accaduto?»

«Non lo so.» dice sua madre con un'alzata di spalle.

Cordelia scorre fino al messaggio successivo, inviato giovedì.

*Per favore, rispondimi. Per favore. Non posso stare
ancora a lungo dove sono ora. Mi stanno cercando. Mi
troveranno presto. Per favore rispondimi. Mi puoi
aiutare?*

A Cordelia viene da vomitare. Il tono dei messaggi sembra
disperato. E se avesse ricevuto il telefono, gli avrebbe risposto,
avrebbe cercato di aiutarlo e anche ora che ci riflette, sa che alla
fine avrebbe contattato sua madre chiedendole i soldi. Ma
adesso che sa che lui l'ha tradita con Natalie ed è probabile che

la stia tradendo anche con qualcun'altra, non è più così sicura. È tutto quanto una menzogna?

«Leggiamoli tutti e poi parliamo.» dice sua madre a bassa voce e Cordelia scorre verso il basso.

Venerdì Garth aveva scritto:

Non posso credere che tu non abbia risposto. Devo spostarmi di nuovo. Mi hanno trovato. Per favore, Cordy, ti supplico.

Il messaggio successivo è di ieri.

Cordy, mi hanno preso... mi hanno trovato. Mi hanno dato due giorni. Non voglio morire. Ti supplico. Non voglio morire.

«L'ultimo messaggio è di oggi?» chiede sua madre.

«No.» dice Cordelia, con un sussurro, non riuscendo quasi a parlare. «È di ieri.»

«Devo... bere qualcosa.» dice sua madre, alzandosi e dirigendosi in cucina. Cordelia la segue con il telefono in mano, guarda sua madre mentre riempie il bollitore. «Dev'essere dura non poter bere alcol,» dice lei, «specialmente ora.»

Sua madre con un'alzata di spalle risponde, «ci saranno sempre cose difficili nella vita. Devo essere in grado di affrontarle. So che ora ti sembra impossibile, ma ce la faremo.»

Cordelia ha di nuovo quella sensazione di distacco dal proprio corpo, come se guardasse dall'alto ciò che sta accadendo. Riesce a vedere i suoi capelli biondi scompigliati e la maglietta sudata e vede anche il telefono stretto così forte tra le mani che quasi sembra spezzarsi in due.

Il telefono è l'unico legame con Garth.

«Non voglio che muoia.» dice, le parole escono di getto, un dolore disperato nel cuore. «So quello che ha fatto, ma non voglio che muoia.» dice con voce rotta e si sente come se il corpo si frantumasse a terra mentre all'improvviso le lacrime iniziano a scorrere come un fiume in piena.

Se lo immagina solo e spaventato che si nasconde da qualche parte, aspettando una sua risposta, poi le pare di vedere un uomo senza volto irrompere in una stanza e afferrarlo, ferirlo e minacciarlo di morte.

È quello l'uomo che la stava seguendo? Sua madre ha davvero ragione? C'è un uomo che vuole dei soldi da Cordelia in cambio della vita di Garth? L'uomo a cui sua madre ha scattato le foto lavora per le persone a cui Garth deve dei soldi?

Loro saranno al corrente del fatto che Garth stava mandando questi messaggi, che sarebbe stato sufficiente che Cordelia rispondesse e parlasse con sua madre e poi il denaro sarebbe stato restituito. È un caos totale. Aveva immaginato che potesse esserci un debito, aveva pensato che nella peggiore delle ipotesi si trattasse di un centinaio di migliaia di dollari – ma tre milioni? È molto più del suo intero fondo fiduciario.

È una cifra impossibile anche solo da immaginare. Perché mai avrebbe dovuto prendere in prestito così tanti soldi? A Evangeline ne servivano davvero così tanti?

Riesce a percepire sua madre accanto a lei, sente il suo abbraccio che la sostiene mentre piange. Quando non ci sono più lacrime, Cordelia si alza e recupera un fazzoletto. È così stanca di piangere, di sentirsi impotente, di non sapere cosa fare.

«Che cosa gli dico?» chiede a sua madre. «Cosa rispondo?»

Anche sua madre si alza e torna in cucina per prendere il caffè. «Non ne ho idea. Se io non avessi trovato questo telefono, non avresti mai saputo ciò che è successo. Perché era nel suo ufficio?

Perché non ti è stato fatto recapitare se Garth voleva usarlo per comunicare con te? È tutto così strano. Chiunque ti stia mandando i messaggi dice di essere Garth, ma è davvero così?»

«Pensi che potrebbe essere qualcun altro?» chiede Cordelia.

«Credi che si tratti di una sorta di truffa?» E se fosse così... come la farebbe sentire? Se davvero è una truffa, allora dove è Garth? Si trova già in un altro Paese o è morto?

«Devi insistere per parlargli.» dice sua madre.

«Devi essere certa, certa nel modo più assoluto che tutto ciò che sta dicendo è vero.»

«E se si tratta davvero di lui?» chiede lei.

«Allora se vuoi, posso procurare quei soldi. Sarà molto difficile e mi ci vorrà del tempo, ma posso farlo. Però voglio consegnarli direttamente alla persona a cui lui deve questi soldi.»

«All'uomo che mi stava seguendo, l'uomo che ha parlato con te. Mi dispiace di non averti creduta, scusami.» dice Cordelia scuotendo la testa.

«Io... io capisco i motivi per cui avevi dei dubbi,» risponde sua madre, «sembra impossibile, ma ti giuro che ti sta seguendo e ha parlato davvero con me, e se lavora per queste persone allora voglio guardarlo negli occhi e assicurarmi che tutto ciò finisca, una volta consegnato il denaro.»

«Hai davvero a disposizione quella cifra?» chiede Cordelia. Non aveva mai pensato a quanto avesse venduto l'azienda sua madre. Al tempo non le importava. Era in lutto per suo padre, sconvolta e devastata per quello che sua madre aveva fatto e si ricorda che Janine le aveva detto che sua madre aveva venduto l'azienda, ma senza specificare a quanto.

«Sì, ce l'ho.» dice sua madre. «Posso saldare il debito, chiunque sia la persona con cui l'ha contratto, ma devi essere sicura che è questo ciò che vuoi.»

«Certo che lo è, io lo amo.» urla Cordelia, la paura e la rabbia le fanno tremare la voce. «Se non restituisce i soldi, lo uccideranno. La sua vita li vale quei soldi, non è vero?»

«Ti ha tradita.» dice sua madre. «E ti ha anche mentito a riguardo.»

«Forse... forse è stata solo una o due volte ed è dispiaciuto di averlo fatto.» dice Cordelia. «Potrei perdonarlo solo per questa volta. Lo amo, mamma, e non voglio che muoia.» Sa di aver pensato di voler uccidere Garth, ma era un pensiero astratto, non era un'intenzione reale. In verità lei lo ama e vuole ancora condividere la vita con lui, nonostante i suoi errori. Forse se sua madre salda il debito, possono ricominciare da capo, prendere in affitto una casa in una zona meno costosa, ripagare sua madre un poco alla volta e a venticinque anni, quando avrà accesso al suo fondo fiduciario, può versarlo interamente a sua madre.

«Potremmo anche solo andare alla polizia con tutto quello che abbiamo, mostrare il telefono e le fotografie.»

«E se fanno del male a Garth? Ci hanno detto di non chiamare la polizia. Non sappiamo di cosa sono capaci.»

«D'accordo, digli che hai bisogno di parlare con lui.» dice sua madre, indicando il telefono.

Obbedendo Cordelia digita:

Sono entrata in possesso di questo telefono solo ora. Non so perché non mi hai contattata sul mio numero. Posso procurare i soldi ma devi chiamarmi. Ho bisogno di sapere se sei davvero tu.

Mostra a sua madre il messaggio, in questo momento si sente di nuovo una bambina. È sua madre che detiene tutto il potere ora, perché è lei ad avere i soldi. Cordelia si sente combattuta tra il rancore e la gratitudine. Sarà sempre in debito con sua madre, anche se riuscisse a ripagarla.

Quale sarà il costo emotivo di tutto questo per lei? Vuole che sua madre torni a far parte della sua vita, ma non è ancora in grado di perdonarla del tutto. Vuole prendere questa decisione per sé stessa, non essere costretta a relazionarsi con lei a causa di un vincolo dettato dai soldi.

«Devo andare in bagno.» dice Cordelia, lasciando il telefono sopra il ripiano della cucina. Mi chiamerà? Se è una truffa, non mi chiamerà.

Pensa alla sua voce, a quell'accento inglese perfetto e al timbro profondo. Saprà riconoscerlo? Come potrebbe non riuscire? «Mi chiami se squilla?» dice lei.

«Certo, Dee Dee.»

Va in bagno e poi dato che è sudata e detesta la sensazione dei vestiti appiccicati alla pelle, opta per una doccia gettando tutto ciò che indossava nella cesta dei panni sporchi. Sotto l'acqua calda riflette su ciò che ha detto a sua madre, che ama ancora Garth. Lo ama davvero ancora o è solo molto spaventata da ciò che è accaduto e ciò che gli potrebbe succedere?

Se è veramente in ostaggio e se sua madre recupera il denaro necessario e lui torna a casa, lei vorrebbe ancora stare con lui? Ha combinato un vero guaio, da ogni punto di vista.

Ora come ora le pare di essere nel bel mezzo di una crisi, profonda e terribile, ma se ci riflette un istante, sa che una volta passato tutto ciò, ci sarà un momento in cui dovrà fare i conti con la sua relazione.

Vuole fare in modo che Garth viva, perché se si ha la possibilità di salvare una vita – anche la vita di un bugiardo traditore – occorre farlo, no? Ma lei vuole davvero stare con Garth che le sta mentendo persino ora, quando dovrebbe solo dirle la verità su tutto?

Chiude il rubinetto della doccia, esce e afferra un asciugamano con cui si avvolge.

Se avesse chiamato, sua madre sarebbe venuta ad avvisarla.

Si veste con abiti puliti e pettina i capelli, mette la crema sul viso, trovando conforto nel massaggio calmante delle mani, anche se tremano.

Infine, esce dal bagno. In quel momento sente una suoneria sconosciuta, un generico suono metallico.

Il telefono misterioso sta suonando.

VENTISEI

GRACE

Domenica

Dopo che Cordelia è entrata in bagno sento scorrere l'acqua della doccia e penso sia una buona idea. Stava pulendo, si vede, ma non ha portato a termine nessuna delle mansioni. Sembra che abbia iniziato con la cucina e che poi si sia spostata in salotto, ma il ripiano della cucina è ancora pieno di utensili e vedo che ha anche tolto da uno scaffale tutti i libri prima di dirigersi verso le finestre. Abbiamo alcune risposte ora, ma invece di avere la sensazione di sapere quello che sta accadendo, ho ancora più domande di prima. Non so se possiamo fidarci di quello che dice Garth. Non so se dovremmo.

Per qualche istante sono in dubbio se fare qualcosa per ovviare a questo disordine, ma poi mi rendo conto che non riesco a starmene con le mani in mano, allora comincio a rimettere le cose nei cassetti, cercando di sistemare tutto nel modo più semplice possibile, così che Cordelia possa cambiare la disposizione se lo desidera. Poi mi sposto verso la libreria portando con me il telefono, per essere sicura di sentirlo nel caso suonasse, anche se è praticamente impossibile che non lo senta in un appartamento di queste dimensioni.

Dopo aver rimesso a posto i libri, torno in cucina, appoggio il telefono sul ripiano e riempio il bollitore per farmi un caffè. Mentre schiaccio il pulsante di accensione, una leggera vibrazione seguita da un trillo pervade l'appartamento.

Fisso il telefono mentre comincia a squillare, muovendosi un poco sul ripiano. Sto per prenderlo, ma Cordelia esce dalla camera, così ritiro la mano.

Cammina rapida verso la cucina con il panico sul volto.

«Garth.» ansima Cordelia al telefono mentre scorre il dito sullo schermo. «Garth.» ripete.

«Cordelia, grazie a Dio,» dice lui, «grazie a Dio, grazie a Dio.» sento quello che dice perché lei è vicino a me, ma avrei bisogno che mettesse in vivavoce così da poter capire con esattezza ciò che dice. C'è qualcosa che non torna in tutto questo, nei messaggi, nel modo in cui ho trovato il telefono. In un angolo della mia mente c'è un pensiero che mi tormenta, qualcosa mi dice che la situazione non è proprio come sembra.

C'è qualcos'altro sotto. E sento che Natalie potrebbe essere in qualche modo coinvolta.

«Garth, dove sei? La polizia... c'era un coltello e la mia auto... Dove sei?» Cordelia ha così tanto da dire che il suo cervello non riesce a processarlo nel modo corretto. Incespica e balbetta tra le lacrime.

«Ascolta, Cordelia.» lo sento dire e la tocco sulla spalla, facendole segno di mettere il telefono in vivavoce.

Non voglio che lui sappia che sono qui, così faccio in modo che lei legga il mio labiale, senza emettere suoni.

Cordelia scuote la testa e poi cambia idea, mentre con un profondo respiro cerca di ricomporsi. Mette il telefono in vivavoce e io la guardo scuotendo la testa per farle capire che non deve dirgli che ci sono anch'io.

«Perché non mi hai risposto?» chiede lui con un tono stranamente esigente per qualcuno che in teoria si sta nascondendo ed è alla disperata ricerca di aiuto.

«Mi spiace.» dice Cordelia. «Sono entrata in possesso del telefono solo oggi. Non hai idea, Garth, ero così preoccupata.»

«Cordelia, ascoltami.» ordina e guardo mia figlia fare un respiro profondo mentre tenta di darsi un contegno. I miei sospetti nei confronti di quest'uomo aumentano ogni minuto che passa.

«Ti ascolto.» dice Cordelia, stringendo i pugni per essere sicura di riuscire a mantenere il controllo.

«Ho bisogno di quei soldi o loro mi uccideranno.»

«Chi sono loro, Garth? Posso chiamare la polizia, posso fare in modo che la polizia ci venga in aiuto se mi dici *chi* sono.»

«No, no.» urla lui. «Niente polizia o mi uccidono. Gli ho giurato che tu saresti stata in grado di procurare il denaro e questa è l'unica ragione per cui non mi hanno ancora ucciso. Mi hanno dato tempo fino a martedì sera, ma ho bisogno del denaro, Cordy. Per favore, tesoro, mi devi aiutare. Devi metterti in contatto con tua madre. Ci aiuterà, sono sicuro che lo farà. Farebbe qualsiasi cosa per te.»

Mi guardo intorno nella piccola cucina alla ricerca di una penna e un pezzo di carta, m'illumino alla vista della lavagnetta magnetica attaccata al frigorifero. La afferro, strappo un foglio e quando Cordelia vede cosa sto facendo apre un cassetto ed estrae una penna che mi porge.

Dove ti sei nascosto?

«Garth, dove ti sei nascosto?» chiede lei.

«Sono stato in un motel squallido per una notte, poi mi sono spostato in un altro e sono rimasto lì per qualche giorno, ma mi hanno trovato.»

«E adesso dove sei?» chiede Cordelia e vorrei fare i salti di gioia perché all'improvviso mi sembra più forte, mi sembra che abbia le idee più chiare, come se avesse preso una decisione.

«Sono...» esita lui. «A dire il vero non ne ho idea, è una sorta di scantinato. Mi hanno portato qui in auto ma io ero... nel bagagliaio e non ho mai avuto tanta paura in tutta la mia vita, Cordy. Mi hanno ridato il telefono solo per fare questa chiamata.»

«Chi sono "loro", Garth, mi puoi fare dei nomi?»

«No, no, non posso dirtelo. Se te lo dico, metto in pericolo anche te.»

«Posso parlare con uno di loro?» chiede Cordelia, e percepisco la curiosità e lo scetticismo nel tono della sua voce.

«Lui fa no con la testa... non parleranno con te. Per favore, Cordy, ho bisogno che tu mi dica che recupererai questi soldi. Contatterai tua madre? Promettimi che lo farai. Entrambi sappiamo che per lei si tratta di una cifra irrisoria, per favore, Cordy, so di essermi comportato malissimo, ma si tratta della mia vita. Dovevo aiutare mia madre.

Dovevo salvare la casa perché un giorno quella sarà la nostra casa, nostra e dei nostri figli. Lo vuoi anche tu, vero tesoro? So che lo vuoi.»

«Sì,» dice Cordelia, «sì lo voglio.»

«Allora perché non mi hai risposto? Perché non hai risposto ai miei messaggi?» insiste di nuovo.

«Te l'ho detto, ho ricevuto il telefono solo oggi. Ti avrei risposto, ma solo oggi ne sono entrata in possesso.»

«Oggi? Ma avresti dovuto riceverlo entro martedì. Lei mi aveva detto che te l'avrebbe recapitato martedì.»

«Lei?» dice Cordelia e vedo che sbianca visibilmente, mordendosi il labbro. La parola "lei" è stata pronunciata a bassa voce; eppure, sembra echeggiare all'interno dell'appartamento. Mi tappo la bocca con la mano per evitare che Garth si accorga della mia presenza.

«Chi è "lei" Garth?»

C'è silenzio all'altro capo del telefono. Ripenso a tutte le cose che Natalie mi ha detto, al fatto che ha confessato a Cordelia di essere andata a letto con Garth, e mi pare che qualche tessera del puzzle stia andando al posto giusto. Natalie sta mentendo a tutti quanti?

C'è davvero di mezzo un debito di milioni di dollari con una persona ignota o si tratta di una sorta di gioco? Garth e Natalie stanno cercando di estorcere dei soldi a Cordelia usando questa copertura? È possibile che si tratti di questo? Ci sono ancora così tante ipotesi e possibilità che mi gira la testa.

«Garth, chi è "lei"?»

«Merda.» dice Garth e riaggancia.

Cordelia fissa il telefono, il volto pallido dallo sgomento.

Scorre il dito sullo schermo e richiama il numero, ma il telefono squilla a vuoto.

La guardo mentre scrive un messaggio, di certo chiedendogli di richiamare, ma lui non risponde. Lo chiama altre due volte mentre la guardo e continua anche a mandargli messaggi.

«E adesso che cosa faccio?»

«Cordelia c'è qualcosa di strano in questa faccenda, non trovi?»

«Cosa intendi?»

«Beh...» dico con tono incerto, «chi è la "lei" a cui si riferiva? Deve essere qualcuno del lavoro. È lì che ho trovato il telefono, dopo tutto. E perché ha riagganciato subito dopo aver detto "lei"?»

Cordelia scuote la testa. «Non... Credi che intenda Natalie?»

«Credo che dovremmo rivolgerci alla polizia. Sarebbe meglio consegnare a loro il telefono e lasciare che si occupino della questione. C'è qualcosa che non torna in questa faccenda.»

«Se è vero, mamma, e potrebbe esserlo perché se no non mi spiego come abbia avuto i soldi da spedire a sua madre, se è vero, lo uccideranno. Vuoi che la morte di Garth mi pesi sulla coscienza per il resto della vita?»

Non ho proprio idea di come risponderle, ma riesco a sentire quello che invece non sta dicendo. Io sono responsabile per la morte dell'uomo che un tempo amavo. Cordelia non vuole ripetere i miei tragici errori.

Farà tutto quello che è nelle sue possibilità per salvare la vita di quest'uomo, qualunque cosa lui abbia fatto. L'amore non è un rubinetto che si può semplicemente chiudere.

«Sei sicura che era Garth, cioè, sicura al cento per cento?»

«Io... mi sembrava un po' diverso il tono con cui parlava, ma era terrorizzato. Conosco la sua voce. Era lui, ne sono certa.»

Il telefono vibra per l'arrivo di un messaggio.

3 milioni in contanti entro le 20 di martedì sera. Lascia i soldi nell'appartamento sul tavolo da pranzo. Fai in modo di non essere lì.

Cordelia afferra il telefono e chiama di nuovo Garth. Squilla a vuoto. Gli scrive un messaggio e continua a chiamare, ma lui non risponde.

«Dobbiamo andare alla polizia.» dico di nuovo, certa che sia la cosa giusta da fare.

«E se lo uccidono? Se è tutto vero e lui muore?» strilla lei. «Dobbiamo aiutarlo!»

«E se lasciamo i soldi qui, li prendono e lui viene comunque ucciso e la colpa ricade su di te?»

Cordelia scuote la testa tenendo il telefono vicino a sé, come se grazie a quello potesse toccare Garth.

«Non so cosa fare... non so cosa fare.» geme.

«Credo di aver bisogno di parlare con Natalie.» dico. «Ho la sensazione che lei sappia qualcos'altro, qualcosa in più.»

Anche Kelsey – che ha solo diciannove anni e, ricordo a me

stessa, è così giovane – è nei miei pensieri. Anche lei ha qualcosa a che fare con questa storia?

«Io davvero... non riesco più a pensare.» dice, mentre sul tavolino da caffè il suo telefono, quello che usa tutti i giorni, inizia a squillare.

Si allontana dalla cucina e lo afferra, risponde senza neppure guardare lo schermo per vedere di chi si tratta.

«Pronto.» dice e poi rimane in ascolto per un minuto e guardo il suo volto impallidire mentre si morde le labbra. «Sì, sì... capisco, domani. Verrò, ma ci sarà un avvocato con me, Nicholas Blake. Va bene.»

Col telefono ancora stretto in mano, si dirige verso il divano e si siede, lasciandolo cadere di nuovo sul tavolino. Poi si copre gli occhi con le mani, chinando la testa.

Mi allontano dalla cucina e mi siedo anche io. Sono esausta, da dietro l'occhio sinistro si irradia un forte mal di testa e avrei bisogno, come non mai, di bere qualcosa, così da rallentare i pensieri e cercare di trovare una soluzione.

Non le chiedo cosa le hanno detto. Immagino stesse parlando alla detective, che deve essere davvero diligente, visto che lavora anche di domenica. Mi siedo e aspetto. Per tutta l'infanzia le sono sempre corsa in aiuto ogni volta che potevo. Se andava male in una materia, pagavo le ripetizioni e ho sempre fatto in modo che non dovesse cucinare o pulire. Se litigava con un'amica, io e lei studiavamo insieme una strategia per sistemare le cose. Mi raccontava tutto, anche se il tempo trascorso insieme non era mai molto. Eravamo affiatate finché non ho iniziato a bere e poi, dopo l'incendio, siamo diventate due estranee. Ha dovuto diventare grande in fretta e ora non posso di punto in bianco tornare nella sua vita e prenderne il controllo. Ho bisogno che sia lei a chiedermi aiuto ad ogni passaggio o rischio di perderla di nuovo. È già abbastanza arrabbiata per il fatto che lavoro nello studio di Garth e li seguo entrambi sui social.

«La detective Ashton ha detto che il sangue sul coltello

appartiene sicuramente a Garth. E che ne hanno trovato traccia anche nell'auto, nonostante qualcuno abbia tentato di pulirla.

Dice che di certo nell'auto c'era molto sangue. E vogliono che vada da loro per farmi prendere le impronte digitali. Io avevo intenzione di andarci martedì, ma ora lei mi dice che è necessario che vada lì già domani.» Il suo volto è impassibile, il tono della voce meccanico, come se tutto questo fosse troppo per lei, impossibile da concepire, impossibile da metabolizzare, e così mette in atto un meccanismo dissociativo. E non posso certo biasimarla per questo.

Si appoggia allo schienale del divano e guarda il soleggiato pomeriggio autunnale dalla portafinestra del balcone.

«Come è potuto accadere tutto ciò?» chiede, ma so che non si sta davvero rivolgendo a me.

«Sei proprio sicura che fosse Garth al telefono?» le chiedo di nuovo.

«Penso... forse... non lo so.» dice lei con un sospiro.

«Cordelia, adesso occorre che tu dica tutto quanto alla polizia. Lo capisco che sei spaventata per Garth, ma non possiamo gestire questa cosa da sole. Io cercherò di recuperare il denaro, ma tu devi dir loro tutto quanto.»

«Ok.» concorda debolmente. «Ok.»

«Ti va se prendiamo qualcosa da mangiare?» Non ho altri suggerimenti da darle.

«No, mamma, ho bisogno di un po' di tempo. Lascerò un messaggio a Nicholas. Mi ha detto di fare così nel caso la polizia mi avesse contattata.»

«Buona idea.» dico.

«Sono cinquemila dollari per iniziare,» sussurra, «solo per analizzare il mio caso.» Vorrei che mi guardasse. Vorrei trovare qualche parola di conforto per lei.

«Non devi preoccuparti di questo.» la rassicuro.

«Ok... ho bisogno di riposare ora, mamma. Puoi per favore... scusa...»

«Ti lascio per conto tuo. Domani vedrai Nicholas e la polizia, porta con te il telefono – mostralo a lui e lui saprà cosa fare. Ti ho mandato le foto dell'uomo che ti stava seguendo. Forse la polizia sa di chi si tratta e così riusciranno a capire come trovare Garth. Io andrò al lavoro e vedrò se c'è qualcos'altro che riesco a scoprire.»

«Ok.» dice lei e poi si sdraia sul divano, mettendosi un cuscino arancione sotto la testa e rannicchiandosi, è così piccola da sembrare una bambina. Prendo la soffice coperta arancione dallo schienale del divano e la copro. Non dice nulla perché sta già dormendo. E so che talvolta dormire è la cosa migliore che si possa fare, l'unica cosa da fare.

Lascio l'appartamento senza fare rumore e mi dirigo verso un bar e un bicchiere di vino. Devo assolutamente capire come fare in modo che mia figlia sia al sicuro e che non debba mai pagare per un crimine che non ha commesso. E non ci penso proprio a dare tre milioni di dollari a qualcuno. Non ci penso proprio.

VENTISETTE
CORDELIA

«È meglio se ci incontriamo direttamente fuori dalla stazione di polizia.» le aveva detto questa mattina al telefono Nicholas Blake, dopo che lei gli aveva spiegato tutto: la storia di sua madre relativa all'uomo che la stava seguendo, il ritrovamento del telefono e la chiamata di Garth.

Cordelia aspetta tra le folate di vento, avvolta in una giacca nera, i capelli le svolazzano attorno al viso. Si era svegliata alle prime luci dell'alba ritrovandosi sul divano con la bocca asciutta. Non aveva idea di quanto avesse dormito, ma era ovvio che non fosse stato un sonno rigenerante. Non era riuscita a riaddormentarsi, aveva invece passato ore e ore a riguardare le foto di Instagram con lei e Garth, dalla prima che li ritraeva insieme all'ultima, risalente ad almeno un mese fa.

Quand'è che avevano smesso di fare foto insieme? E come è possibile che non se ne sia resa conto?

Aveva analizzato le foto in modo ossessivo, cercando di individuare il momento in cui il suo modo di guardarla era cambiato, il momento in cui Garth aveva smesso di contemplarla con occhi colmi d'amore, ma non era riuscita a capirlo. E ora si trova a mettere in discussione tutte le foto.

Era davvero felice qui, oppure sorrideva perché gli avevo detto di farlo? Stava pensando a un'altra donna mentre mi guardava in quel modo? Mi aveva comprato quei fiori perché sa che mi piacciono le rose bianche o perché si sentiva in colpa per essere stato con un'altra? E nella sua testa continuavano a ronzare domande a cui aveva bisogno di trovare risposta: *Dove sei? Stai mentendo su tutto quanto? Chi è la "lei" che avrebbe dovuto farmi recapitare il telefono?*

Si sente come se avesse la sabbia negli occhi e avverte già un mal di testa martellante. Ha cercato su Google l'avvocato, quindi sa che si presenterà un uomo alto con folti capelli grigi e la barba.

Posizionata un po' in disparte, Cordelia osserva le persone entrare e uscire dalla stazione di polizia, chiedendosi se devono essere interrogate, se anche loro sono lì per la scomparsa di una persona amata, se anche loro hanno paura di essere accusate di omicidio. Trema avviluppata nella sua giacca nonostante non faccia affatto freddo. Garth non è morto. L'ha sentito ieri al telefono, no?

«Cordelia.» sente, si volta e vede l'avvocato avanzare a grandi falcate verso di lei. Avrà all'incirca l'età di sua madre e ha l'aspetto di uno che sa cosa fare in ogni situazione, uno che sa come comportarsi. Spera che sia davvero così.

«Allora,» dice senza altri convenevoli, «permetteremo loro di prenderti le impronte digitali, perché non ha senso impuntarsi su questo, ma voglio che tu sappia che le loro prove mi paiono perlopiù circostanziali e molte cose non tornano. Saresti stata davvero una pessima assassina se non avessi provato a cancellare le tue tracce, e da quello che mi dici sembra che siamo di fronte a una sorta di truffa.»

Cordelia sente lo stomaco contorcersi alla parola "assassina" e ricorda a sé stessa con maggiore veemenza che Garth è vivo, che lei gli ha parlato e che hanno tempo fino a domani sera per consegnare il denaro alle persone con cui ha contratto il debito.

«Penso che lasceremo che prendano le tue impronte e tu racconterai quello che sai, poi capiremo il da farsi. Ma prima di entrare devo chiederti se tu senti di poterti fidare del tuo fidanzato.»

Cordelia sta per annuire, ma poi si ferma e alza le spalle. «Io onestamente non lo so più. Davvero non so cosa stia accadendo.»

«Va bene.» risponde Nicholas con un cenno del capo. «Immagino quanto debba essere difficile,» dice posandole la mano sulla spalla, «ma ora facciamo quello che occorre fare.» Cordelia annuisce acconsentendo ed entra nella stazione di polizia seguita dall'avvocato.

Cordelia conosce il posto, dato che ci è venuta per la prima volta una settimana fa a denunciare la scomparsa di Garth, dando così il via a tutta l'indagine.

Non è un posto inquietante, ma non può fare a meno di sentirsi irrequieta, come se da un momento all'altro potesse essere presa e sbattuta in cella, dove nessuno la sentirà mentre grida che non ha niente a che fare con ciò che è accaduto a Garth.

Lei e Nicholas si accomodano su una panchina di plastica marrone, un senzatetto siede ad appena qualche metro da loro. Cordelia arriccia il naso e cerca di respirare dalla bocca.

«Cordelia.» la detective Ashton sta venendo verso di lei. «Nicholas.» dice, salutando l'avvocato.

«Emily.» risponde lui. Nessuno sembra essere molto propenso a usare la parola "buongiorno". Il fatto che la detective conosca il nome proprio dell'avvocato è una cosa positiva o negativa? Cordelia decide di considerarla una cosa positiva. È chiaro che il suo avvocato lavora nel campo da molto tempo.

«Seguitemi.» dice la detective e appena qualche istante dopo lei e l'avvocato siedono all'interno di una minuscola stanza senza finestre, con una telecamera posta in un angolo, nell'aria un pregnante odore di caffè vecchio.

«Posso farvi portare qualcosa da bere?» chiede la detective mentre lei e il detective Jameson si accomodano. Cordelia scuote la testa. L'avvocato non saluta nemmeno l'altro detective, ma fa un cenno con la testa nella sua direzione.

La detective Ashton prima di iniziare a parlare preme un pulsante sul registratore. Cordelia l'ascolta dichiarare il suo nome, l'ora, la data e il nome di Cordelia, poi la detective alza lo sguardo su di lei.

«Cordelia vi darà volentieri le sue impronte digitali, ma non risponderemo ad alcuna domanda. Ci sono alcune cose che lei vorrebbe condividere con voi, poi ce ne andremo.» dice Nicholas prima ancora che qualsiasi domanda venga posta.

Cordelia deve ammettere che Nicholas Blake vale già i soldi spesi. Parla con tale autorevolezza che all'improvviso l'intera faccenda sembra del tutto gestibile ed è certa che sarà a casa per l'ora di pranzo.

«Beh, allora a te la parola, Cordelia.» dice la detective Ashton alzando le sopracciglia in modo teatrale.

«Ho ricevuto questo telefono qui e avrei dovuto riceverlo martedì, invece l'ho avuto ieri e Garth mi ha contattata ed è stato inseguito da qualcuno a cui ha chiesto in prestito dei soldi. Gli servivano per riparare la sua casa nel Regno Unito, ma non era riuscito a farsi dare un prestito dalla banca e ora queste persone hanno catturato Garth e lo tengono prigioniero finché non riceveranno i soldi che gli deve. Garth mi ha detto di lasciare il denaro nell'appartamento e...» si ammutolisce.

«Magari un po' più lentamente.» dice il suo avvocato e Cordelia ricomincia da capo, spiegando ciò che sa e dicendo solo una piccola bugia per proteggere sua madre. Non è necessario che la detective sappia che sua madre ha trovato il telefono nell'ufficio di Garth.

«E dove ha trovato questo telefono?»

«Nella cassetta delle lettere.» dice senza esitazione. Sarebbe davvero troppo complicato spiegare che sua madre si era travestita per farsi assumere dallo studio di Garth. Se le chiedono della busta, dirà che l'ha già buttata via.

«Posso vedere il telefono?» chiede la detective e Cordelia glielo porge.

La detective scorre i messaggi. «E diceva che ieri gli ha parlato?»

«Sì.» dice Cordelia. L'avvocato posa una mano sul suo braccio.

«Beh, speriamo che risponda.» dice la detective, c'è così tanto scetticismo nel tono della voce che a Cordelia pare di sentirlo come fosse qualcosa di concreto, mentre la donna compone il numero da cui i messaggi sono partiti.

«Il numero chiamato non è attivo. Si prega di controllare prima di comporlo di nuovo.»

«Ma come?!» urla Cordelia.

La detective chiama ancora il numero, ma riceve la stessa risposta automatica.

«Ma ci ho parlato...» inizia a dire Cordelia, ma Nicholas le tocca nuovamente il braccio per ricordarle di stare in silenzio.

«Penso che per oggi sia tutto.» dice lui. «Possiamo procedere con le impronte digitali? Poi, a meno che voi non abbiate intenzione di formalizzare un'accusa nei confronti della mia cliente, noi andremmo.»

«Sa, Cordelia, tutta questa faccenda sarebbe molto più semplice se lei si limitasse a cooperare e a dirci tutto ciò che sa. Magari si tratta di un enorme errore e possiamo sistemare tutto.» dice la detective guardandola. «Cioè, lei potrebbe aver comprato questo telefono ovunque e potrebbe averne un altro. Capisce che impressione dà tutto questo, vero?»

«Ma non c'entro nulla io. Garth ha preso in prestito i soldi per sua madre. Potete chiamarla e chiederlo a lei. Loro vogliono indietro i loro soldi e Garth sa che mia madre quei soldi li ha. Non ho fatto nulla di male.» protesta Cordelia.

«Capisco,» dice la detective Ashton, «e ho continuato a rimanere in contatto con la signora Stanford-Brown. Mi ha chiamato stamattina per dirmi che lei l'ha chiamata tormentandola con un discorso su suo figlio e sui soldi. È vero?»

«Cosa? No, le ho solo chiesto se sapeva qualcos'altro.»

«Lei ci ha detto che Garth ha preso in prestito dei soldi dalla banca per aiutarla e abbiamo avuto la conferma di ciò da parte della suddetta banca proprio stamattina. Si tratta di un prestito consistente, duecentomila dollari, ma la banca era certa che Garth potesse essere solvente. Dopotutto guadagna molti soldi. Le banche di solito non rapiscono le persone per poter riavere il proprio denaro, giusto?»

«Non c'è bisogno di essere sarcastici.» dice Nicholas, mentre Cordelia apre e chiude la bocca senza riuscire a dire nulla.

«Qualcuno mi sta seguendo, sa.» sbotta lei. «Mia madre ha fatto delle foto a un uomo che le ha anche parlato.»

«E le ha detto?»

«Qualcosa riguardante il mio uomo e... qualcosa circa quello che dovrei fare...» si ammutolisce di nuovo mentre si rende conto che la polizia non prenderà seriamente in considerazione ciò che sta dicendo.

Cordelia tira fuori il suo telefono. «Guardi.» dice e mostra alla detective le immagini. Entrambi i detective scrutano con attenzione le foto per poi scambiarsi un'occhiata veloce.

«Possiamo cercare di trovare una corrispondenza nel nostro database, ma a me sembra una persona qualsiasi per strada. E quando dice che ha parlato con sua madre, non mi pare che le abbia detto nulla di particolarmente minaccioso, sempre che le abbia davvero rivolto la parola. So che sua madre ha avuto... qualche problema in passato.» dice la detective Ashton abbassando la voce.

«Ora sta bene.» dice Cordelia, mentre sente la rabbia crescere dentro di lei per il modo in cui la detective la sta guardando.

«Penso di doverle dire che la sua storia suona alquanto stravagante. Abbiamo trovato il telefono di Garth nell'appartamento, il telefono da cui ci ha detto che lui le avrebbe mandato dei messaggi lunedì sera, e ora tutt'a un tratto salta fuori un altro telefono? Se devo dire la verità, mi pare tutto un po' troppo comodo.»

«Magari Garth è tornato a casa martedì mentre ero al lavoro e ha lasciato il telefono sotto il letto.» prova a dire Cordelia, disperata.

Il suo avvocato scuote la testa, ricordandole ancora una volta di non parlare.

«Cordelia, si sta scavando la fossa da sola, mi creda e sarebbe molto più facile se si limitasse a dire la verità.»

Sembra quasi dispiacersi per Cordelia, come se fosse preoccupata per lei.

Cordelia volge lo sguardo a Nicholas, travolta da un'ondata di panico. Ma lui si limita a sorridere e a scuotere la testa. «Emily, ti prego, ti facevo più in gamba di così...»

La detective alza le spalle. «Pensavo che Cordelia fosse in pensiero per il suo fidanzato, tutto qui. In realtà, un uomo non identificato è stato portato al Royal Melbourne Hospital... stiamo seguendo questa pista.»

«Cosa? O mio Dio, si tratta di Garth, è lui?» chiede Cordelia con un tono di voce sempre più alto.

«Non ne siamo certi,» dice il detective Jameson, aprendo finalmente bocca, «il cadavere era in uno stato... di decomposizione.»

«Tutto ciò è assurdo.» dice Nicholas. «Andiamo, Cordelia.» Lui si alza e Cordelia fa per seguirlo, ma poi le ginocchia le cedono e crolla di nuovo sulla sedia, nauseata dall'immagine di un cadavere in putrefazione. Garth non può essere morto.

Lei gli ha parlato. Gli ha parlato, non è forse così? Nicholas posa una mano sotto il suo gomito. «Vieni Cordelia.» dice a bassa voce e lei in qualche modo trova la forza di alzarsi.

«Ok, ok.» dice la detective, alzando le mani, «dobbiamo solo prendere le impronte digitali.»

«A dire il vero, a meno che non abbiate abbastanza prove da formalizzare un'accusa, non siamo intenzionati a fornirvele.» dice Nicholas.

«Ma avevate dichiarato che l'avreste fatto.» dice la detective Ashton con voce rabbiosa mentre si alza in piedi.

«Non se tiri fuori queste stronzate, Emily, lo sai benissimo. Andiamo Cordelia.»

Dopo appena qualche minuto sono fuori per strada e Cordelia pensa che potrebbe vomitare. Si sente come quando, a dieci anni, i suoi genitori la portarono nella Gold Coast e lei insistette per fare un giro sulle montagne russe più grandi dell'intero parco divertimenti.

Suo padre coraggiosamente l'accompagnò tenendole la mano, mentre lei urlava durante la discesa quasi perpendicolare della vettura. Quando scese, le ginocchia sembravano cederle e non riusciva bene a camminare. Poi sua madre l'accompagnò su una panchina e le comprò delle patatine fritte con tanto sale per aiutarla a sistemare lo stomaco. Ora invece non sa cosa fare e sua madre sta lavorando nello studio di Garth, però l'idea di condividere questa informazione con il suo avvocato la terrorizza.

«Andiamo a prenderci un caffè.» dice lui e lei lo segue in una caffetteria pacchiana con il pavimento appiccicoso.

Dopo che si sono seduti con due tazze di caffè davanti, lui dice, «C'è qualcosa che non mi stai dicendo? Non mi importa cosa hai o non hai fatto, ma ho bisogno di sapere tutto.»

«Io... io...» balbetta Cordelia e poi il telefono dell'avvocato inizia a squillare e lui risponde, mentre lei abbassa lo sguardo sulla propria tazza.

«Ho bisogno di andare a casa.» dice lei quando lui ha terminato la chiamata, perché è questo tutto ciò a cui riesce a pensare. Se potesse tornare a casa, potrebbe andare a letto e dormire e poi potrebbe riuscire a pensare alla possibilità che il cadavere di Garth sia in un ospedale, che si tratti di lui e che lei non stava parlando al telefono con lui ieri, ma con qualcuno che è stato in grado di riprodurre il suo accento e imitarlo così bene da farle credere che fosse vivo quando, in realtà, è morto. Si immagina il corpo di Garth bluastro e freddo, in decomposizione su una lastra nell'obitorio, e inizia a tremare.

Nicholas la fissa per un istante. «Stai bene?»

«No.» dice Cordelia a bassa voce. «No.» perché non sta bene e non starà bene, mai più.

Nicholas si sporge in avanti sul tavolo, posa delicatamente la mano sul suo braccio, la guarda con i suoi occhi azzurri pieni di compassione e per un istante, a Cordelia ricorda il modo in cui suo padre la guardava e sente che potrebbe esplodere.

«Sono qui per te, ad ogni ora del giorno. Devi credermi quando ti dico che non hanno prove concrete contro di te, perché non hanno ancora formalizzato un'accusa. Potrebbero pretendere le tue impronte digitali e allora dovremo dargliele. Le impronte sono sul coltello perché si tratta del tuo coltello. Ci metto un secondo a demolire una prova del genere. Non hanno un cadavere, Cordelia. Hai detto di aver parlato con Garth solo ieri, forse l'hai fatto o forse no, ma finché non riescono a provare che tu gli abbia fatto qualcosa, non hanno niente in mano.»

Cordelia annuisce mentre affiorano le lacrime e si sente in imbarazzo.

«Janine mi ha detto di aver lavorato con tua madre.» dice Nicholas con delicatezza. «Posso solo immaginare quanto sia stato difficile per te affrontare ciò che è accaduto, ma Janine mi ha detto che non ha mai avuto dubbi sul fatto che tua madre ti amasse.»

«Questo lo so.» dice Cordelia tirando su con il naso, perché questa cosa la sa.

Nicholas annuisce e se ne va, dopo che ha finito il caffè Cordelia si alza ed esce dalla caffetteria, poi attraversa la strada.

Cammina per un isolato e poi si ferma davanti a un negozio per ammirare un vestito blu glitterato, lungo fino ai piedi con le spalline sottili; quindi, si volta per capire da che parte andare e a pochi passi da lei c'è l'uomo che compare nelle fotografie di sua madre. Lo riconosce subito. L'uomo che la polizia non crede neppure che esista, l'uomo che anche lei, fino a ieri, non credeva esistesse. Ma eccolo lì, in carne e ossa. Convulsamente cerca di prendere il telefono per fargli una foto ma prima di riuscirci, lui sorride, alza il braccio e tocca il suo orologio, poi si volta e si allontana, sparendo tra le persone che camminano per strada. Anche se avesse fatto una foto, non le crederebbero.

Cordelia inizia a correre e non si ferma finché non è a casa, apre la porta d'ingresso con le mani tremanti, entra e la chiude a chiave dietro di sé.

Tutto questo non finirà mai.

VENTOTTO
GRACE

Lunedì

Lunedì mattina Tristan mi saluta mentre entro in ufficio; dopo il fine settimana che ho passato, il suo abituale sorriso smagliante mi conforta. Desideravo ardentemente andare alla stazione di polizia con lei, ma sapevo che non avrebbe apportato alcun vantaggio, anzi sarebbe stato controproducente. Ho fatto l'unica cosa che potevo fare, ovvero pagare Nicholas Blake affinché si occupasse del caso. Vorrei che fosse vero che i soldi risolvono tutti i problemi, in realtà ne risolvono davvero pochi.

Tristan intona un «Giorno, Grace.» e io ricambio il sorriso.

«Giorno, Tristan, passato un buon fine settimana?»

«Oh, sai, sono tornato a casa per far visita ai miei genitori – mio padre vuole sempre che lo aiuti a sistemare qualcosa e mia madre si lamenta dicendo che non mi vede abbastanza spesso, ma la cena di domenica è stata deliziosa, quindi ne vale sempre la pena perché è davvero un'ottima cuoca.»

«Oh, ma che bello. Sono sicura che ai tuoi genitori ha fatto piacere la visita.»

«Tu hai figli?» chiede, anche se con lo sguardo torna a fissare il computer e ciò su cui stava lavorando.

«No.» dico, risistemando una ciocca di capelli biondo platino della mia parrucca dietro l'orecchio. Quando tutto questo sarà finito, potrò essere Grace Morton che ha una figlia? Potrò essere Grace Enright, la sopravvissuta? Quando ho lasciato Ava alla sua vita, mi pareva tutto chiaro, ero certa che l'unica cosa che dovevo fare era assicurarmi che Cordelia stesse bene. Non mi sarei mai immaginata nulla di tutto questo. Ho due figlie e il mio sogno è che un giorno si conosceranno e potremo essere un'unica famiglia, ma è tutto troppo complicato affinché succeda e troppe persone ne sarebbero ferite.

«Ah, beh, c'è ancora tempo.» dice e io rido.

«Non credo proprio, ma ti ringrazio del pensiero.»

Mi dirigo verso il mio ufficio, non vorrei mai dover stare lì.

Ma la donna che sostituisco rientrerà mercoledì e questo è il tempo che ho a disposizione. Se c'è qualcos'altro da scoprire riguardo a ciò che sta succedendo, devo sbrigarmi.

Mentre mi siedo alla scrivania e penso a come parlare a Natalie, a cosa chiederle per capire se è al corrente di qualche altra informazione, entra in ufficio Kelsey.

«Sì?» le chiedo, impaziente di sapere di cosa ha bisogno e congedarla.

«Mi sembri tesa.» dice lei con un sorrisino. «Va tutto bene?»

«Tutto bene,» dico, «sono solo...» faccio un respiro profondo. «Come posso aiutarti, Kelsey?»

«Volevo solo ringraziarti di nuovo per aver ritrovato l'orecchino.

È stato bellissimo riaverlo.»

«Piacere mio.» dico e la scruto per un momento. È andata a letto con Garth? E se glielo chiedo a bruciapelo, lo ammetterà?

«Io e il mio fidanzato ce ne andiamo.» dice lei, cambiando argomento proprio come farebbe un bambino, e mi rammento della sua giovane età.

«Mi fa piacere.» rispondo con gli occhi che ritornano sullo schermo del computer.

«Siamo insieme da tre mesi, ma credo che lui sia quello giusto. Cioè, è così carino, vedi?» dice voltando il telefono e mostrandomi una foto. «Si chiama John.»

Do un'occhiata allo schermo e poi guardo di nuovo. «Oh.» dico, mentre la mia mano si protende verso il telefono senza che io me ne renda conto.

Me lo porge con un sorriso malizioso e io scruto la foto del giovane uomo che seguiva Cordelia, il giovane uomo che mi ha parlato. Lei lo sa? È coinvolta nella faccenda?

Kelsey si sporge in avanti e riprende il telefono con un sospiro, poi bacia lo schermo e mi guarda. «Mi chiedevi di Garth, l'avvocato che è scomparso.» dice lei, e io annuisco con la bocca asciutta e il cuore che batte forte nel petto.

«Beh, è uno stronzo e qualsiasi cosa gli sia capitata, se lo merita.» dice lei alzando le spalle con insolenza e in men che non si dica è già andata via. Rimango seduta alla scrivania, scioccata e confusa.

Nell'ufficio di Garth c'è un quaderno con un solo appunto: *Lunedì ore 18. Incontro con J.* John. Ecco con chi doveva vedersi. Quindi ecco di cosa si tratta. Ricatto.

Fisso lo schermo del computer senza riuscire a lavorare, tengo in grembo il telefono in modalità silenziosa, aspettando che vibri per una chiamata di Cordelia. Kelsey sa dove si trova Garth? Sa chi sono io? Pensavo che Natalie fosse coinvolta in qualche sorta di truffa insieme a Garth, ma forse è Kelsey ad essere coinvolta- Kelsey e il suo fidanzato? Sembrerebbe avere senso.

Tutti gli avvocati sono in sala riunioni per l'incontro di aggiornamento del lunedì mattina e sto aspettando che finiscano per parlare di nuovo con Natalie. Potrebbe confermarmi che Garth e Kelsey sono andati a letto insieme, e se può farlo, lo farà?

Difficile concentrarsi su qualcosa, ma mi obbligo a tornare al computer, ho il disperato bisogno di trovare in questo lavoro noioso una qualche distrazione.

Mezz'ora più tardi il telefono vibra e mi ritrovo il cuore in gola.

Lo prendo per rispondere alla chiamata che vedo essere di Cordelia, ma mentre lo faccio, Peter delle Risorse Umane entra in ufficio.

«Ah, Grace, possiamo parlare un momento?» dice e rifiuto la chiamata, detesto doverle fare questo. Adesso Cordelia ha bisogno di avere la certezza che per lei sono sempre disponibile. L'ho già delusa abbastanza quando era piccola. Non voglio farlo di nuovo.

«Certo.» sorrido a Peter.

Entra e rimane in piedi dietro la sedia posta al lato opposto della mia scrivania. «So che era previsto che rimanessi fino a martedì, ma la nostra assistente è rientrata prima dalle vacanze e vorrebbe riprendere il posto. Prossimamente saremo parecchio impegnati e lei ha già dimestichezza con tutto, quindi pensiamo che sia meglio così. Mi spiace, ma questo sarà il tuo ultimo giorno con noi.» dice con un sorrisino triste.

Sono tutt'a un tratto sollevata. Non voglio più rimanere qui. Vorrei parlare a Natalie e chiederle in modo diretto di Kelsey, devo riuscirci prima di andarmene.

«Non c'è problema, nel modo più assoluto.» dico. «Inizio un altro lavoro giovedì, mi prenderò un paio di giorni di riposo. Spero che lei abbia trascorso delle belle vacanze.» Indico la foto della coppia anziana, che ho lasciato in bella mostra sulla scrivania, perché mi piacevano i loro volti felici sullo sfondo di questa spiaggia bianca di una qualche isola tropicale.

«Oh certo, no, in realtà non è lei, sono i suoi genitori. Tamara dice che viaggiano parecchio.»

«Scusa... cosa?» chiedo presa da una nausea improvvisa che mi stordisce, un campanello nelle orecchie che mi impedisce di sentire bene. Mi sento come se fossi stata colpita da un'asse di legno. Le unghie conficcate nelle cosce mi permettono di rimanere lucida e mi concentro su ciò che sta dicendo. Quel nome ancora mi provoca un vortice di emozioni e mi chiedo se sarò mai in grado di ascoltarlo ancora senza pensare a lei.

«Tamara, la nostra assistente abituale, torna domani. Lavora per noi da appena cinque mesi ma è molto brava.»

«Ah già, certo.» dico. «Farò in modo che ritrovi tutto in ordine.»

Annuisce anche se pare un po' preoccupato dalla mia reazione. Voglio solo che se ne vada dall'ufficio.

È un nome piuttosto comune, certo. Non deve per forza essere *lei*, ma mentre Peter esce dall'ufficio, fisso la foto. Sembra familiare? Quando lavorava per me, non aveva una foto dei suoi genitori sulla scrivania, ma forse una volta me ne ha mostrata una?

Non è un nome inusuale, rammento a me stessa mentre comincio ad aprire i cassetti della scrivania alla ricerca di qualcosa, qualsiasi cosa che possa dirmi chi sia. I cassetti sono puliti e ordinati, perché ho fatto in modo che rimanessero tali, all'interno si trova solo cancelleria.

«Non è lei.» mormoro mentre mi metto a cercare. Entro nel sito dello studio legale. C'è la foto di un uomo sotto la dicitura di Assistente Amministrativo Capo e so per certo che c'è più di un assistente; quindi, forse non mettono tutte le foto sul sito. Gli assistenti non sono poi così importanti. O almeno questo è quello che credono tutti.

Non so come fare per trovare una sua foto. È quasi ora di pranzo così prendo la borsa, ho solo bisogno di andarmene da questo posto, così da poter chiamare Cordelia e chiederle cosa è successo alla stazione di polizia, poi tornerò qui e cercherò di capire se si tratta solo di una fortuita coincidenza.

«Esco un attimo per prendere qualcosa da mangiare.» dico a Tristan, che a quanto vedo è appena stato a prendersi un caffè.

«Oh, certo, ho sentito che Tammy torna domani quindi questo è il tuo ultimo giorno. Spero che tu ti sia trovata bene.» dice con un sorriso.

«Sì, molto bene.» dico sperando che il calore che sento crescermi in corpo non si veda in volto.

«Beh, in ogni caso c'è sempre qualcuno che va in congedo. Se mi dai i tuoi dati, cerco di fare in modo che sia tu la prima a essere chiamata.» So che non ha il potere per farlo e che il prossimo sostituto temporaneo del personale arriverà dall'agenzia di Bill, ma è carino da parte sua dirmelo.

«Lo farò.» rispondo e mi volto verso l'ascensore, ma mi viene in mente una cosa. «Non hai una foto di lei, vero, di Tammy? È sempre bello sapere di chi è l'ufficio in cui hai lavorato.»

«Oh, sì, forse.» dice lui, senza il minimo sospetto nel tono della voce. «Non potrei stare al telefono quando sono in servizio ma...» Estrae il telefono da un cassetto e scorre il dito per sbloccarlo, passa in rassegna le foto mentre guarda a destra e a sinistra nel caso arrivi qualcuno.

«Eccola qui.» dice. «Il mese scorso siamo usciti a bere qualcosa per il mio compleanno. Siamo andati in questo posticino messicano che dovresti provare, è proprio dietro l'angolo. Nachos spettacolari e Margarita belli forti.»

Vorrei strappargli il telefono di mano, ma mi limito ad annuire. «Adoro il messicano.» dico mentre gira il telefono verso di me.

Nella foto ci sono Tristan e Leah insieme ad altre persone che non riconosco, tutti seduti attorno a un tavolo rettangolare coperto da una tovaglia rosso ciliegia. I piatti sono ammassati in centro e hanno tutti dei Margarita di colori diversi davanti a sé. Do un'occhiata alla montagna di tortillas, agli intingoli e alle ciotole di salsa mentre il mio sguardo si muove da una persona all'altra. Dopo la prima volta, torno a guardare la foto e la osservo, alla fine, però, devo accettare ciò che i miei occhi stanno vedendo.

Perché eccola lì, in carne e ossa che sorride con quel suo bel visino.

Eccola.

Lì.

La donna che ha lavorato per me, la donna che ho supportato, la donna che è andata a letto con mio marito mentendomi, la donna che voleva avere la mia azienda e la mia vita, la donna che ha testimoniato contro di me al mio processo, la donna che ha covato astio e rancore per sei anni. Per tutta la settimana ho controllato la sua mail, TR.HWS@harmerwright&sing.com e non mi è venuto in mente di collegare le cose. Ma dopotutto perché mai avrei dovuto farlo? La sua pagina Instagram ha solo foto perfette che la ritraggono mentre se la spassa.

Eppure, eccola lì.

Le tessere del domino disposte in modo tale da formare un disegno collassano tutte nello stesso istante e appare un'immagine.

Tutta questa faccenda non ha nulla a che fare con Cordelia.

VENTINOVE
CORDELIA

Lunedì

Il suono del citofono la trascina fuori dal buco nero del sonno e Cordelia si mette seduta, faticando a capire dove si trova.

Si guarda intorno e capisce di essere sul divano, avvolta dalla morbida coperta arancione. Se la scrolla di dosso, sentendosi all'improvviso troppo accaldata per rimanere coperta. Il citofono continua a suonare, insistente, così si trascina giù dal divano e si dirige verso l'interfono. «Sì.» dice con voce bassa e roca.

«Cordelia sono io.» dice sua madre e Cordelia preme il pulsante per lasciarla entrare, poi apre la porta d'ingresso sentendosi frastornata mentre rimane in piedi ad aspettare.

«Hai un aspetto orribile.» dice sua madre appena la vede.

«Grazie.» dice Cordelia, lasciando andare la porta e spostandosi in cucina per prendere un bicchiere d'acqua.

«È un po' che provo a chiamarti. Perché non mi hai risposto?»

Cordelia alza le spalle «Ho spento il telefono.»

«Ok,» dice sua madre, con una certa circospezione nel tono della voce, «quindi, cosa è successo?»

«Non mi hanno creduto. Hanno chiamato il numero da cui Garth mi ha mandato i messaggi, ma non è più in servizio.»

«Hai mangiato qualcosa?»

Cordelia scuote la testa. «Il cibo non risolverà il problema, mamma. Penso... Hanno detto che hanno portato un corpo in uno degli ospedali e potrebbe essere quello di Garth, ma non lo sanno per via dello stato di decomposizione. Hanno detto...»

Sua madre alza la mano. «Non credo sia Garth.

Sta accadendo qualcosa di strano... c'è molto di cui parlare.»

Cordelia scuote di nuovo la testa. «Sì, immagino di sì.»

«Faccio qualcosa da mangiare.» dice sua madre e Cordelia annuisce, prendendo il telefono che è appoggiato sul tavolino. Sono da poco passate le 17. Per quanto tempo ha dormito? Non si ricorda nemmeno di essersi alzata per andare in bagno. Il sonno sembra essere l'unico posto in cui riesce a stare quando i pensieri ossessivi minacciano di farla diventare matta.

L'immagine di Garth in obitorio l'assale. Si tratta di lui? È morto già da tempo? Le impronte digitali di Cordelia combaceranno con quelle del coltello, ovvio è il suo coltello. Per un attimo riflette sulla possibilità che in un momento di rabbia o di follia possa realmente aver ferito Garth. Ma davvero potrebbe avergli fatto qualcosa? Lui è molto più alto di lei, è anche più allenato e più forte. Come avrebbe potuto fargli qualcosa?

E se davvero l'avesse fatto, come potrebbe non ricordarsene per niente? È impossibile.

Cordelia va in bagno. *Non sto diventando pazza. Non lascerò credere a me stessa che sto diventando pazza. Non gli ho fatto nulla. Lui è semplicemente scomparso.*

Nello specchio del bagno, il suo viso è pallido, gli occhi castani incupiti. Raccoglie i capelli in una coda, non vuole più guardarsi in faccia.

Sua madre ha pulito la cucina e Cordelia sente il profumo dolce e zuccherino dei pancake.

«Non avevi granché in casa, così ho optato per i pancake.» dice sua madre mentre ne rovescia alcuni in un piatto per Cordelia.

«Grazie.» risponde lei, portando il piatto e lo sciroppo al tavolo e iniziando a mangiare con appetito, rendendosi conto di essere digiuna da tutto il giorno.

Sua madre si siede davanti a lei con una tazza di caffè soltanto.

«Non mangi?»

«Ho pranzato tardi.» le dice. «Devo dirti una cosa – a dire il vero un paio di cose – e ho bisogno che tu ascolti...

Non dire nulla finché non ho finito di spiegare, intesi?»

«Ok.» dice Cordelia.

«Si tratta di Tamara. In realtà c'è di più, perché so chi è l'uomo che ti seguiva ma...»

«Tamara?» dice Cordelia. «Dici sul serio?»

«Sì, fammi spiegare.» dice sua madre e Cordelia si appoggia allo schienale della sedia, sapendo che deve lasciare che sua madre racconti.

E mentre sua madre inizia a parlare, a spiegare, Cordelia si sente come se fosse entrata in una sorta di limbo spazio-temporale all'interno del quale il passato è tornato a farsi vivo all'improvviso. Dopo sei anni, eccola di nuovo qui, esattamente dove era allora. Ricorda le paranoie di sua madre, l'alcolismo, le accuse e le urla, e poi pensa al modo in cui suo padre è morto e si chiede se ciò che sua madre voleva quella notte fosse uccidere anche lei.

Perché se è seduta lì davanti a lei a dire queste cose, a parlare ancora di Tamara, allora di sicuro sta bevendo ancora, di sicuro è tornata nella vita di Cordelia per ferirla, per finire il lavoro e sterminare l'intera famiglia. Cordelia non riesce a capire in che modo Garth sia coinvolto, ma sente che sua madre, nonostante sembri perfettamente equilibrata mentre sorseggia il suo caffè, in realtà è completamente matta.

Non è possibile che Tamara lavori per lo studio di Garth. Non è proprio possibile. Tamara è da qualche altra parte a vivere la sua vita, cercando di dimenticare ciò che a Cordelia rimarrà sempre impresso nella memoria.

«Voglio che te ne vada.» dice Cordelia quando sua madre ha finito di parlare.

«Ma... c'è dell'altro – Kelsey, la tirocinante, mi ha mostrato una foto del suo fidanzato e si tratta dell'uomo che ti seguiva e che mi ha parlato.»

«Dio, mamma, non senti come tutto questo suoni folle? È semplicemente fuori di testa... e Tamara, cioè non puoi dire sul serio, Tamara?»

Come è possibile che stia accadendo di nuovo? Perché sta accadendo di nuovo? Perché ho permesso che tornasse nella mia vita?

«Devi credermi, Cordelia. È tutto connesso, è tutto legato insieme e...»

«No, mamma. Non posso farcela. Voglio che te ne vada!»

Cordelia urla, vuole solo che sua madre smetta di parlare, la smetta e basta.

«Devi...» inizia Grace.

«Vattene, vattene ora!» strilla Cordelia alzandosi e indicando la porta d'ingresso.

Sua madre annuisce mestamente e si alza. «È colpa mia. Non ho idea di come sia coinvolta nella faccenda, ma so per certo che ha a che vedere con me.»

Cordelia arriva alla porta e la apre, sua madre prende la borsa ed esce sul pianerottolo.

«Ti chiedo la verità su una cosa, mamma.» dice lei e sua madre annuisce. «Hai mai preso qualcosa da bere da quando hai lasciato la clinica, anche un solo drink?»

E si aspetta che sua madre si metta sulla difensiva, scuota la testa e dica a Cordelia che non toccherà mai più una goccia d'alcol. Invece sua madre alza le spalle e dice «Non era davvero l'alcol il problema, tesoro. L'ho sempre saputo.»

Cordelia sente un nodo alla gola. E chiude piano la porta.

Non sa cosa farà ora, ma quello che sa è che ancora una volta si sente esausta e vuole solo andare a dormire. Non può più stare qui, non può stare qui con sua madre che blatera accuse assurde. Non può rivivere tutto di nuovo.

Se la polizia non le avesse intimato di rimanere nei paraggi, lei sarebbe salita su un aereo stasera stessa e sarebbe volata dall'altra parte del mondo, così da potersi allontanare da tutto quanto, ma non può andarsene finché non sa cosa è successo a Garth.

La sola cosa che può fare è stendersi sul divano e chiudere gli occhi, sperando che la mattina porti qualche risposta.

TRENTA
GRACE

Non lascio che il dolore prenda il sopravvento. Non posso lasciargli prendere il sopravvento. Pensavo che mi avrebbe creduto, che avrebbe colto il legame, che sarebbe stato più facile convincerla questa volta, ma il danno procurato sei anni fa è troppo grave. Non è giusto. Ma nessuno mi ha mai detto che la maternità sarebbe stata giusta. Cordelia ha ventiquattro anni, ma per certi versi è ancora molto immatura. Non ho potuto esserci per gli scorsi sei anni, ma questo non significa che la abbandonerò solo perché mi ha detto di andarmene. Ora però non permetterò più che sia lei a condurre il gioco. Ora ho bisogno di prendere le redini della faccenda perché è colpa mia. È me che Tamara odia ed è su di me che vuole vendicarsi, ne sono certa.

Lascio il condominio di Cordelia per tornare all'hotel e vado dritta al bar, dove ordino il mio solito bicchiere di vino rosso. Non potevo mentirle sulla questione dell'alcol. Pensavo che se le avessi detto la verità su quello, mi avrebbe creduto riguardo Tamara.

Ma non è così e capisco il perché. Tamara è tornata e sembra che voglia distruggermi, forse usando mia figlia. Sa che sono uscita dalla clinica? Lo sa di sicuro. La polizia avrà informato tutti coloro che erano coinvolti nel mio caso quando sono stata dimessa. È una procedura standard. Il senso di irrealtà che mi ha accompagnata durante tutto il giorno dopo aver visto la foto di Tamara, torna a farsi sentire e mi stordisce un po'. Come è possibile che stia accadendo di nuovo?

Ma non sta accadendo di nuovo, cerco di farmi coraggio. *Sei una persona molto diversa adesso.* Cerco di calmarmi con questo pensiero e poi faccio un elenco delle cose che so, quelle di cui ho la certezza.

So che Tamara andava a letto con mio marito.

So che solo di recente ha iniziato a lavorare per lo studio di Garth.

So che non posso fargliela passare liscia, qualsiasi cosa stia tramando, perché non può essere una coincidenza.

Non so in che modo Garth, Tamara, Kelsey e il suo fidanzato siano collegati, ma lo scoprirò. Anche Natalie è coinvolta? Tutto è possibile a questo punto.

Devo passare all'azione per riuscire a capire.

Dopo una doccia veloce, prendo un Uber per il centro e mi faccio lasciare fuori dallo studio di Garth.

È tardi ma vedo che molte finestre sono ancora illuminate e c'è gente che lavora all'interno. Vorrei evitare di incrociare qualcuno, ma non è necessario che mi trattenga a lungo.

Nell'ascensore faccio pratica recitando mentalmente la scusa che dirò a chiunque mi chieda cosa ci faccio qui. Gli uffici sono silenziosi, solo un paio risultano occupati, e mi dirigo furtivamente verso quello che è stato il mio ufficio per tutta la scorsa settimana, pregando di non incontrare nessuno.

La porta è chiusa, il che è frustrante, ma almeno ho una busta sigillata da fa passare sotto la porta. La spingo dentro e me ne vado veloce. C'è una frase scritta su un foglio di carta che ho sigillato all'interno di una busta bianca con il suo nome scritto sul davanti.

So cosa sta accadendo. Chiamami a questo numero.
Grace.

Se ho ragione, mi chiamerà o mi manderà un messaggio. Se ho ragione? Lo so che ho ragione.

Mentre cammino verso le porte a vetro dell'edificio, queste si aprono e vedo un uomo che esce di fretta. Grazie alla luce di un lampione, riesco ad avvistare una giacca di pelle e senza la minima esitazione, inizio a rincorrerlo. Grazie al cielo ho scelto delle scarpe basse per la mia piccola spedizione in ufficio.

Cammina veloce, poi si gira, mi vede e inizia a correre.

Mi seminerà facilmente, ma non mi arrendo e accelero il passo per stargli dietro. Sembrerò una pazza che corre per la città e mentre avanzo le teste si voltano, le persone sono incuriosite da ciò che sto facendo, anche perché non indosso una tenuta sportiva.

Si infila in una via laterale e so che lo perderò di vista ma svolto anche io ed eccolo lì, fermo immobile.

Mi guardo intorno, non capendo perché si è fermato, ma poi vedo due ufficiali della polizia che parlano a una donna. Deve essersi spaventato per la loro presenza. Se qualcuno corre ed è inseguito, sicuramente un poliziotto vorrebbe sapere il perché.

Mi dirigo con piglio autoritario verso di lui e gli afferro il gomito. «Non provare a muoverti o ti giuro che gli dirò che mi hai fatto del male.» sibilo al suo orecchio.

«Loro ti cattureranno e il vostro piccolo piano meschino verrà smascherato.»

«Ok,» dice lui, sollevando leggermente le mani, «ok.»

«Dobbiamo parlare.» dico e lui annuisce.

Tenendogli ancora il gomito, mi guardo attorno e vedo all'angolo un ristorante italiano.

«Perché non lasci che ti offra una cena.» le parole suonano più come un ordine che un invito e ringrazio Dio per la presenza dei poliziotti che stanno ancora parlando alla donna.

Lo tengo anche mentre entriamo nel ristorante, dove ci sono diversi tavoli vuoti.

Ci fanno sedere subito e solo quando si siede al lato opposto del tavolo lascio andare il braccio.

«Ciao.» dice il cameriere porgendoci i menù, «Le specialità di stasera sono...» Lo ignoro mentre parla, fisso invece il giovane uomo che, come dice Kelsey, è "carino" con i suoi capelli bruno rossastro e gli occhi azzurri. Si siede composto e toglie la giacca di pelle, sotto indossa una maglietta con alcuni personaggi dei cartoni sul davanti. Mi viene da ridere per quanto è giovane, ma d'altra è nella vita di mia figlia che è rimasto in qualche modo invischiato. Non è una cosa su cui ridere. E questo ragazzo non sa con chi ha a che fare.

Devo capire come si legano tra loro tutte queste cose.

«Io prendo la pasta alla puttanesca,» dico al cameriere, «e un bicchiere di vino rosso.»

«Per me ehm... spaghetti con polpette,» dice, «e una birra, sì una birra chiara.» Sembra piuttosto a disagio. Do un'occhiata intorno. Per gli altri commensali potremmo essere una madre e un figlio a cena insieme. Di certo è abbastanza giovane da poter essere mio figlio.

«Aspetta finché non arrivano i nostri piatti.» gli raccomando, non voglio che ci interrompano.

Il biglietto che ho lasciato a Tamara è al centro dei miei pensieri.

Se non lo trova? Se lo trova, ma lo butta via? Se lo mostra alla polizia? Non dovrei contattarla.

Ci sono troppe variabili, troppe cose che non posso controllare, ma posso controllare Grace. Posso controllare chi sono e il modo in cui reagisco e non lascerò che quella troietta mi porti via tutto di nuovo.

Non accadrà di nuovo.

TRENTUNO
CORDELIA

Non è riuscita a riaddormentarsi, la sua terrificante settimana turbina dentro di lei facendola sentire irascibile e inquieta.

Prende il telefono e va alla ricerca dell'ultimo messaggio ricevuto da Garth.

Di cosa parli?

Devo lavorare.

Non intendo discuterne adesso.

Ma stava mentendo.

Non avrebbe il permesso di andarsene, però la polizia non le ha requisito il passaporto. Lo aveva con sé quando si è presentata da loro per l'interrogatorio, ma le cose sono andate diversamente da come aveva previsto e lei e Nicholas se n'erano andati prima che potesse consegnarlo alla polizia.

Si dirige verso la credenza e tira fuori il passaporto. È valido e lei ha la carta di credito. Potrebbe andarsene proprio ora, salire su un aereo e sparire come ha fatto Garth. Pur non avendo capi d'imputazione ufficiali, forse verrebbe comunque fermata all'aeroporto. Di sicuro il suo nome è su qualche lista. La polizia fa queste cose? L'hanno già fatto? Non può rischiare e lo sa. Vorrebbe prendere l'auto e fuggire via, ma ce l'ha la polizia. Sconfitta, lascia cadere il passaporto. È intrappolata in questo incubo.

Si ritrova a chiedersi se lui l'abbia tradita già dall'inizio della loro relazione. Sono insieme da più di quattro anni, ma in questo lasso di tempo hanno vissuto separati per diversi mesi, quando Garth era ancora nel Regno Unito. Chi può dire cosa faceva in quel periodo?

Va in cucina e si guarda intorno alla ricerca di qualcosa da mangiare, qualcosa che la distragga, e i suoi occhi cadono sulla bottiglia mezza vuota di vino che Garth aveva lasciato sul ripiano domenica sera, più di una settimana fa.

Cordelia la afferra e prende un bicchiere, versandovi una grande quantità di vino. Poi ne fa un sorso e mentre le scende in gola si strozza. Il vino è rimasto aperto per troppo tempo e ha un sapore amaro e rancido, ma a Cordelia non importa. Prende una bottiglia di limonata dal frigo e riempie il resto del bicchiere, scolandosi poi quel miscuglio dolciastro e acido. L'alcol colpisce subito lo stomaco dandole una sensazione di nausea. Ma non lascia che questo le impedisca di bere ancora. Quando è finita, afferra un pacchetto di patatine salate e si siede sul divano, scrollando le immagini sul telefono mentre mangia senza pensare a nulla. Sta solo aspettando che l'alcol faccia effetto così da potersi addormentare di nuovo, ma la coglie un pensiero improvviso.

E se sua madre stesse dicendo la verità? Se Tamara davvero lavora per lo studio di Garth? Sembra assurdo e impossibile, ma questa settimana sono accadute talmente tante cose assurde e impossibili, che questa sarebbe solo l'ultima della serie.

Cerca tra la lista dei contatti e pensa di chiamare Ian, perché lui sicuramente lo sa, ma poi rinuncia all'idea. Ian le vuole bene e magari vorrebbe solo cercare di proteggerla mentendole, anche se lei non dovrebbe necessariamente dirgli perché lo vuole sapere. Natalie, d'altra parte, dopo il loro litigioso incontro di sabato, sarebbe felicissima di spezzare il cuore a Cordelia, di raccontarle tutto quanto.

Potrebbe anche non rispondere alla chiamata, il che le andrebbe bene, così poi tornerebbe semplicemente a dormire. Il pollice sosta un momento sopra il numero per poi premere.

Natalie risponde dopo il primo squillo. «Cordelia?»

«Sì, devo farti una domanda.» Perché preoccuparsi dei preamboli dopo tutto ciò che è accaduto?

«Cosa?» di certo Natalie la pensa allo stesso modo.

«Chi è l'assistente amministrativo di Garth? Cioè, come si chiama?» aggiunge, nella speranza che le venga dato un nome che disintegri all'istante tutte le folli accuse di sua madre.

Invece di rispondere subito con un nome, Natalie esita. «Perché... perché vuoi saperlo?»

«Lo voglio sapere e basta, è una domanda banale.»

«Si chiama Tamara, ma è stata via tutta la settimana. È in ferie.»

«E quanti...?» Cordelia deglutisce rapidamente per far rimanere il vino nel suo stomaco. «Quanti anni ha?»

«Una trentina, direi; Cioè non è che parliamo di queste cose. Perché mi chiedi di lei?»

Cordelia fa un profondo respiro e lo trattiene per un istante. *Non voglio saperlo, non voglio saperlo, non voglio saperlo.*

Devo saperlo.

«Sai come fa di cognome?»

«Mi pare... Reed, sì Reed. Perché me lo chiedi?» Ma c'è qualcosa nel tono della voce che suggerisce a Cordelia che lei è a conoscenza di un legame tra Garth e Tamara.

«Nessun motivo.» sussurra Cordelia.

«Dev'esserci un motivo.» dice Natalie.

Garth lo sa che si tratta della stessa Tamara? Tamara sa tutto di Cordelia? I due sono solo colleghi di lavoro, amici, o qualcosa di più?

Tamara Reed. Se si fosse trattato dello stesso nome, avrebbe potuto essere solo una sfortunata coincidenza. Ma se aggiungiamo il cognome, non più. Tamara lavora per Garth. E anche se non vuole crederci, non avrebbe voluto credere neppure che Tamara si trovi nella sua stessa città, deve guardare in faccia la verità. E deve anche chiedersi il motivo. *Perché? Perché? Perché?*

«C'è una tirocinante che lavora lì e si chiama Kelsey?» chiede Cordelia.

«Perché mi chiedi di lei?» chiede Natalie con circospezione.

«Sto solo... solo chiedendo.» risponde Cordelia perché ora è il momento di porre tutte le domande, tutte le domande di cui è sicura di non voler sapere le risposte. Non ha creduto a sua madre riguardo a Tamara, ma magari sua madre aveva ragione su tutto, proprio su tutto.

«Ascolta, era solo un pettegolezzo.» dice Natalie.

«Che cosa era solo un pettegolezzo?» vuole sapere Cordelia e Natalie rimane a lungo in silenzio. Cordelia allontana il telefono dall'orecchio e guarda lo schermo, pensando che forse la donna ha riagganciato.

«Natalie,» dice in tono secco, «che cosa era solo un pettegolezzo?»

«Che Garth fosse andato a letto con lei.» dice Natalie a bassa voce, come se così potesse addolcire il colpo. «Era quasi Natale e Garth aveva fatto serata... un bel po' di drink, ma come ti dicevo... si tratta solo di un pettegolezzo.»

«Oh.» sussulta Cordelia.

«Lei ha solo diciannove anni e nemmeno Garth è così...» Natalie continua la frase, ma Cordelia riattacca. Ogni volta che pensa che non può andare peggio di così, poi succede.

Dovrebbe chiamare sua madre e scusarsi, dirle qualcosa,

qualsiasi cosa, ma sembra che trovare le parole sia impossibile. Sembra che una sorta di orribile cerchio si stia chiudendo, ma per quale motivo non lo sa.

Sono le 21 passate e sente gli occhi farsi pesanti, ancora una volta, trova rifugio nel sonno, perché semplicemente non riesce più a pensare a tutto questo. Non ci riesce proprio.

TRENTADUE

GRACE

Rimaniamo seduti in un silenzio denso di domande finché non arrivano i nostri piatti.

«Cosa c'entra Kelsey con Garth?» chiedo.

«Kelsey?» tenta di darmela a bere.

«Non ci provare nemmeno a far finta di non conoscerla,» dico. «mi ha detto che sei il suo ragazzo e devi essere al corrente del fatto che Garth è scomparso e so che in qualche modo tu, Kelsey e Tamara siete tutti coinvolti, quindi parla, giovanotto o ti giuro che chiamo la polizia seduta stante e spiattello tutto.»

«Nessuno ti crederà.» fa un sorrisetto compiaciuto e prende la forchetta, riempiendosi la bocca di spaghetti, lasciando una traccia di sugo sul mento mentre mastica. *Sciocco ragazzino, sciocco, sciocco ragazzino.*

Lascio il mio piatto intatto, fissandolo finché non prende un tovagliolo per pulirsi la faccia, fa un sorso di birra e si schiarisce la voce.

«Tuo genero è uno stronzo.» dice.

«Non è mio genero,» rispondo, «è il fidanzato di mia figlia e uno della peggior specie.»

«Ha davvero ferito Kelsey, l'ha trattata come un giocattolo, ci è andato a letto una volta e poi l'ha ignorata. Lei si è incazzata e non è saggio far incazzare la figlia di uno dei soci dello studio. Poi lui è vecchio, cioè potrebbe essere... voglio dire, lei ha solo diciannove anni ed è rivoltante.»

«Sono d'accordo.» dico incrociando le braccia sul petto, come a proteggere il cuore da questi dettagli ripugnanti. «Sai dove si trova?»

«Vogliamo centomila dollari.» dice invece di rispondermi.

«Cosa?»

«Io e Kelsey trascorreremo l'anno prossimo a viaggiare e vogliamo centomila dollari, così non dovremo arrabattarci. Altrimenti Kelsey lo dice a suo padre e Garth perde il lavoro e magari rischia anche qualcosa di peggio perché... non avrebbe dovuto andare a letto con lei.»

Scuoto la testa, confusa. Come è possibile che centomila dollari diventino tre milioni? «Sai dove si trova?» chiedo.

Scuote la testa e prende un'altra grossa forchettata. «Non lo so. Quel pezzo lì non mi riguarda. Io dovevo solo seguirti e seguire Cordelia, dovevo assicurarmi che tu ritirassi i soldi e che martedì portassi il telefono nell'appartamento, e... questo è tutto ciò che dovevo fare.»

«Come hai fatto a entrare nell'appartamento?»

«Avevo le chiavi, no?» dice, alzando la birra verso di me come brindando alla sua arguzia.

In che razza di situazione ti sei immischiato, Garth? E come potevi credere che l'avresti passata liscia?

«Come facevi a sapere chi sono?»

Scuote di nuovo la testa. «Vogliamo centomila dollari.» ripete lui.

«Cosa c'entra Tamara con tutta questa storia?»

«Centomila dollari,» ripete lui, «o tutti quanti sapranno quello che ha fatto.»

«Dimmi in che modo è coinvolta Tamara e ti darò i tuoi soldi.»

Un sorriso smagliante gli compare sul volto, come quello di un bimbo felice. «Mi darai i miei soldi.» dice e si alza.

«Siediti.» dico.

«Chiamami quando hai i miei soldi,» dice, estraendo una penna dalla tasca della giacca e appuntando il suo numero su un tovagliolo, «e forse tutto quanto si sistemerà.» Solleva il bicchiere, scola la sua birra e si volta per andarsene.

«Sai.» dico rapida e si ferma.

«Sì, cosa?» risponde lui, voltandosi di nuovo verso di me e infilandosi la giacca.

«Conosco Tamara da anni. Aveva una tresca con mio marito e...» Sventolo la mano perché questa è una storia lunga per cui non ho tempo, «e voglio che tu sappia che non puoi fidarti di lei. Qualsiasi cosa ti abbia detto che ti darà... sta mentendo.

Tu e Kelsey finirete a bocca asciutta e io andrò alla polizia; quindi, come minimo avrete entrambi vita dura per un po' di tempo. Non penso che il padre di Kelsey sarà molto contento che sua figlia venga interrogata dalla polizia. Garth è scomparso e anche se la polizia non crede a nulla di quello che dico, vorranno comunque interrogare Kelsey. E a quel punto, chissà quali segreti potrebbero venire allo scoperto.»

John mi fissa per un attimo e vedo che sta pensando a ciò che ho appena detto, ma poi si china e digrigna i denti. «Dammi i miei soldi o tua figlia finirà in prigione.» dice e se ne va.

Voglio rincorrerlo mentre sento la frustrazione e la rabbia crescere dentro di me, ma non ha senso. Dovrò aspettare che Tamara mi contatti, così da poter mettere insieme tutte le tessere del puzzle, e poi dovrò capire cosa fare.

Tornata nella mia stanza d'hotel, cammino avanti e indietro cercando disperatamente di mettere insieme i pezzi di questa storia, in special modo le diverse cifre: centomila dollari da una parte e tre milioni dall'altra.

Garth è un avvocato ed è molto astuto, di sicuro abbastanza astuto da pianificare tutta questa piccola messinscena per portarmi via dei quattrini. Non so che cosa intendesse fare con il resto. Presumibilmente mandarli a sua madre o forse voleva solo lasciare il Paese e tornare nel Regno Unito, libero dai debiti e da Cordelia. Qualsiasi cosa avesse pianificato, non sa che non accetterò passivamente quello che ha fatto a mia figlia. Il modo in cui l'ha incastrata.

Devo aspettare domani mattina per andare in banca. Mi faranno delle domande ma il denaro che ho a disposizione è abbastanza; quindi, non sarà difficile prelevare centomila dollari. Per recuperare tre milioni avrei avuto bisogno di qualche giorno e avrei dovuto svincolare alcuni depositi a termine, ma ora non è più necessario.

Se adesso vado dalla polizia, mi crederanno? A Cordelia non hanno creduto. Sono così stanca di cercare di dire alle persone la verità e sentirli mettere in discussione la mia sanità mentale. Non ho bisogno che anche la polizia mi riservi questo trattamento. Me la caverò da sola.

Finalmente, appena dopo l'una di notte, mi faccio una doccia e vado a letto.

Mi addormento con le domande che continuano a girarmi in testa e mi sveglio solo quando ricevo un messaggio sul telefono che mi trascina fuori dal sonno. Lo afferro impaziente, sperando che Cordelia sia pronta a fidarsi di me, a perdonarmi quanto basta per ritrovare la fiducia nei miei confronti.

Il messaggio però non è da parte di Cordelia, ma è di un numero sconosciuto. Sono solo tre le persone che hanno il mio numero ora – una di loro mi ha appena scritto un messaggio. È ovvio che si tratta di lei.

Si tratta di due emoji che battono le mani e:

*Ben fatto, Grace. Salda il debito o Garth muore e
Cordelia va in prigione.*

Sono da poco passate le 8.30 del mattino. Di certo è appena
arrivata in ufficio e ha visto il biglietto.

Rileggo le parole diverse volte. Tamara è in combutta con
Kelsey e il suo fidanzato, John, o si sta solo approfittando della
situazione? Qualsiasi sia la verità, c'è solo una cosa di cui sono
certa: Tamara non sa che ho parlato con John.

Il karma le ha voltato le spalle. E ora tocca a me.

TRENTATRÉ

CORDELIA

«Se domani non ti presenti con un certificato medico, temo che dovremo congedarti, Cordelia. Penso che converrai con me che siamo stati più che corretti, ma in assenza di una giustificazione, ci troviamo costretti a prendere questa decisione. Ti invito caldamente a contattarmi.» Sono da poco passate le 9 della mattina e Cordelia riascolta il messaggio vocale ancora una volta.

«Non mi importa niente.» dice ad alta voce, perché in effetti è così.

Esce dal letto e va dritta sotto la doccia, incerta su ciò che farà della sua giornata, a parte aspettare aggiornamenti dal suo avvocato o dalla polizia.

Guardandosi intorno nell'appartamento pensa all'affitto che deve pagare entro una settimana e alle bollette che si stanno accumulando nella sua casella di posta.

È troppo giovane per dover gestire tutto questo, davvero troppo giovane e non vuole continuare così.

Negli ultimi giorni, quando non era occupata a preoccuparsi per Garth o ad avere paura per lui o per sé stessa, ha provato a riesaminare la sua relazione con lui, ripercorrendo tutte le cose che lui le ha detto, incluse le critiche ai suoi amici, al suo lavoro e ai vestiti.

Era cresciuta con una madre orgogliosa e forte, che aveva stravolto la sua stessa vita a causa di una tresca immaginaria. Eppure, oggi mentre si prepara la colazione, Cordelia capisce che dopo l'incendio non ha abbandonato solo sua madre e tutte le cose terrificanti che ha fatto. Ha anche abbandonato tutte le cose che sua madre le ha insegnato su come stare al mondo in quanto donna.

Cordelia ha rinunciato a parti di sé e della sua vita per coltivare una relazione con un uomo che le ha mentito, l'ha tradita e ora forse è anche fuggito via, lasciando che lei venisse accusata per la sua scomparsa. E ora pretende da lei milioni di dollari. È una follia totale.

Come ha potuto permettere tutto ciò? È brillante e ben istruita. Sa che cosa è un abuso, ma forse qualche volta gli abusi si mascherano da qualcos'altro. Questo specifico abuso l'ha fatta sentire piccola e sola, terrorizzata e non abbastanza brava e ora rischia anche di essere accusata di un omicidio che potrebbe esserci stato, o forse no. Come è stato possibile arrivare a questo?

A Cordelia sembra di essere sul punto di perdere tutta la sua vita.

Parte di lei continua a sperare che, in qualche modo, Garth sia consapevole di quello che le sta succedendo, che sappia che hanno accusato lei per la sua scomparsa e che da un momento all'altro riappaia e si scusi per tutto quello che sta accadendo. Ha un debito, ma i soldi non sono un problema.

E che cosa c'entra Tamara con tutto questo? Perché lavora nello studio di Garth? Si tratta solo di una coincidenza? Ora si sente in colpa per le cose che ha detto a sua madre, perché aveva ragione lei, ma è anche arrabbiata perché lei ha ripreso a bere.

Deve chiamarla? E in quanto a Kelsey e il suo ragazzo? In che modo sono coinvolti in questa storia?

Dei colpi alla porta d'ingresso la fanno sussultare. Nessuno ha citofonato.

Prende in mano un paio di forbici dal bancone della cucina e si dirige verso la porta. Ora come ora qualsiasi cosa è possibile e vuole essere pronta a tutto.

«Chi è?» chiede attraverso la porta, ma non ottiene risposta, solo altri colpi.

Deve aprire o chiamare la polizia? Potrebbe essere... Il suo cuore ha un sussulto di gioia e lei si odia per questo, ma forse si tratta di Garth.

Apre la porta rapidamente e si trova davanti sua madre.

Non sa proprio cosa dire.

«Mi devi ascoltare.» le intima sua madre. «Devi smetterla di fare la bambina e ascoltarmi.»

«Non sono una bambina.» grida Cordelia, esattamente come se lo fosse, ma indietreggia e la fa entrare.

«Adesso ti siedi e mi ascolti.» pretende sua madre e Cordelia fila sul divano e ci sprofonda dentro, infastidita, mentre lascia cadere le forbici sul tavolino.

«Guarda.» dice sua madre, mostrandole lo schermo del telefono.

Cordelia legge il messaggio. «Chi è il mittente?» chiede lei.

«Tamara.» dice sua madre e poi tiene la mano sollevata.

«Non parlare, ascolta e basta.»

Cordelia alza la mano come una bambina che chiede di intervenire in classe e sua madre è talmente stupita del gesto che rimane in silenzio. «So che è lei.» dice Cordelia. «Ho chiamato Natalie e le ho chiesto nome e cognome. Deve essere lei per forza e so che è così; quindi, mi spiace ma non capisco perché ti ha contattata. Che cosa sta succedendo esattamente?»

Cordelia si appoggia ai cuscini del divano e rimane concentrata, mentre le viene raccontato nei dettagli che razza di persona ha lasciato entrare nella sua vita.

TRENTAQUATTRO
GRACE

È stata una giornata lunghissima. Io e Cordelia l'abbiamo passata insieme a parlare, piangere, elaborare tutto. Non so chi saremo domani, che emozioni proveremo, che cosa ne sarà di noi. Non importa ciò che accadrà, ora è il momento di mettere fine ai piani di Tamara, qualsiasi cosa abbia in mente. Prenderò il controllo della situazione.

Do un'occhiata al mio telefono per vedere l'ora. Sono quasi le 23 quando entro all'interno del palazzo dove lavora Garth, Cordelia è appena dietro di me.

«Adesso che si fa?» mi aveva chiesto lei dopo che le avevo spiegato in che modo avevo messo insieme tutti i pezzi del puzzle.

«Allora, devi solo fidarti di me. Devo parlare con John e con Tamara, farò in modo di incontrare tutti quanti in un posto solo e porterò con me il denaro.»

Ho inviato un messaggio a Tamara.

*Ci vediamo stasera in ufficio. 23 in punto. Porta Garth o
non avrai i soldi.*

Non le ha detto di non sapere dove lui si trovi. Perché in
effetti sa con esattezza dov'è, o meglio pensa di saperlo.

La seconda cosa da fare era contattare John.

Era restio a fare ciò che gli ho chiesto, ma quando gli avevo
parlato al ristorante, ero riuscita a instillare in lui il sospetto nei
confronti di Tamara.

Sono certa che lui e Kelsey abbiano parlato della possibilità
di essere stati usati. A lui non importa cosa accade. Vuole solo i
suoi soldi. È ovvio che vuole i suoi soldi, e centomila dollari è
una somma irrisoria da spendere perché tutto ciò abbia fine.
Non c'è nessun senso dell'onore nei ladri, nessun senso dell'o-
nore in coloro che cercano di ferire le persone. Si è convinto
quasi subito a fare ciò che avevo bisogno che facesse.

Ora io e Cordelia saliamo le scale fino al piano dello studio
legale e facciamo il nostro ingresso nella reception.

«Sei sicura?» mi chiede ancora una volta, perché è terrorizzata dal mio piano e dalle decisioni che è stato necessario
prendere

«Sono sicura.» dico io.

Non c'è nessuno, il che è già una buona cosa, e seguiamo la
scheggia di luce che proviene dall'ufficio dell'assistente amministrativa.

Tengo in mano una borsa che contiene centomila dollari.
Ho solo bisogno che Tamara pensi che qui dentro ci siano tutti i
tre milioni.

Devo ammettere che quando apro la porta dell'ufficio e la
vedo dietro la scrivania, rimango sconvolta. Mi aspettavo che
fosse qui, eppure non fino in fondo. È splendida come nelle sue
foto di Instagram, gli zigomi pronunciati e i capelli biondi
perfetti.

«Tamara.» dico e dietro di me Cordelia ha un sussulto.

«In carne e ossa.» dice lei con un sorriso.

«Dove è Garth?» le chiedo e lei scuote la testa.

«Nascosto da qualche parte, al sicuro.»

Questo è quello che pensi tu.

Sento un singhiozzo strozzato provenire da Cordelia e vorrei rassicurarla ma non mi giro, invece cerco di schermarla col mio corpo dal ghigno che è comparso sul volto di Tamara.

«Puoi dirmi perché?» dico. «Che cosa te ne viene in tasca da tutta questa cosa?» Tengo la borsa ancora più stretta in caso cercasse di prendermela.

«Siediti là, Cordelia.» dice Tamara, alzandosi e indicando una poltrona in tessuto grigio posta di lato, appoggiata al muro.

Cordelia fa docilmente ciò che le è stato chiesto. Credo sia sotto shock.

E riesco quasi a vederla ripercorrere tutto quello che è successo sei anni fa e rendersi conto che ciò che suo padre, Tamara e alla fine anche i giudici hanno dichiarato essere stata un'"allucinazione alcolica", forse non era affatto un'allucinazione.

Provo un dolore così profondo mentre vedo chiaramente che mia figlia sta rimettendo in discussione tutto ciò che negli scorsi sei anni pensava di aver capito. Perché se ho ragione su Tamara adesso, è logico che avevo ragione su Tamara anche allora. Mi chiedo per un attimo come farà mia figlia a sopravvivere a tutto ciò, come farà a rimanere la persona che è.

«Cosa c'entri tu con la scomparsa di Garth?» chiedo a Tamara.

«Allora, si tratta di una storia curiosa. Sai, l'ho saputo quando sei uscita dalla clinica. Me l'hanno detto e penso... beh, penso che tu non abbia pagato abbastanza per il crimine che hai commesso, Grace.» dice lei, facendo un gesto con la mano e poi si interrompe e si morde il labbro mentre scuote la testa. «Sei un'assassina e avresti dovuto essere rinchiusa in prigione per sempre. E invece eccoti qui, te ne vai in giro tranquilla come se non avessi ucciso l'uomo che amavo con tutta me stessa.» I suoi occhi azzurri sono lucidi di lacrime, ma non sento alcuna empatia nei suoi confronti. Era mio prima di essere suo. Non aveva alcun diritto di rubarmi Robert.

Sento un altro sussulto provenire da Cordelia. Credo che stasera mia figlia verrà a conoscenza di molte verità sgradevoli.

Tengo stretta a me la borsa in pelle piena di contanti, non voglio che Tamara superi con un balzo la scrivania e, in qualche modo, riesca ad afferrarla.

«Ho un regalo per te.» dice lei voltandosi e tira fuori una bottiglia di vino da un cassetto dello schedario. La fisso e riconosco l'etichetta. È una bottiglia di vino che Robert mi comprò per il mio compleanno, due anni prima che tutto cadesse a pezzi. Spese duemila euro e non saprei proprio dire quanto potrebbe valere oggi. La tenevamo da parte per un'occasione speciale, tipo quando Cordelia si fosse laureata, o i suoi affari avessero finalmente raggiunto il potenziale auspicato, o ancora quando fossi riuscita a conquistare il mercato estero, qualcosa di cui io e Liza Hong, la mia vice, avevamo discusso prima che scoprissi che la mia assistente andava a letto con mio marito. A un certo punto Robert l'aveva presa e l'aveva regalata alla sua amante, il solo pensiero mi nausea.

«La riconosci?» chiede con un sorrisetto malizioso. «L'ho tenuta per te. Sono sicura che avrò abbastanza denaro da potermene comprare molte di queste.»

«Non capisco.» dice Cordelia.

«Oh Cielo,» sospira Tamara, voltandosi per guardare mia figlia che è rannicchiata sulla poltrona, «sei proprio una stupida ragazzina, Cordelia. Mi ci sono voluti cinque minuti per sedurre Garth. L'unica cosa che mi interessava era portartelo via. Tua madre si è fatta rinchiudere in una clinica così da potersi garantire senza sforzo la protezione da tutto, per anni ho aspettato che uscisse. Tutta la mia vita è stata distrutta e ho dovuto ricostruirla da zero. Anche la tua vita è cambiata, Cordelia, ma poi dopotutto hai voltato pagina, sei fuggita nel Regno Unito e ti sei trovata un "vero amore".» Con le mani fa il segno delle virgolette mentre pronuncia queste parole.

«Io, invece, sono stata lasciata da sola con il mio devastante dolore e per me non c'è stata alcuna giustizia. Ci ho rimesso tutto il denaro che avevo e ho perso il tuo splendido padre e ho dovuto ricominciare da capo. So che tua madre ti adora e sapevo che l'avrebbe ferita sapere che il tuo cuoricino era stato spezzato.

E sapevo che sarebbe arrivava correndo se tu ne avessi avuto bisogno. Era sempre così preoccupata per te.» Guarda Cordelia che è ancora rannicchiata nella poltrona, pallida e quasi in lacrime. Con un broncio canzonatorio Tamara le dice «Oh povera Cordy, così innamorata, così giovane.» sospira.

«Perché non sei venuta a cercare me?» le chiedo. Tamara continua a guardare la porta, come se ogni momento fosse buono per prendermi i soldi e scappare. Ho ragione riguardo al luogo in cui si trova Garth?

È qui o altrove? È davvero rinchiuso da qualche parte o sta solo aspettando che il suo nuovo amore prenda i soldi così da poter fuggire insieme a lei? Penso di sapere dove si trova, ma sono comunque preoccupata perché potrebbe fare la sua apparizione da un momento all'altro e a quel punto io e Cordelia non potremmo averla vinta.

«Doveva essere solo una storiella da poco,» dice Tamara agitando la mano, «e poi chi l'avrebbe mai detto, mi sono innamorata e Garth mi ha raccontato del suo problemino – beh, diciamo dei suoi problemi – con tutti i soldi di cui sua madre ha bisogno e con quell'astuta piccola impudente che stava cercando di ricattarlo. Kelsey e John non sapevano proprio da che parte girarsi. Volevano solo punire Garth per aver ferito Kelsey. E volevano del denaro per poter viaggiare. Non penso neanche che il padre di Kelsey sappia del suo nuovo fidanzato.

Ma questo non mi riguarda. Quando Garth mi ha detto che era stato ricattato, ho escogitato un piano migliore, un piano che accontenta tutti quanti, a parte te, Grace, e la tua figlioletta.»

Sento montare dentro di me un'ondata di odio violento nei confronti di questa donna, ma rimango in silenzio.

«Ed eccoci qui.» continua lei. «Ho trovato una soluzione a tutto. Kelsey e John scapperanno via e gireranno il mondo e io e Garth salderemo il prestito e aiuteremo sua madre, poi potremo ricominciare le nostre vite da capo. Non sono forse astuta, Grace?» chiede, come se si aspettasse lodi e applausi da parte mia. Questa donna è chiaramente folle.

«Sei molto astuta. Ottimo lavoro, Tamara.» dico, con la voce rotta.

«Me lo *devi*, Grace. Mi hai preso tutto e me lo devi. Se ti limiti a consegnarmi il denaro, Garth domani si presenterà in commissariato e dichiarerà che si era perso nella boscaglia o una cosa del genere. E poi io e lui spariremo e Cordelia può... non lo so, trovarsi qualcuno di più giovane o una cosa così.» Il suo atteggiamento è così sprezzante, così crudele – non posso quasi crederci.

«Dovevi farmi recapitare il telefono.» sussurra Cordelia.

Tamara sorride. «Sì, quella era l'idea di Garth, ma ho pensato che sarebbe stato meglio se tu l'avessi trovato in un momento successivo, dopo che la polizia ti avesse dichiarata la sospettata numero uno. Sapevo che tua madre non avrebbe sopportato l'idea che fossi nei guai con la polizia dopo tutto quello che ha fatto. Avrei voluto recapitartelo oggi, ma poi ho trovato il biglietto di tua madre e il telefono era sparito. Sei astuta, Grace.» dice, voltandosi per guardarmi. «Non quanto lo sono io, ma... cosa vuoi farci?» dice con un'alzata di spalle. «Ho detto a John di pedinare entrambe per mettervi paura. Sapevo che saresti venuta, Grace, anche se non volevi che Cordelia scoprisse che eri qui. Non mi aspettavo che avresti trovato lavoro nello studio di Garth, ma d'altra parte non si può controllare tutto, vero? Il tuo travestimento è inutile, tra parentesi. Ti ho osservata da quando hai messo piede a Melbourne. A dire il vero stavo osservando Cordelia e poi eccoti apparire con il tuo travestimento, mentre fai finta di essere qualcun'altro.»

«E il coltello con il suo sangue?» chiedo. «E l'auto che è uscita dal condominio?»

«Oh quella è tutta un'idea di John. Lui e Kelsey volevano così tanto aiutarmi che ho dato loro qualcosa da fare. Garth non era molto contento di darci il suo sangue, ma sapeva che era per una giusta causa.

E non gli piaceva nemmeno l'idea del coltello e dell'auto perché non voleva che la piccola Cordy soffrisse... ma sapeva che era necessario fare in modo che la mammina Grace sganciasse i soldi. Per quanto mi riguarda, invece, non mi dispiaceva l'idea che Cordelia soffrisse e che tu soffrissi, Grace, dato che lei è tua figlia.» chiosa alzando le spalle.

«Ora è finita. Dammi il denaro,» dice lei, allungando le braccia verso di me, «e tutto questo, inclusi me e Garth, sparirà.»

«Non penso proprio.» dico e lancio un'occhiata a Cordelia che sembra piccolissima e triste. È terrificante sentirsi dire che l'uomo che ami è innamorato di qualcun'altra. È terrificante dover sentire tutto quello che ha sentito stasera. Ma cerco di rassicurami dicendomi che è quasi finita. Se tutto quello che ho architettato andrà secondo i piani, l'intera faccenda si chiuderà qui.

«Mi hai rovinato la vita, puttana che non sei altro.» sibila Cordelia rivolgendosi a Tamara, che scoppia a ridere.

«Tua madre l'ha rovinata a me. Avrei dovuto avere una splendida casa e metà azienda e non ho niente. Allora avrò tre milioni di dollari.»

«Meno quello che vogliono Kelsey e John e il prestito.»

«Sì, sì,» dice Tamara, «sistemeremo ogni cosa.» Poi distoglie lo sguardo e una leggera smorfia appare sul suo volto, e capisco che lei e Garth non avevano mai avuto intenzione di dare nulla a quegli stupidi ragazzini. Sono stati usati e manipolati nello stesso modo in cui lo sono stata io, nello stesso modo in cui lo è stata Cordelia. È probabile che Tamara e Garth non sarebbero neppure andati alla polizia per far sapere che Garth è vivo.

Sarebbero semplicemente fuggiti e avrebbero lasciato che Cordelia affrontasse le conseguenze. Ma me lo aspettavo.

Tamara allunga la mano. «Dammi i soldi, Grace, o la tua principessina finirà in prigione.»

«La polizia vi prenderà, non credere.» dico scandendo le parole. Do un'occhiata all'orologio sul muro. Ancora un minuto, è tutto ciò che mi occorre.

«Quando avrai la possibilità di spiegare, io e Garth saremo già partiti da un pezzo e, in ogni caso, non ti crederanno. Siamo onesti, ci sono troppi indizi che puntano contro la tua cara figliola. Hai ucciso tuo marito e non sei andata in prigione. Ma ora potrai andare a far visita a tua figlia e sarà un po' come se fossi anche tu dietro le sbarre.» dice Tamara, alzando la bottiglia di vino e guardando l'etichetta. «Forse dovrei aprirla e potremmo bercela insieme.»

«Tu sei pazza.» dico.

«No, *tu* sei pazza e un'alcolizzata e avresti dovuto passare il resto della tua vita in gattabuia.» dice Tamara sputando le parole, gli occhi ridotti a due fessure.

«Devi sapere che ho parlato a John.» le dico.

«Bugiarda.» dice Tamara con una risata e si lascia cadere sulla sedia dell'ufficio. «Non sono un'idiota, Grace.»

«Nemmeno io.» dico. «Gli ho detto che non gli avresti dato un centesimo, che tu e Garth stavate solo usando lui e Kelsey e sarà anche giovane, ma è piuttosto arrabbiato. Si è sentito come se vi foste presi gioco di lui.»

Con una teatrale alzata di spalle dice, «Sono certa che troverai una soluzione, Grace, oppure no. Non me ne frega niente. Dammi i soldi.»

«Non ti do niente finché non mi garantisci che Garth chiamerà la polizia dicendo che sta bene.»

«D'accordo.» dice Tamara, alzando gli occhi al cielo. Tira fuori il telefono e vado nel panico, perché penso che stia per chiamare Garth, ovunque sia, invece, si limita a schiacciare il tasto play di un messaggio vocale.

«Ciao Cordy, sono io. Mi spiace tantissimo per questa faccenda. Stasera prima che ce ne andiamo, vado alla polizia. Mi spiace, Cordy, ti amerò sempre ma...»

«Oh Dio, oh Dio.» dice Cordelia sentendo la sua voce.

Sono parole recitate ad arte, prive di qualsiasi emozione.

«... ma credo proprio che io e Tammy siamo anime gemelle. Ho faticato così tanto per essere un certo tipo di persona, per fare tutto ciò che dovevo per mia madre e per te e ora sento che... è il mio turno. Mia madre starà bene e devo provare a essere felice anche io.»

Scuoto la testa per queste parole ridicole, per questo sentimentalismo demenziale e per il livello di egoismo di Garth.

«Bastardo!» grida Cordelia, balzando in piedi dalla poltrona e afferrando il telefono. «Bastardo!» grida, anche se Garth non può sentirla.

Tamara ridacchia. «Non è qui, Cordelia. È al sicuro, lontano... ora ridammelo...» Non riesce a finire la frase perché all'improvviso si sente sbattere la porta che conduce alle scale, un rumore sordo che echeggia nel silenzio dello studio.

«Chi è?» chiede Tamara con lo sguardo che va a posarsi sulla porta dell'ufficio.

Sorrido mentre un uomo urla, «Dove sono i miei soldi?»

«Che cosa?» dice Tamara, impallidendo per la rabbia nella sua voce, e ora tocca a me alzare le spalle. «Come ti dicevo, John vuole i suoi soldi.» dico. «Lui e Kelsey hanno un bel piano in mente e gli ho detto che tu l'avresti rovinato, che avresti lasciato i due piccioncini senza il becco di un quattrino. Loro vogliono viaggiare e io ho detto che li avrei aiutati. Sono contenta di darli a loro, i soldi. Potranno godersi un anno di viaggi offerto da me.»

Mi sposto di lato mentre sentiamo il rumore delle porte che vengono sfondate e John ruggisce, «Dove siete? Dove sono i miei soldi?»

Gli ho detto di fare una scenata. Di gridare e urlare e spaccare tutto. Ha seguito le mie istruzioni alla lettera.

Ora sono io a sorridere compiaciuta.

TRENTACINQUE
CORDELIA

Martedì

Al rumore di legno spaccato e vetro infranto scende con un balzo dalla poltrona e si rannicchia in un angolo. Tamara si guarda intorno freneticamente e poi afferra la bottiglia di vino, tenendola sopra la testa per usarla come arma. Cordelia guarda sua mamma spostarsi di lato, tiene ancora la borsa con il denaro stretta a sé, mentre Tamara sfreccia attorno alla scrivania brandendo la bottiglia in alto. Cordelia si rende conto di quanto la donna sia nel panico, mentre il rumore di cose fatte a pezzi echeggia in tutto lo studio.

«Dove siete? Dove siete?» urla John, la voce alta e impetuosa per la furia.

«Puttana.» sibila Tamara a sua madre, mentre sentono dei passi pesanti avvicinarsi e la porta dell'ufficio si spalanca.

Tamara brandisce la bottiglia di vino e sferra il colpo con tutta la forza di cui è capace, il viso contratto in una smorfia a causa dello sforzo.

«Bastardo.» urla Tamara, la bottiglia gli colpisce la testa mentre lui varca la soglia.

Il rumore sordo di un tonfo riempie l'aria e lui crolla in avanti, sulle ginocchia prima e poi con la faccia a terra. Compare il sangue, pesante e spesso, con quell'odore metallico, e inizia a penetrare nel tappeto grigio. Cordelia pensa che potrebbe vomitare.

Vorrebbe chiudere gli occhi, non vedere nulla, ma non può fare a meno di guardare. Con la mano sulla bocca, abbassa lo sguardo sull'uomo che giace sul tappeto e lo scruta. Ha una Polo blu e dei pantaloni di cotone.

E non si tratta di John.

Anche da dietro, Cordelia riesce a vedere che non si tratta di John, il fidanzato di Kelsey. Quell'uomo aveva spalle larghe e capelli rosso-bruno.

L'uomo sul pavimento ha i capelli biondo-sabbia ed è più basso, più esile.

L'uomo per terra è Garth.

È Garth che giace a terra, tutt'intorno a lui una pozza di sangue che esce dalla ferita sulla testa causata dal colpo della bottiglia di vino piena.

Non è scomparso, non è da nessun'altra parte, è proprio qui, attendeva che la sua amante prendesse i tre milioni di dollari dalla madre di Cordelia.

È Garth.

«Garth.» geme lei, lo stomaco si contorce, gli occhi si riempiono di lacrime. «Garth.» dice di nuovo mentre si avvicina a lui e crolla sulle ginocchia, toccandogli la spalla, scuotendolo per farlo muovere.

È ancora innamorata della versione di lui che ha in mente, è ancora innamorata del Garth che aveva incontrato nel Regno Unito, gentile, equilibrato e incoraggiante, lui che era diventato tutto per lei.

Sua madre si accovaccia accanto a lei e l'allontana fisicamente da lui. «No, vai, vai via adesso, me ne occupo io.»

«Ma Garth.» grida Cordelia in lacrime, cercando di tornare da lui.

«Ti ha tradita, ti ha mentito ed era innamorato di un'altra ed era disposto a lasciarti rinchiudere in prigione. Adesso vai via.» dice di nuovo sua madre, con uno sguardo feroce nei suoi occhi verdi.

«Garth, o mio Dio, Garth, tesoro, svegliati, tesoro, scusami.» urla Tamara, accovacciandosi accanto a lui e in quel momento Cordelia si rende conto di ciò che sta succedendo.

Sono due le donne che amano Garth e sono accovacciate accanto a lui, ma Garth è innamorato davvero solo di una, l'altra è la donna che lui ha usato. È lei quella donna. È lei.

«Ora vattene.» urla sua madre e Cordelia obbedisce.

Tirando le maniche della felpa fino a coprirsi le mani, fugge verso le scale perché sua madre ha detto di non usare l'ascensore e scende di corsa sette piani finché non si ritrova fuori, nel freddo vento autunnale.

Inizia a correre, corre e basta, non pensa neppure a dove è diretta anche se sa che deve tornare a casa.

Sua madre le aveva detto cosa fare, le aveva detto che avrebbe riconosciuto il momento in cui iniziare a correre, ma Cordelia non si sarebbe mai immaginata che sarebbe stato così.

Garth giace sul pavimento di un ufficio con il sangue che fuoriesce dalla testa. Garth andava a letto con Tamara? Come è possibile?

Quasi sette anni fa sua madre aveva iniziato a bere accusando suo padre di andare a letto con Tamara, poi le cose sono degenerate finché sua madre non ha dato fuoco alla loro casa, uccidendo suo padre che stava dormendo all'interno. E da quel momento in poi Cordelia sapeva con certezza chi fosse il nemico e a chi addossare la colpa. Ma era così certa di sapere chi era il nemico, che aveva tralasciato di guardare coloro che le stavano accanto. Garth sapeva tutto, aveva capito tutto. Come è stato possibile che diventasse lui il nemico?

Si sente così stupida, così arrabbiata, così affranta. Continua a correre, prende una strada laterale così da andare nella direzione giusta, il respiro che le brucia nei polmoni, lo stomaco rivoltato e il cuore a pezzi.

«Troverò una soluzione.» aveva detto sua madre, ma dopo tutto ciò che era accaduto, Cordelia non riusciva a crederle. Non le crede tutt'ora. Come può sua madre trovare una soluzione?

Ora però non può far altro che correre, i polmoni in fiamme, gli occhi pieni di lacrime, l'anima in frantumi.

Può solo correre.

TRENTASEI

GRACE

Martedì

«Oh mio Dio, oh mio Dio,» strilla lei, «non volevo. Non volevo.»

Una pozza di sangue si allarga attorno alla sua testa, penetrando nel soffice tappeto grigio. L'ha colpito sulla parte laterale del cranio. Sembra morto, eppure potrebbe essere solo privo di sensi. Ma c'è sangue dappertutto.

Un colpo in testa non deve per forza ucciderti. Ma forse un colpo in testa inferto con una bottiglia di vino francese da duemila dollari potrebbe farlo se è stata scagliata abbastanza forte, se ci sono paura e rabbia dietro quel colpo.

«Certo che non volevi.» dico, avvicinandomi quasi a toccarla delicatamente sulla spalla, ma fermandomi appena prima di sfiorare il tessuto del suo vestito di seta azzurro. Non voglio che rimanga nessuna traccia della mia presenza qui. Prima di lasciare l'ufficio ieri l'ho pulito con estrema cura, premurandomi di eliminare qualsiasi traccia di Grace Morton o di Grace Enright.

All'improvviso è di nuovo una giovane ragazza che aspetta il mio aiuto e la mia guida, proprio ciò che era quando ha iniziato a lavorare per me.

«E adesso – adesso cosa faccio?» si accascia sul pavimento, si cinge il corpo con entrambe le braccia, mentre tiene stretta a sé la bottiglia. «E adesso?» continua a ripetere. «Garth, Garth, stai bene, stai bene?» Lascia a terra la bottiglia di vino e di nuovo avanza carponi verso di lui e lo tocca, trasalisce e ritira la mano con uno scatto.

«Respira?» chiedo.

«Non...» dice, con gli occhi che si riempiono di lacrime.

«Giralo e controlla.» dico. «Dobbiamo chiamare un'ambulanza.»

«No, aspetta... no, non chiamarla, si riprenderà. Penso che si riprenderà.» Nonostante la disperazione del momento è consapevole delle sue menzogne e del fatto che se dovesse arrivare l'ambulanza o la polizia, il suo piano verrebbe scoperto.

Spingendo con tutta la forza di cui è capace, rivolta il corpo, compiendo un enorme sforzo dato che lui è un peso morto. Gli occhi sono chiusi, ma percepisco il leggero gonfiarsi e sgonfiarsi del petto. La pelle ha un pallore spettrale e il respiro è molto debole. «Garth, svegliati, svegliati, tesoro, per favore. Sono il tuo raggio di sole, sono io.»

Queste parole mi nauseano, il mio passato e il mio presente che collidono.

Lei aveva bisogno di essere il raggio di sole di qualcuno. Robert non c'è più quindi si è presa Garth rubandolo a Cordelia ed è diventata il suo "raggio di sole". Il desiderio di scolarmi una bottiglia di qualcosa per spazzare via tutto quasi mi travolge, ma scuoto la testa, sforzandomi di mantenere la concentrazione, di essere qui ora, di trovare una soluzione ora. È questo il piano.

«Mi devi aiutare.» dice tirando su con il naso. «Tu sai cosa fare, per favore aiutami.» piagnucola guardandomi in faccia.

«Non preoccuparti, andrà tutto bene. Troverò una soluzione.» dico. «Ti prometto che andrà tutto bene.»

Non le dico che ho il cuore che batte all'impazzata e i palmi sudati. Devo sembrare una persona calma, che ha tutto sotto controllo.

«Adesso rimani qui,» le dico, «torno tra un minuto.»

«E mi aiuterai?» chiede con gli occhi azzurri spalancati, mentre altre lacrime le scendono lungo le guance. «Mi aiuterai davvero?»

«Certo che lo farò.» dico. «Non muoverti.» E, incredibile ma vero, stupidamente fa proprio ciò che le dico. Se ne sta lì credendo che l'aiuterò. Tengo la borsa con il denaro ancora stretta a me, il peso sulle braccia comincia a farsi sentire.

«Rifletti.» dico a me stessa mentre esco dall'ufficio chiudendomi la porta alle spalle. «Rifletti.»

Rimango in piedi nel silenzio di quello spazio vuoto per un istante e fisso la targhetta sulla porta.

Mi allontano e cammino lungo il corridoio finché non li vedo.

Sono in piedi fuori dall'ufficio di Garth con la porta scardinata, se ne stanno lì in silenzio come se avessero tutto il tempo del mondo.

Guardo nell'ufficio di Garth e vedo che è stato distrutto tutto. Il computer è per terra con lo schermo spaccato, uno schedario giace su un lato e il quaderno che era sulla scrivania non c'è più.

Kelsey mi guarda mentre analizzo la devastazione di quella stanza. «È uno stronzo,» dice «avrà quello che merita.» Garth non sapeva con chi avesse a che fare quando ha scaricato questa giovane donna. Lei non è crollata, anzi ha arruolato un nuovo fidanzato per vendicarsi. Non avrebbe mai dovuto farsi coinvolgere da Tamara, ma del resto nessuno di loro avrebbe dovuto immischiarsi nella vita di mia figlia e nella mia.

«Ecco qui.» dico, porgendo la borsa a John. Sia lui che Kelsey indossano ancora i guanti, come da mie istruzioni.

«Che cosa è successo lì dentro?» chiede lui.

«Nulla di cui tu ti debba preoccupare.» dico.

«Oh, non sono affatto preoccupato, Grace,» dice con una breve risata, «abbiamo quello che volevamo.» Solleva un poco la borsa. «Bella borsa.» dice riferendosi alla tracolla in pelle che ho acquistato in fretta e furia questo pomeriggio. Guarda all'interno.

«C'è tutto.» dico. «E non è per proteggere Garth, lo capisci vero, è perché hai fatto quello che ti ho chiesto. È la somma che ti devo per averlo portato qui.»

«Sì.» annuisce lui. «Noi stasera ce ne andiamo, vero piccola?»

Kelsey sorride. «I miei andranno fuori di testa.» dice.

«Quando tornerete da queste parti, farete meglio a non avvicinarvi neanche per sbaglio a me e mia figlia. State certi che vi terrò d'occhio.» li ammonisco, mentre John afferra la mano di Kelsey, si vede chiaramente che sono eccitati come due bambini.

«Beh...» dice lui alzando le spalle.

«Ho registrato le nostre conversazioni, John, tutte quante. L'estorsione è illegale.» Sono certa che Kelsey lo sappia bene, essendo la figlia di uno dei soci dello studio.

«Non ti disturberemo più.» dice Kelsey, con un po' di timore nello sguardo alla notizia che possiedo le registrazioni.

John fa un rapido cenno di assenso, il sorriso non più così smagliante ora, e poi escono dall'edificio utilizzando le scale. Il cuore mi batte all'impazzata, ma faccio dei profondi respiri per cercare di calmarmi. Il rumore della porta che si chiude in fondo al vano scale mi aiuta a rilassarmi. Se ne sono andati. Hanno i soldi e se ne sono andati. Posso fidarmi della loro parola? Staranno davvero alla larga da me e Cordelia? Non ho scelta. Sia Cordelia che io ci siamo fidate degli uomini che ci stavano accanto, che amavamo con tutte noi stesse, ed entrambe siamo state tradite.

Devo sbrigarmi, non deve avere il tempo di pulire tutto, così la inchioderanno.

Afferro il telefono di un ufficio, compongo il numero d'emergenza e tengo la camicia sulla bocca per ovattare la voce. «Qualcuno sta gridando come se fosse stato ferito. È in un ufficio al settimo piano dell'edificio storico che si trova al 33 di Nicholson Street.» dico al telefono.

«Ok e potrebbe per cortesia dirmi...» dice l'uomo che ha risposto alla chiamata.

«Penso che ci siano dei feriti.» dico e poi riattacco il telefono, pulendo la cornetta.

«Grace, Grace, dove sei?» sento che chiama Tamara.

«Sto arrivando,» grido io, «stai lì. Andrà tutto bene.»

Riesco a sentirla piangere e lamentarsi, «Garth, stai bene, Garth puoi aprire gli occhi?» Immagino che lo stia scuotendo e stia cercando di svegliarlo.

Mi sposto verso la zona della reception, sento che chiama il nome di Garth ancora e ancora e poi abbandono gli uffici della Harmer, Wright and Sing scendendo le scale per ritrovarmi all'ingresso e sgusciare fuori, proprio mentre sento le sirene ululare lungo le strade vuote della città.

Mi chiedo se l'abbia colpito abbastanza forte da ucciderlo. Mi chiedo se la cattureranno mentre è ancora lì o se avrà il buon senso di fuggire.

L'aria è fresca e vorrei avere una giacca, ma mentre cammino lungo la strada verso il primo posto dove mi sarà possibile prendere un taxi che pagherò in contanti, mi sento all'improvviso completamente colma di gioia.

Ora sono libera. Tamara verrà catturata anche se prova a fuggire. Andrà in prigione.

Finalmente otterrà tutto ciò che si merita.

Cordelia se la caverà, perché qualsiasi capo di imputazione contro di lei andrà in fumo. Ha il cuore a pezzi, ma si riprenderà. Io ci sono riuscita e l'aiuterò a voltare pagina.

Non avrei mai immaginato che sarebbe finita così. Per tutto il tempo in cui ho parlato con Tamara, ho tenuto in tasca il telefono con la modalità di registrazione attivata, in modo da avere delle prove. Non pensavo che avrebbe colpito Garth.

È andato tutto meglio di come sperassi. È stato stupido da parte di Garth nascondersi nell'appartamento di Tamara. Ma è proprio dove pensavo che fosse. John li ha tenuti d'occhio per ore. Prima di entrare nello studio, non ero del tutto sicura di aver indovinato, ma poi ho sentito la vibrazione del telefono in tasca. Erano tre brevi messaggi in cui John mi diceva che avevo ragione, è stato allora che ho capito con esattezza per quanto tempo avrei dovuto intrattenere una conversazione con Tamara.

Ho chiesto a John di trovare Garth e di portarlo qui. È questo il motivo per cui l'ho pagato.

Non l'avevo detto a Cordelia. Le ci vorrà molto tempo prima di riuscire a smettere del tutto di amarlo. Mi ci sono voluti anni per smettere di amare Robert e, talvolta, mi chiedo se ci sono davvero riuscita.

Tamara dovrebbe fuggire ora, ma forse l'amore che prova la farà rimanere lì seduta. L'amore ci fa fare cose così strane. Lo so perché il mio cuore spezzato ha quasi distrutto la mia vita.

Ma ora me ne sono riappropriata, ne ho ripreso il controllo.

Come dico da sempre, non importa che la vendetta sia servita fredda o calda. Tutto ciò che conta è che sia servita.

E Tamara è stata proprio ben servita.

TRENTASETTE

L'avvocato, l'assistente e la bottiglia di vino francese

La polizia sta ancora cercando di ricostruire uno strano caso che coinvolge Garth Stanford-Brown, un associato senior del prestigioso studio legale di Melbourne Harmer, Wright and Sing, e la sua assistente amministrativa, Tamara Reed.

Appena dopo la mezzanotte, da uno degli uffici dello studio legale è stata fatta una chiamata anonima al numero di emergenza. Una volta sul posto, i soccorritori hanno trovato Garth Stanford-Brown privo di sensi nell'ufficio dell'assistente amministrativa, mentre il suo ufficio personale era stato distrutto. Miss Reed l'aveva colpito con una bottiglia di vino francese valutato più di tremila dollari, che gli ha causato un grave trauma cranico.

Miss Reed è al momento in ospedale sotto l'effetto di sedativi e la polizia ha dichiarato che non è nelle condizioni di poter sostenere un interrogatorio. Una fonte anonima dell'ospedale dichiara che Miss Reed sembra continuare a ripetere la frase, «È stata Grace, è stata Grace.» Le indagini hanno portato *a galla un legame con Grace Morton, la ex CEO di Wax to the Max, che sei anni fa aveva accusato Miss Reed di aver avuto una relazione con suo marito.*

Garth Stanford-Brown risultava irreperibile e la sua scomparsa era stata denunciata oltre una settimana fa dalla sua fidanzata, Cordelia Morton, che si dà il caso sia la figlia di Grace Morton. Inizialmente la polizia sospettava che Miss Morton potesse essere coinvolta nella sua sparizione, l'ipotesi è stata poi ritenuta infondata.

Cinque anni fa Grace Morton era stata dichiarata non colpevole della morte accidentale di suo marito durante l'incendio della loro casa e lei è rimasta, fino a poco tempo fa, in un ospedale psichiatrico giudiziario. Si pensa che viva a Sidney e che abbia fatto visita a sua figlia che vive a Melbourne. Fonti interne alla polizia specificano altresì che Grace Morton non ha mai incontrato Mr. Stanford-Brown e non è nemmeno mai stata nello studio legale Harmer, Wright and Sing. Non è stato possibile contattarla per un commento.

Le telecamere dell'edificio risultavano disattivate quella sera. Gli agenti della sicurezza stanno indagando su come sia stato possibile.

Mr. Stanford-Brown rimane in uno stato di coma farmacologico, è dunque impossibilitato a testimoniare rispetto a quanto accaduto. Tuttavia, sono state trovate le impronte digitali di Miss Reed sulla bottiglia e quando la polizia è arrivata, era lei l'unica persona presente nella stanza. Inoltre, aveva in mano la bottiglia e ha confessato subito alla polizia dicendo «Non volevo.»

Rimangono ancora aperte le indagini su questo bizzarro caso.

EPILOGO

Cordelia

Raccoglie l'ultima scatola e si guarda intorno nell'appartamento. Sembra uguale identico a come era quando viveva qui, il che è surreale. Tutto ciò che è in questo appartamento è stato comprato da Garth. I pochi mobili di Cordelia, provenienti dalla casa in cui era in affitto, erano stati messi in un deposito prima che si trasferisse qui, perché secondo Garth non andavano bene per quegli spazi.

«Questo avrebbe dovuto dirmi qualcosa?» mormora.

«Cosa?» chiede Evangeline, uscendo dalla camera da letto con una sciarpa blu in mano.

«Nulla.» dice Cordelia.

«Questa è tua?» chiede Evangeline.

Cordelia annuisce ed Evangeline la posa sopra la scatola. «Ora c'è tutto.» dice Cordelia.

«Già, beh, buona fortuna.» dice Evangeline, ma Cordelia riesce a percepire l'astio nel tono della sua voce.

L'affitto dell'appartamento è stato pagato fino alla fine del mese e Cordelia non sa proprio come farà Evangeline dopo.

Garth è ancora in coma e nessuno sa se si sveglierà oppure no.

Evangeline è inorridita per il fatto che Cordelia ha deciso di andarsene. «Se ami qualcuno, rimani, a prescindere da quanto le cose si facciano difficili.» aveva detto a Cordelia una volta arrivata in Australia. Si era precipitata direttamente nell'appartamento e aveva trovato Cordelia intenta a fare i bagagli.

«Non se quel qualcuno aveva intenzione di distruggerti la vita.» aveva risposto Cordelia.

Evangeline non voleva sentir parlare delle bugie di suo figlio, del suo tradimento.

Cordelia non aveva parlato a nessuno di ciò che era successo nello studio di Garth, di Tamara. Lei era a casa, dopo tutto, proprio come sua madre. Avevano condiviso una cena a base di carne di manzo saltata in padella con dei noodles, avevano anche discusso su come preparare la salsa e poi si erano addormentate sul divano mentre guardavano Netflix. Entrambe erano state cristalline nell'esporre alla polizia come avevano passato la serata. Cordelia era rimasta sorpresa da come queste bugie dettate dall'istinto di autoconservazione le fossero scivolate fuori dalla bocca così facilmente, mentre parlava alla detective Ashton. La detective, in ogni caso, non sembrava interessata a proseguire l'interrogatorio. Garth è stato ritrovato e la donna che l'ha ferito ha confessato. Sembra che tutto ciò non abbia nulla a che fare con Cordelia.

«Penso che dovresti andare ora.» dice in modo sprezzante Evangeline e Cordelia cerca di provare un po' di compassione per la donna.

Era stata Cordelia a chiedere alla polizia di chiamare Evangeline, aveva detto alla detective Ashton che non sarebbe rimasta seduta al capezzale di Garth, aspettando che lui si svegliasse e che, in realtà, sarebbe tornata a Sidney.

Ora tutto ciò che possiede è stipato nella sua piccola auto parcheggiata da basso. Il mobilio che aveva messo nel deposito giace sul marciapiede in attesa della raccolta rifiuti di domani, anche se alcuni di quei mobili sono ancora nuovi; quindi, di sicuro ci sarà gente che se li accaparrerà prima che li portino via.

A Sidney sua madre ha preso in affitto un appartamento, aspettando l'occasione giusta per comprare. «Qualcosa con vista sull'oceano e che sia abbastanza grande da permettere a entrambe di avere il proprio spazio.» aveva detto.

«Non voglio vivere con te a lungo, mamma.» le aveva risposto Cordelia.

«Certo che no, ma hai bisogno di un po' di tempo per curare le ferite e riprenderti, poi deciderai quale sarà il prossimo passo.»

Cordelia non ha proprio idea di quale sarà il prossimo passo, ma è contenta di avere il tempo per pensarci.

«Spero che Garth migliori.» dice a Evangeline mentre si dirige verso la porta già aperta.

«Risparmiami il tuo sentimentalismo, Cordelia.» dice Evangeline e poi segue Cordelia e chiude la porta dietro di lei.

Cordelia rimane sul pianerottolo, chiude gli occhi per un istante e fa un profondo respiro.

Ha solo ventiquattro anni, ma si sente come se avesse già vissuto una vita intera. Questa potrebbe essere una cosa positiva o una cosa negativa secondo lo psicologo con cui ieri ha avuto un colloquio su Zoom. La settimana prossima vedrà Isaac di persona a Sidney, ma voleva farci una chiacchierata preliminare prima di intraprendere il lungo viaggio in auto fino a Sidney e lasciarsi alle spalle la propria vita, un'altra volta.

Non lascerà più che un uomo le faccia ciò che le ha fatto Garth e questo potrebbe voler dire rimanere single per molto tempo, ma in primo luogo deve fare i conti con tutto ciò che le è accaduto e andare in terapia è il miglior punto di partenza.

Mentre schiaccia il pulsante dell'ascensore, Cordelia si guarda intorno un'ultima volta. «Addio, Garth.» sussurra e poi, dato che sa quanto cambierà la sua vita, «Addio, Cordy.» Lui era l'unico che la chiamava così e lei detestava quel diminutivo. Non sarà mai più Cordy.

Lei è Cordelia Morton e sopravvivrà a tutto questo, così come è sopravvissuta al resto.

Le porte dell'ascensore si aprono e Cordelia entra, sapendo che non tornerà più indietro.

Grace

«Miss Enright.» dice l'agente immobiliare e mi rendo conto che sono rimasta sul terrazzo per un tempo piuttosto lungo mentre fissavo tutti gli yacht attraccati nel piccolo golfo. Nonostante sia solo fine marzo, la giornata è calda, il sole batte sulla testa, scaldandomi tutto il corpo.

«Sì.» dico, voltandomi per guardarlo in faccia. Fatica a nascondere la bramosia di vendere. L'appartamento è ampio e vecchio ed è sul mercato da diverso tempo, perché occorrono molti lavori per riqualificarlo, ma la posizione è perfetta.

«Ci sono molti lavori da fare.» dico. «Cioè, dovrò rifare tutto.» Indico il salotto con un tappeto beige macchiato e i muri ricoperti da carta da parati verde floreale. Il mobilio nuovo piuttosto standard che è stato disposto per favorire la vendita stona con lo stile della casa.

«Sì, ma la location lo rende un immobile prestigioso, anche a questo prezzo.»

«Eppure non è riuscito a venderlo.» sorrido e lui arrossisce lievemente. «Ci penso, ma ora devo andare. Ho un appuntamento con un altro agente immobiliare.» dico affinché non pensi che il tempo che ho trascorso qui signifìchi che l'affare è fatto.

«I proprietari sono molto aperti alla negoziazione.» dice rapidamente.

«Immagino.» rispondo e lo lascio prendendo le scale perché l'edificio ha solo tre piani ed è proprio a pochi passi dal mare, non si rischia che la vista venga ostruita da altre costruzioni.

Ho già deciso di comprarlo l'appartamento. Non vedo l'ora di iniziare con i lavori di ristrutturazione: i colori e le finiture per la nuova cucina e per i bagni si affollano nella mia testa mentre esco in strada.

Non incontrerò un agente per vedere un altro appartamento, ma per trovare un locale in cui avranno sede un magazzino e un ufficio per Cordelia. Non le ho ancora detto nulla di questo spazio. Sarà il posto ideale perché possa dar vita a una propria linea d'abbigliamento. È possibile che non se la senta e andrà bene così. Sto solo facendo i primi passi per conto suo. Forse non vorrà che qualcuno prenda di nuovo il controllo della sua vita dopo averlo ceduto involontariamente a Garth, ma penso che iniziare questo tipo di attività sia un suo desiderio. Spero che si lancerà in questa impresa. E magari lei potrebbe concentrarsi sull'aspetto prettamente creativo mentre io potrei occuparmi degli affari. So che potrebbe dirmi che non è ciò che vuole, e a quel punto mi metterò a cercare qualcos'altro. Ho il denaro necessario e molti anni davanti a me per costruire qualcosa di nuovo. L'ho già fatto e so che posso farlo di nuovo.

Faccio un profondo respiro, sentendo nelle narici l'aria autunnale e il profumo di caffè tostato proveniente da una caffetteria qui vicino.

Mi sento... libera, è questa la parola giusta. Mi sono finalmente liberata del mio passato. Mi chiamo Grace Enright ora e forse anche Cordelia vorrà cambiare il suo cognome. Sarà una sua scelta.

I giornalisti hanno seguito l'accaduto, o quello che pensano sia accaduto, ma sono anche passati presto ad altro. Forse quando Tamara andrà in tribunale, sempre che ci vada visto il suo fragile stato mentale, la storia tornerà agli onori della cronaca, ma ci vorranno mesi, forse anni. Allora Cordelia sarà più forte e più sicura di sé stessa.

Decido di fermarmi alla caffetteria per prendermi qualcosa da bere e scelgo in accompagnamento una fetta di torta alle carote dall'aspetto delizioso. Sono contenta di guardare le persone mentre consumo il mio spuntino. A dire il vero sono contenta di tutto ora. Ho riavuto mia figlia ed è ciò che volevo. È al sicuro e non è più coinvolta in una relazione tossica. Ava, la donna che non saprà mai di essere mia figlia, è sbocciata da quel che riesco a carpire dai suoi canali social. Ogni mattina cerco di immaginarmi come sarebbe vedere Cordelia e Ava insieme, ma è solo una piccola fantasia che mi concedo. Non posso avere tutto. Sono un po' preoccupata di poter incappare in Ava senza volerlo, ma Sidney è una città enorme e sono certa che non ci incontreremo. Mi limiterò a seguirla da lontano e a festeggiare i vari traguardi della sua vita con discrezione, da sola.

Ora seguo anche Kelsey su Instagram, vedo che posta le foto dei suoi viaggi in giro per il mondo. Terrò d'occhio lei e John, nel caso pensino che io possa essere una futura fonte di reddito.

Ora la vita mi appare piena di possibilità. Ho addirittura iniziato a pensare di poter uscire di nuovo con qualcuno, di poter forse trovare un uomo con cui andare fuori a cena, una buona compagnia insomma.

Sono ancora abbastanza giovane da poter ricominciare da capo e sono più forte di quanto avrei mai potuto immaginare.

E dopo tutto quello che è successo e tutto ciò che ho passato, so che nulla mi impedirà di fare esattamente ciò che voglio fare. Nulla.

Sto entrando ora in auto. Presto sarò lì.

Sorrido mentre leggo il messaggio di Cordelia. Avrei voluto essere con lei per aiutarla a fare i bagagli e preparare il trasloco, ma era necessario che lo facesse per conto suo.

In ogni caso presto sarà qui, può venire a stare con me nell'appartamento che ho preso in affitto e possiamo entrambe ricominciare da capo, siamo due sopravvissute.

Due donne che non si faranno fermare da nulla.

UNA LETTERA DA NICOLE

Ciao,

vorrei ringraziarti per esserti presa/o il tempo di leggere *Una madre sa sempre*. Se questo romanzo ti è piaciuto e vuoi rimanere aggiornato sulle mie ultime pubblicazioni, puoi registrarti al seguente link.

Il tuo indirizzo mail non verrà mai condiviso e puoi annullare l'iscrizione in qualsiasi momento.

italia.bookouture.com/subscribe/

Sono molto contenta che i lettori abbiano avuto un'altra possibilità di passare del tempo con Grace. È una mamma protettiva molto agguerrita, che farebbe di tutto per le sue figlie. Cordelia è molto giovane, eppure ha già dovuto affrontare diverse difficoltà nella vita che l'hanno resa più forte e più resiliente, proprio come sua madre.

Ammiro la capacità che Grace ha di capire il dolore di Cordelia e riconoscerlo, accettando il fatto che dovrà impegnarsi di più per poter riavere la fiducia di sua figlia.

Auguro a entrambe un futuro luminoso e credo davvero che Cordelia si cimenterà in una carriera da stilista. La relazione madre-figlia cambia nel tempo, e Cordelia e Grace hanno dovuto affrontare molte più difficoltà rispetto alla maggior parte delle persone, ma spero che i lettori non abbiano mai messo in discussione l'amore di Grace per sua figlia.

Come sempre, mi farebbe piacere se lasciassi una recensione del romanzo, soprattutto se ti è piaciuto, e se riuscissi a evitare fastidiosi spoiler.

Adoro sapere cosa pensano i miei lettori - puoi metterti in contatto con me tramite i canali social. Cerco di rispondere a tutti i messaggi che ricevo.

Grazie ancora per la lettura,

Nicole x

facebook.com/NicoleTrope

x.com/nicoletrope

instagram.com/nicoletropeauthor

RINGRAZIAMENTI

Il mio primo grazie va a Ellen Gleeson. Ogni libro è diverso e questo ha avuto diversi rimaneggiamenti; quindi, ti sono davvero grata per avermi supportata lungo tutto il processo di stesura.

Vorrei ringraziare anche Jess Readett per il suo entusiasmo e per avermi aiutata a consegnare i miei romanzi nelle mani di molti appassionati lettori.

Grazie a DeAndra Lupu per la revisione e a Liz Hatherell per l'approfondita correzione di bozze.

Grazie a tutto il team di Bookouture, tra cui Jenny Geras, Peta Nightingale, Richard King, Alba Proko, Ruth Tross, Mandy Kullar e tutti coloro che permettono ai miei romanzi di essere pubblicati e disponibili al pubblico.

Ringrazio mia madre, Hilary, che è un eccellente beta reader.

Grazie anche a David, Mikhayla, Isabella, Jacob e Jax.

E ancora una volta grazie a coloro che leggono, recensiscono e scrivono sui propri blog dei miei lavori e mi contattano sui social per farmi sapere che il mio libro è piaciuto. Adoro leggere le vostre storie e i motivi per cui siete entrati in sintonia con un romanzo.

Ogni recensione è gradita e le leggo tutte quante.